再也不要做怨婦

卷參

一入宮門深似海

大風颳過——著

再也不要做怨婦

卷參

目錄

第一章・漂泊秋風中

荒野，樹林，溪水潺潺。

杜小曼坐在溪邊，在清晨的薄霧中抱住了頭。

謝況弈遞給她一個水袋：「累了妳就睡會兒。」

杜小曼有氣無力道：「不用了，睡得夠多了。」她的後頭隱隱作痛，謝況弈策馬帶她離開時，她下意識地掙扎，脖子後一疼，兩眼一黑，再睜眼時，天已經要亮了。

謝況弈不置可否地挑挑眉。

杜小曼努力梳理思緒，秦蘭璪、起火的院子、寧景徽……昏迷之前看到的一幕幕走馬燈似地在她眼前晃。

她猛地站起身：「我得回去！」

正坐在地上喝水的謝況弈抬起眼皮看看她。

杜小曼加重語氣：「我必須得回去！」

謝況弈點點頭：「嗯，行，那妳回去吧。」

杜小曼環顧四周，再抬頭看看泛著朝霞的天邊。

謝況弈向旁邊一比：「那裡是北。」

哦。杜小曼再繼續環顧，謝況弈閒閒地將胳膊搭在膝蓋上：「知道該往哪裡走麼？」

杜小曼悻悻地回身，對上謝況弈的視線：「不知道。」

謝況弈簡潔地說：「我不會告訴妳。」

「……」

杜小曼張了張嘴，終於爆發了：「謝大俠，我不知道影帝怎麼搭上了你的線，我也搞不清到底是怎麼回事。但是，如果我不進京城，寧景徽就會問他的罪，他可能就……其他的事情和我沒關係，我也不想扯上關係，但是我不想因爲我的事連累別人！」

謝況弈用茫然的表情看著她：「影帝是甚麼？」

「裕王！秦蘭璪！時闌！」

「這個稱呼是妳對他的愛稱？」謝況弈目光裡含著「妳腦子壞了嗎」的疑問，「寧景徽敢治他的罪？妳在說笑話？」

杜小曼無力道：「謝大俠，你得和我說實話，是不是我們走的時候，裕王和寧景徽正要火併？到底他倆誰的勝算大點？」

謝況弈一口水嗆在喉嚨裡：「妳眞夠可以的，裕王和寧景徽火併，哈哈，眞神了！一般人絕對想不到這個！」

「那火……」

「火是月聖門的人放的。」謝況弈擦擦嘴邊的水漬，「月聖門的人想找寧景徽報仇，即便知道留宿別苑定然是圈套，裕王和寧景徽肯定在等著她們送上門，她們也還是過來尋仇了。嘖，送死罷了。」

少年，這是你不知道幕後BOSS的眞實身分！

「寧景徽爲甚麼要帶兵過來抓時闌？」

謝況弈皺眉：「抓？起火了，寧景徽當然要親自過來救駕。話說妳到底怎麼會想到寧景徽要抓裕王？他二人一路合謀月聖門，同心同德，怎麼就不和了？妳眞看得起寧景徽，即便他與裕王不和，一個是君一個是臣，敢動皇上的親叔，等於要造反了。」

「那這到底是怎麼回事？」杜小曼徹底抓狂了，「爲甚麼他讓你帶我走？」

「原來妳不想走啊。」謝況弈頓時一臉浮雲，「他以爲妳不想跟他進京，不能明著放妳，所以就讓我把妳帶出來。也是，妳如果跟著他進京，就是裕王妃了。」

「誰要當裕王妃！」杜小曼的聲音又高上去。

謝況弈站起身：「妳要是眞不想當，那就歇一會兒，吃點乾糧喝點水，繼續趕路。」走到馬前，從馬鞍兜裡掏出兩個大餅。

杜小曼徹底無力了，接過謝況弈遞來的一個大餅，啃了一口，腦中依然一團糨糊。

謝況弈面無表情地咬著另一張餅：「我娘做的事……對不住。」

杜小曼一愣，含糊道：「呃，沒甚麼……我如果是謝夫人，可能也會這麼做。」

「妳別替我娘找藉口了。」謝況弈的聲音生硬，「一般人做不到她那樣。寧景徽到白麓山莊要人，她不想讓我家牽扯上朝廷，所以那樣做。不過她以爲把妳交給寧景徽，頂多就是把妳送回家去，不知道妳那時候差點被……後來她知道了，才又安排人送妳。總之，此事我們白麓山莊道義上有虧。」

杜小曼一頭冷汗，謝夫人把她賣給寧景徽是比較不厚道，但從一開始就是謝況弈一直在幫她，無論怎麼算，都是她欠了白麓山莊。幫她是人情，不幫是本分，怎麼可能還上升到道義有虧這個高度。

她趕緊說：「沒虧，沒虧。對了，箬兒好麼？」

謝況弈簡短地說：「挺好。」

杜小曼竟不知道怎麼接話，謝況弈也沒再說甚麼，一時有點冷場。

杜小曼默默啃完了餅，喝了兩口水。謝況弈解開馬繩，整裝待發時，杜小曼還是憋不住又問：「你，到底怎麼和秦蘭璪聯繫上的？」

謝況弈吐出的話讓杜小曼很震驚：「我與他，算早有聯絡。那時我尋不到妳，裕王竟派探子向我傳話，說妳被月聖門抓去了。但我晚了一步，他們搶先一步救了妳。我尾隨時，裕王又派人傳話給我，約我一同對付月聖門。」

杜小曼手裡的水袋差點掉到地上，影帝心機眞是深不可測。她趕緊問：「你答應了沒？」

謝況弈哼了一聲：「我不與朝廷爲伍。」

謝天謝地。

謝況弈又道：「我拒絕此事後，他又傳信給我，說路上月聖門將有滋擾，妳進京後還是會有些麻煩，妳又不願嫁他做裕王妃，所以讓我帶妳走。其實我也有些納悶，按理說他不該如此輕易地放了妳。不過，既然他這麼說了，我就過來了。」

杜小曼默默地聽完，默默地站著。

謝況弈整整馬鞍：「我把妳帶出來，就不可能送妳回去。若是妳想去別的地方，我可以帶妳去。怎麼樣，走不走？」

眼下形勢，還有得選麼？

杜小曼厚著臉皮道：「謝大俠，多謝。」

謝況弈道：「少說廢話，快上馬。」

馬行顛簸，杜小曼的心也一直在跟著顛簸。

她一直想，秦蘭璪爲甚麼突然放了她？

那股血腥味……還有那火……

那天晚上到底出了甚麼事，爲甚麼會出事，結果怎樣？

這些跟她沒甚麼關係，她卻不由自主地去想，不得不想。

月聖門V.S.寧景徽這條一直清晰的線慢慢拉長，才發現，竟是一張網，網的中軸線上趴著時闌，網上還連著很多她認識的人，謝況弈、綠琉……

至於她，就是一隻路過時，不慎被黏住的小螞蚱。

現在她這算是脫網了麼？不知道。

只是，那時她回頭看到的秦蘭璪在夜與火光中獨自站著的身影，不斷在腦內和眼前晃來晃去。

謝況弈疑惑的聲音在她頭頂響起：「妳病了？」

杜小曼一驚回過神：「沒有啊……我很健康！」

「妳一直像在打擺子。」

「呃，錯覺，錯覺。」

下午，馬行到一座城外，下馬休息時，杜小曼向謝況弈道：「謝大俠，這次又麻煩了你一回，實在太感謝了，暫時還無以爲報。但我看我們恐怕不同路，不如就在這裡別過吧。」

謝況弈看著杜小曼，沒說話，只用表情問，妳又發病了？

杜小曼清清喉嚨：「我……我一直都在麻煩你，但總不能老依賴別人，人得靠自己，所以……」

謝況弈點點頭：「哦，好。」

杜小曼驀然又覺得少了點步驟，她抬手揮一揮：「那我走了哈，再見，掰掰。」

嗯？就這麼簡單？

謝況弈再點點頭：「嗯。」

杜小曼轉過身，獨自向城門走去，脊梁上一直像扎著刺一樣。

快到城門前，她終於忍不住回頭。謝況弈牽著馬在幾步開外。

杜小曼再抬手揮一揮：「再會……」

謝況弈道：「再會。」

杜小曼又回過頭繼續向前走，到了城門前，兩根長矛擋在面前。

「將文牒拿來驗看。」

杜小曼傻眼了，好聲好氣道：「軍爺，我忘記帶了，可不可以通融一下？以前進城都不用的。」

「忘記帶了？」一個兵卒上下打量她，冷哼一聲，「以前是以前，此刻是此刻。小娘子，妳孤身在外，又無文書，該不會是……」

一個藍皮的冊子從杜小曼肩上遞了過來，謝況弈的聲音冷冷道：「她的文牒。」

兵卒接過，打開，掃了一眼，收起長矛。

杜小曼收回文牒，快步進了城門，汗顏地向謝況弈道：「謝大俠，多、多謝……」

謝況弈看都不看她，牽著馬從容地從她面前走過，扔下一句話：「我們已經別過了。」

是……是別過了……

杜小曼揣起文牒，向著謝況弈的背影吐出一口氣，想先閃進一家飯館吃個飯，順便可以等謝少主走遠了再說。剛走到一掛酒旗下，她驀然想起，兜裡沒錢。

杜小曼只得接著往前行，謝況弈就在她前方一、兩丈開外的地方牽著馬慢悠悠地走著，搞得比較像她在尾隨謝況弈。好在又走了一段之後，到了十字路口，見謝況弈直接向前走了，杜小曼趕緊左拐，發現一個碩大的「當」字映入眼簾，她一陣驚喜，飛奔過去。

當舖不算大，櫃台裡只坐著一個打算盤的小夥計。杜小曼拔下頭上的釵子，摘了腰上的珮飾遞進櫃台，小夥計接過看了看，先掂掂那根簪子：「包銅的？」

杜小曼惡狠狠道：「眞金！」

小夥計噴了一聲，彈彈簪子上鑲嵌的珠花。

杜小曼補充道：「這可都是眞寶石。」

小夥計再拎起那塊玉珮，擦一擦，杜小曼又道：「這是好玉！」

小夥計擱下玉珮：「得了，這位大姐，眼看快關舖子了，這兩個物件兒，三十文，取個整數，多的幾文算圖吉利了。」

杜小曼的聲音不禁拔高了：「三十文？三十兩你都買不到簪子上鑲的珠花！」

小夥計呵呵笑了：「大姐，妳想要多少？三百兩？那妳何必還到這裡來？門口擺個攤兒，插根草標，喊到三千兩也任憑妳。我說句實話，妳別不高興，要是眞金、眞石頭，妳也不至於到了進當舖的份兒上。好吧，就算是眞的，看妳這打扮，這東西的來處定得要斟酌，敢收就不錯了。」

杜小曼道：「那你把玉還我吧，我只當簪子，你給我三十兩就成。」

小夥計再嗤地一笑，把兩件東西都丟了出來：「兩樣都不要了，大姐妳請另尋別處！」

杜小曼抓起那兩樣首飾，扭頭就走。

腳剛跨出門檻，小夥計又在她身後喊：「算了，三十五文。拿來吧，看大姐妳一個人挺不容易的。」

杜小曼轉過身：「我只當簪子，你開個實在價。」

小夥計道：「唉，玉還好說，再假也是塊石頭，最不濟事還能當個鎮紙用。大姐，妳這簪子，我一掂就知道，鐵外頭包的銅，當不得棒槌做不得針，改成挖耳勺，都不知道能不能擰出彎兒來，十五文，頂多了。」

杜小曼乾脆地回身撩起門簾，小夥計又喊：「大姐，何必這麼急？妳倒也說個實在價。江湖上不還有句話麼，買賣不成仁義在。」

杜小曼再轉過頭：「我不混江湖，只談買賣，不講仁義。」陰森森一笑，「如果我真混江湖，你這麼做買賣，可就叫不要命了。你沒聽說過，眼下，混江湖的女人惹不得麼？」

小夥計顫了一下，笑聲僵硬起來：「姐姐，呃，這位姑娘，有話好好說。若有得罪的地方，請見諒。要不，我給妳五十文，行麼？」

杜小曼道：「十兩，算給你個大便宜了。我實在等錢用。你應該識貨，這個價錢你連上面珠子的一半都買不來。」

小夥計怪叫一聲：「姑娘，我給妳跪下成不？十兩！這麼大樁的買賣哪是我們這種小門臉能做的。我們整間舖子裡，加上我，砸砸算算，才能湊幾個錢！」他用壯士斷腕般的表情道，「半貫錢！」

杜小曼大怒：「你才半吊子！」

小夥計又抖了一下：「大姐，算我說錯了話，要不給妳湊個整兒？別和我計較啦。」

杜小曼咬咬牙，這麼磨嘴皮子下去不是辦法，進了當舖，東西就不值錢，硬聲道：「八兩銀子，再加上一百文散錢，我求個吉利，不能再少了。」

那小夥計仍是百般耍賴，最終以五兩六十錢成交。

出了當舖，杜小曼用身上穿的衣服到舊衣舖換了一套舊布衣，換了行頭再走到街上時，暮色已濃，見路上來往的貧家女子與她打扮相近，頓時有了種融入大眾的安全感。

她找了個小攤，要了一碗麵吃，剛吞下一口麵湯，驀然看見對面的奢華酒樓門口，幾個小夥計正彎著腰，恭送謝少主出門。

杜小曼抱著麵碗，不自覺地往下縮了一點。但謝況弈根本沒往這個方向看，翻身上馬，瀟脫離去。飛揚的塵土讓杜小曼深深地反省自己多麼地自作多情。

吃飽後，她在大街上蹓躂，人來人往，她卻覺得天地很空曠，有種人生重新回到自己手上的感覺。但不知為甚麼，心裡還是有塊地方有些空得慌。以前出逃也罷，做買賣也罷，逃亡也罷，目標都很清晰，而她現在，竟好像不知該往何處去了。

果然是依靠別人成習慣了，都不知道自己該怎麼活了！不行，不能這樣！

杜小曼尋了家小客棧，要了間房住下，順便思考一下去路。

按照眼下這個情況，找一個隱蔽的所在低調地過活，才是正道。朝政陰謀、天下大事都跟她沒關係，她只要自己過好自己的日子就行！

於是思來想去，她又重拾了老念頭，打算先隱蔽起來，再找機會慢慢往邊境挪……

但今時不同往日，如今她兜裡只有一點點錢，跟以前不差錢的時候不能比，只能一路慢慢打工，慢慢挪移了。

杜小曼熄了燈，躺到床上，強制性地把一個個不知怎麼冒出來的念頭刪除掉——

秦蘭璪和寧景徽到底怎麼樣了？

跟我沒關係！

爲甚麼朝廷、月聖門都不肯放過唐晉媗，吸收一個郡主做教徒對月聖門就這麼重要？

跟我沒關係！

秦蘭璪一個王爺，統御月聖門這麼個怨婦組織，就爲了給天下的女人討公道？

顯然不是。

這肯定是政治手段！不想當皇帝的王爺不是合格的王爺。

明朝可以有朱棣，殺了侄子建文帝，奪位爲帝，爲甚麼這個時空不可以有個秦影帝？

秦蘭璪不像燕王朱棣，有封地，有兵權，他兩爪空空，一無所有，只能走不一般的路線。而月聖門想要變成天下第一教，則需要一個大靠山。選擇裕王這樣一個聖爺，出乎意料地安全、可靠、有前途。

秦蘭璪對外裝成浪子，後宮三千，其實都是月聖門的菁英。從之前的情況看，很多地方的官吏都被策反，朝廷裡應該也有不少吧。

綠琉目前是月聖門的小幹部。唐晉媗身邊除了綠琉，還有哪些是月聖門的人？肯定不只一個。

這個世界上，不幸的婚姻肯定不只一、兩例，那麼，貴族女子裡又有多少是月聖門的成員呢？顯貴皇親的府邸裡，又有多少月聖門的耳目？月聖門這個組織就像水一樣，無聲無息，順著每一條縫隙擴散、蔓延……

明察秋毫的寧景徽發現了不對勁，這才親自微服查證的吧。

唉，想這麼多幹嗎？統統都跟我沒關係！

影帝真能贏麼？

別苑裡的那一場大火……密道裡那股新鮮濃郁的血腥味……

如果影帝輸了……

滾！都說了跟我沒關係！

杜小曼再翻個身，狠狠地把眼閉得更緊。樹影蔥蘢，倒映窗紙。

第二天早上，杜小曼去結算房費，發現自己被宰了一刀。

住店的時候沒細問，掌櫃的說還有空房，給她開了一間，她就住了。沒想到這間房要二百文一晚，還不包早晚餐。掏了房錢後，她心頓時隱隱作痛，去小攤喝了五文錢一碗的豆腐腦才平復下來。

她在攤子上打聽了一下，這座小城也有私驛，但都只通附近的城鎮。杜小曼一時也弄不清楚這地方到底在地圖的哪個方位，距離沿海近還是內陸邊境近。

她蹓躂到私驛中觀察了一會兒，發現揹著包袱做生意人打扮的大都是往一個叫臨德的地方去，想來那是座大城，起碼商貿繁華。於是，她也爬上了去臨德的車。

上車前，杜小曼還暗暗打量了四周，沒有謝少主或白麓山莊的人出現的跡象，鬆了一口氣。

杜小曼不禁又自我鄙視了一下，實在太把自己當回事了。

這一趟車裡加上杜小曼一共坐了七、八個人，還堆了些貨，其中有個人帶了家眷孩子一起。趕車的師傅在車內拉了道簾子，將杜小曼、那位抱孩子的女眷和兩件貨物與其他人隔開。

出城的時候，又有兵卒驗看文牒，連車裡帶的貨也大致檢查了一番。

杜小曼將謝少主給的那份身分文牒遞上，兵卒接過看了看，掃視杜小曼的目光微有些詫異，但還是抬手放行了。

杜小曼不禁與一起坐的那個女子搭訕：「最近查得可真嚴，以前沒這樣啊。」

那女子姓陳，相公姓劉，年紀頂多二十出頭，懷裡抱的男孩也就兩、三歲。她邊拍著哄孩子睡覺，邊輕聲道：「可不是麼，所以我們這趟貨都不多帶，自己走車都不值車夫的工錢，就搭驛站的車了。」

杜小曼瞄見他們帶的貨物貌似是茶葉，道：「夫人家是做茶葉的麼？好風雅的買賣。」

劉陳氏道：「哎呀，夫人兩個字是大戶人家用的，妹妹千萬別如此稱呼。小門小戶小生意，混口飯吃罷了。妹妹不是本城人罷，到臨德是投親麼？年紀輕輕怎會孤身一個人上路？」

杜小曼嘆氣道：「別提了。我家本在京城，後來家道中落，到杭州開了一陣酒樓，又遇事倒閉了，輾轉流離，只剩下我一個人尋我的表姐。原本聽說表姐住在這裡，過來之後找不到，說是搬臨德去了。我就只好再去臨德找找。」

劉陳氏微微蹙眉：「臨德可不比本城，地方大著呢，妳一個人要如何尋？妳表姐姓甚麼？我看我是否認得。」

杜小曼道：「表姐姓徐，她嫁的人姓俞，是個讀書人，沒做甚麼生意買賣。」臨時借用了一下徐淑心和她情郎的名字。

劉陳氏搖頭：「沒聽說過，我們家在本城住了多年，沒聽過有姓俞的人家。不過，讀書人一般也不與我們這種買賣人往來。妳說去臨德找，難道州試將近，妳那表姐夫要投考？」

原來臨德竟然是這個州的州府。

杜小曼趕緊道：「應該是。我那表姐夫考試沒甚麼運氣，考了好多年，老是不中。表姐跟著他，過得苦兮兮的，嫁妝全搭進去了。我也是沒辦法才來投靠表姐，不知道會不會成為累贅。他們的日子原本就不好過啊。對了陳姐姐，妳認不認識臨德有甚麼地方，能讓我做個幫工掙點錢？我身上錢不多，萬一找不到表姐，至少可以做工餬口，就算找到了，也別拖累他們。」

劉陳氏的表情帶上了同情：「若是妳那表姐夫要投考，十有八九是住在臨德東南錦繡街水坊巷一帶，妳可以到那裡去打聽打聽。臨德招女子幫工的地方倒是有，但妳一個孤女子，還是小心為上。那些粗活，妳也做不來。身上盤纏若夠，就先找著妳表姐再慢慢打算。可惜我家買賣小，只我們兩口子帶著個孩子餬口罷了。不過，妹妹若真有難處，下車後我和妳說個地方，妳可以到那裡尋我們。」

杜小曼感激地道謝，萍水相逢，肯這樣幫忙，劉陳氏真是個善心的女子。

馬車走得挺快挺順，沿途停了兩趟讓人下車方便，中午在一處茶棚吃了午飯，天將黑前順利趕到了臨德。

下車後，劉陳氏告訴杜小曼，有事可以去北關陸家街，她家在陸家街東頭有個小門臉。

杜小曼道謝別過，又尋了一家客棧。安全為上，她一邊鄙視自己奢靡，一邊還是要了個小單間。

州城的旅館價格自然不低，杜小曼進了間小客棧，要了個最差的單間，仍是掏出去一百多文，心痛得滴血。

次日清晨，杜小曼退了房，在路邊就著粥啃下去一個大饅頭，下定決心今天起碼找個臨時的雜工做，最好能包食宿，反正不能再住死貴的客棧了。

她沿街搜索，做好跑斷腿的準備，沒想到剛走到路口，就看見碩大的「招工」二字。

掛牌招人的店鋪頗大，臨著十字路口，十足的風水旺鋪，正在裝修，幾個勞力搬著東西跑上跑下。大店鋪招人，工錢應該不低吧。

可惜古代招人有性別歧視，女人找工作不容易。看這家鋪子的格局，有些像酒樓或茶樓，定然是招跑堂的之類的。

還是先打聽打聽吧，說不定後廚需要洗碗工甚麼的，這個男女都行吧。

她站在門口探頭探腦地打量，只見大堂內的一掛門簾一掀，走出來一個頭髮花白的老嫗，銀簪盤髮，毛青短褂羅皀裙，指點兩個勞力去後面取東西，瞥見杜小曼在門口，便走了過來。

「小娘子在此做甚？尋人麼？」

杜小曼道：「不是不是，我看您這店門前掛著招工的牌子，就想問問，你們收女工麼？」

老嫗拿眼將杜小曼上下一掃，瞇眼笑道：「這位小娘子，老身說句唐突的話，妳細皮嫩肉的，看起來實在不像該出來做活的。但又衣裝素簡，衣不合體，莫不是遭逢甚麼變故？我們這門臉剛剛盤下，正需要做活的年輕女子，只是用人得要謹慎，眼下官府盤查得嚴，不是清清正正的，我們不敢收。」

杜小曼趕緊道：「您放心，我來歷清白，品行端正！」掏出謝少主給的文牒，「看，我身分證明都齊全，絕不是甚麼亂七八糟的人！只因為來臨德投親，盤纏用光了，這才想找份工作掙錢餬口。我能吃苦！刷碗掃地洗衣服，甚麼都可以做！」

老嫗接過她的身分文牒翻了翻，道：「我們鋪子裡倒是用不上洗碗掃地的，小娘子妳女紅如何？」

女紅……

杜小曼小聲說：「基本……不會……」

老嫗再拿眼看看她：「裁衣、縫製、刺繡，都不會？」

不好，這是家布店或者裁縫店，恰好是她的弱項。

杜小曼不得不點頭承認：「都不會。」

老嫗將文牒遞還杜小曼：「那老身上樓問問，可還招別的人手。小娘子進來等等。」

杜小曼心裡一陣拔涼：「多謝。」跨進門檻，坐在牆邊的小板凳上等，心知被聘用的可能性不大。

過了盞茶工夫，老嫗又下樓，向杜小曼道：「老身問過了，倒是還有個活小娘子應該能做。妳該看出來了，我們這鋪子是家成衣鋪，進來的布料擇選分類也需個人手，只是工錢比製衣稍低，但包食宿。小娘子看可以麼？」

杜小曼滿臉冷汗道：「對不起，這個活我也做不了，我分不清布料。」棉麻綢緞之間的質的區別，她有時候都犯糊塗，不要說這個綢和那個綢，這個緞和那個緞了。

老嫗道：「那小娘子該會記帳罷？」

杜小曼道：「其實……帳，我也不是很能記明白和算清。」

她數學一直不好，開酒樓那段日子，是學了一點記帳核帳的初級技能，但主要都是綠琉或時闌在做，她只負責核對。記帳只會用自己發明的笨辦法，別人可能都看不懂。並且她連算盤都不會打，這個活肯定做不了。

老嫗的臉越來越爲難，道：「要不小娘子再等等，老身再上去問問？」

杜小曼立刻道：「不用了，麻煩您老來回跑，真不好意思。看來這裡的活我做不了，謝謝您，我再去別處看看。」

老嫗頓了頓，道：「小娘子莫忙，興許還有別的活……哎……」話未說完，杜小曼已經行了一禮，出了店舖。

老嫗嘆了口氣，顫巍巍再上樓，向臉色陰沉地站在窗邊的謝況弈道：「少主恕罪，老身未曾想到這位姑娘居然……老身做得不妥，請少主責罰。」

謝況弈沉聲道：「不關妳事，是她蠢得出我意料。」抬手闔上窗扇。

窗外，杜小曼的身影已消失在街道拐角。

杜小曼繼續往前走，心情有點陰鬱。

以前她對自己頗有些自信的，以爲自己是外來者，思想前衛，知道的東西多。如今離開了別人的幫助，獨自找工作才發現，其實自己百無一用，根本比不上她以前瞧不起的古代女子。起碼針線女紅這些，她們幾乎人人都會，縫縫補補也能賺點小錢。相較之下，她簡直就是一頭只會吃的豬。

杜小曼的心裡充滿了自我鄙視，拖著步子走了兩、三條街，都再沒有碰到招工的。

天將晌午，半天時間眨眼就沒有了。雖然入秋了，天還挺熱的，她臉上早已滲出油汗，口乾舌燥，肚子還不爭氣地咕咕叫起來。

她找了一家小攤吃了碗麵，這條街上人挺多，前邊不遠處有個尼庵，此時小攤上滿滿都是人。

杜小曼吃著麵，不由得心生羨慕，可惜不會做飯，要不然……嗯？

她眼前突然金光一閃，似乎看到一扇門緩緩打開。

兩張小破桌、幾個小板凳，都是從舊家具店裡買來的。

一把鐵壺、一口小鍋、一個小爐子，小雜貨舖裡就有賣，買一小筐木炭，還送火折子。

粗瓷壺、瓷碗、杯子，在店內借水清洗乾淨，買了十幾件還贈了個搗蒜杵。

再來幾兩最普通的茶葉、冰糖，水果攤上買些棗和梨，都正當季，不算貴。

杜小曼再買了個半舊的小推車，推著這些東西吭哧吭哧到了尼庵附近的小街口，因爲不太會掌握推車，路上險些撞了幾次人，手上也磨起了兩個水泡。

街口大多數地盤都被人佔了，杜小曼被幾個攤主趕來趕去，總算尋到一處沒人佔的空地，雖然比起其他攤位稍微有點偏，也算臨街了。

擺好桌凳、杯碗，她翻出一塊板子，用木炭寫上「冷熱涼茶，兩文一碗；甜蜜果飲，三文一杯」，擱到桌前。

此時天已近傍晚，她趕緊把木炭裝進爐子，點上火，燉上熱水，再削梨皮，切塊。

一壺水煮開，沖進茶葉，再換上小鍋在爐子上，放梨塊、棗、冰糖，開始熬製糖水。

「一碗茶。」鍋蓋剛蓋上，攤前響起一個聲音。

居然眞有客人！看打扮像在附近幫工的漢子。

杜小曼在衣襟上擦擦手，手興奮得竟有些抖：「好咧。茶還沒涼，只有熱的，行麼？」

那人點頭，喝了茶，擱下錢，杜小曼攥在手心裡，有種熱淚盈眶的衝動。

掙、到、錢、了！

再來個客人吧！讓這兩個孤單的銅子兒有個伴吧！

不知道是不是老天給她開了外掛，杜小曼剛在心裡吶喊完，竟眞的陸續又有幾個客人來買茶，大概半個多鐘頭，她就掙了十來文錢。

把錢揣進兜裡，杜小曼一陣心潮澎湃，就算買彩票中了七千萬，可能也只能這麼高興了。

爐子上的小鍋噗噗冒熱氣，梨汁應該也熬得差不多了，杜小曼掀開鍋蓋，開始吆喝：「現熬的雪梨糖水！清熱敗火，又暖又甜，只要三文錢！現熬的雪梨糖水！清熱敗火，又暖又甜，只要三文錢——」

「一碗糖水。」一個女子走到她的攤前，盈盈一笑。

杜小曼心裡緊了一下，不會，又是月聖門的人吧？

她盛上一杯熱糖水，那女子坐到桌邊慢條斯理地喝。

杜小曼偷眼打量她，那女子一張巴掌大的小臉，尖尖的美人下巴，擱在現代，絕對是當明星的料。臉上敷得白白的，不是刷牆漆似的白，而是吃得住粉的白，白裡透著珠光般的潤。眉毛描得細細長長。十指尖尖，染著紅紅指甲。身上的衣服雖然是綢，但看料子比較粗劣，顏色倒是艷麗。鬢邊插一支珠釵，杜小曼見識過許多眞東西，便認得出那釵子是假貨，可能是銅製。垂著的珍珠是眞是假就不知道了。樣式挺別緻，斜斜插在薄而蓬鬆的鬢髮邊，別有一番嫵媚。兩片紅唇啜著糖水，竟然絲毫不改嫣紅，看來胭脂不錯，不脫色。

她坐到小桌邊，杜小曼的生意陡然就好了，接連有幾個客人來喝茶，都是男子，端著茶碗，眼睛卻看著桌邊那個女子，還有一個向杜小曼道：「怎麼也不多備兩張桌子？」

杜小曼應道：「剛開張，沒多置辦，請見諒。」

那女子獨自坐在桌邊，對那堆來喝茶的男人視而不見，待喝完了，又問：「五文錢兩杯，行否？」這個做派，不像月聖門的。

月聖門對想招攬的人，一般都會多付錢。

杜小曼笑著道：「當然可以。」還往女子的杯中多舀了個棗。

幾個來喝茶的男子磨蹭著喝完，付了茶錢，戀戀不捨地離去。

那女子仍舊慢慢喝著糖水，用茶匙將棗子挑出來細細吃，向杜小曼道：「多謝，今兒身上不便，正想吃棗子。」

杜小曼道：「是不是每月幾天的……那個？啊，那妳不能喝這個糖水，梨和冰糖都是涼性，得喝紅糖水。」

那女子道：「我倒也不講究，喝都喝了。」又問，「攤子只妳一個？沒個夥計？」

杜小曼道：「是啊，我今天下午才開張。小買賣，望以後多看顧。」

女子笑道：「好。我就在那邊的巷子裡住，喝妳這糖水頗合口味。若妳有夥計，倒是可以天天給我送一份。唉，算了，我就經常過來罷。」從袖子裡抽出一條帕子，拭了拭唇邊，把五文錢放到桌上，起身離去，留下一陣香風。

杜小曼抓起那五枚銅板，覺得銅板都帶著香氣。

隔壁賣炊餅的大娘對著那女子的背影呸了一聲，把小車拉得離杜小曼的攤子遠了點。杜小曼望著那女子款擺腰肢的背影，大概知道她是甚麼來歷了。

來的都是客嘛，有錢賺就行。杜小曼毫不在意，她本就不是個清高的買賣人。

到了快入更時，杜小曼算了算，竟然掙了不少錢。拋掉兩個梨幾個棗兒茶葉木炭，以及天黑後點油燈的成本，盈利有二十多文。杜小曼有點後悔自己水帶少了。

她收了攤子，推著小車走到尼庵後，叩響後門。

過了許久，一個老尼掐著念珠閃開門，讓杜小曼和小車進去，道：「杜施主，小庵未末申初上大供，而後就晚課休息了，到這般快要入更，實在太晚。」

杜小曼趕緊道：「師太，對不住，我明天就不會這麼晚了。」

她在這個尼庵裡捐了點香火錢，尼庵可以暫時收留她和小車住幾天，比住客棧便宜太多了，但就營業額來講，還是太奢侈，權且住著再說吧。

杜小曼把小車存到後院，尼庵給她暫住的地方是柴房旁存雜物的小屋，半間屋堆著東西，另半間屋空著，窗下用兩條板凳支著一張門板權當床鋪，杜小曼又從雜物堆裡掏出一個小破箱權當床頭櫃使。

小爐子裡還有些餘火，杜小曼新削了一個剩下的梨，加上棗和冰糖燉上糖水。門外就有口水井，用水倒是方便。杜小曼再拿了塊抹布擦乾淨臨時的床板和床頭櫃，老尼捧了舊被褥和枕頭來給她。

杜小曼謝過老尼，掀開咕咕嘟嘟的小鍋鍋蓋，盛出一碗糖水道：「多謝師太，我也沒甚麼東西好謝您，這是我自己的碗，剛洗了，還沒使過，很乾淨的，師太嚐碗糖水吧。」

老尼道：「阿彌陀佛，施主還要以此餬口，貧尼怎能吃妳的？晚課已做，亦不能進食，施主請自用罷。」

杜小曼道：「這是我的心意，師太請嚐一點吧。」再三請讓。

老尼見她態度誠懇，就接過碗，坐在門板上喝了兩口，一邊問道：「施主打算在臨德長住？」

杜小曼道：「我先留一些時日，看我那表姐與表姐夫能否尋到，若尋不到，再做打算。」

老尼嘆道：「唉，妳年紀輕輕一個女子，眞是難爲了。」

杜小曼道：「也算走運，總能遇著好人啊，像師太和庵裡，能暫留我容身。待我多賺點錢，再租個便宜屋子住下，餬口總行。」

老尼道：「阿彌陀佛，菩薩保佑施主。有個常來燒香的居士，家中似有空房，待她再來庵中時，貧尼幫妳問問。」

杜小曼趕緊道謝。老尼再和她聊了幾句，擱下空碗離開。

杜小曼喝了點剩下的糖水，滅了炭火，從外面打了點水洗漱睡下。門板配上硬挺挺的老褥子，實在有些硌得慌，但她眞是累狠了，眼皮一闔，就像被膠水糊住了一樣，再也睜不開，沉沉睡去。

此時此刻，同一座城裡，有很多人難以入眠。

城東一座雅宅中，燈燭輝煌。主廂房內，紫妍花香繚繞，侍女們放下珠簾，垂了羅帳，鋪開錦褥，門外有碎鈴聲響起，一個侍女進了房內，福身道：「夫人，跟著的人回了消息，說少主正蹲在白雀庵的屋脊上，看樣子打算一夜就在那裡過了。」

謝夫人手裡的茶盞哐當摔在桌上。

侍女小聲道：「夫人，要不著人把少主接回來吧。夜裡風涼，再說，在尼姑庵的屋頂上……要是被人看見了……」

謝夫人揉了揉太陽穴：「我的兒子，我知道，跟他老子一個德行，犟勁兒上來了，十頭牛都拉不回來。讓他在上面蹲著吧。要是被人看著了，就是我和他老子陪他一起沒臉，能怎麼樣！」

侍女道：「夫人莫急，少主這就跟中了邪似的，可能就這一陣兒，過去就好。」

謝夫人取出一盒藥膏，挑了一些，揉在太陽穴上：「過去？恐怕一時半刻難。那妮子比我料想的道行深。她若是貼定了弈兒不放手，倒是好辦。貼一陣子，說不定就膩了。但此時這樣，怕是弈兒著魔更深。」

侍女愁眉苦臉道：「那怎麼好？那麼個女子，怎麼就能迷得住少主呢？」

謝夫人嘆了口氣：「這個世上啊，那些搔首弄姿、妖妖嬌嬌的，都是紙糊的妖怪，似這般不顯山不露水的，才是眞有道行的精！」

次日天剛透亮，杜小曼迷迷糊糊睜開眼，覺得肚子上有點沉。她一撐起身，一團影子嗖地從她肚子上躥到地上，杜小曼嚇了一跳，抱著被子定睛一看，一隻肥碩的狸花貓蹲在雜貨堆旁，瞇縫著眼看她。她的小火爐上擱的鍋翻在地上，昨晚剩下、準備今天當早餐的糖水全灑了。

杜小曼一陣心痛，看看那隻狸花：「你幹的啊？」

狸花奓起鬍鬚：「喵——」

唉，算啦，想來是牠昨晚不小心打翻的。

杜小曼起身下床，一抖被子，一團黑乎乎的東西從被子裡掉到地上，杜小曼差點尖叫了一聲。

毛茸茸，血糊糊，好像是……一隻死耗子的殘軀。

狸花從嗓子裡咕嚕一聲：「喵嗚——」

這隻狸花一直住在這個雜物間內，杜小曼住進來，實則是侵犯了牠的地盤，正在角落裡暗暗不爽時，杜小曼的那鍋糖水卻引來了廚房的耗子。

庵中的幾個老尼平日飲食寡淡，極少做這些甜食吃，甜香令耗子們神魂顛倒，紛紛爬上鍋蓋，都沒留意盤踞在雜物後的狸花。

狸花飛撲上前，撞翻了鍋，將耗子們擒殺乾淨，吃了一頓飽餐，再瞅瞅床上天翻地覆的動靜中，仍睡得死豬一般的杜小曼，覺得可以原諒這個女人，收她當個手下，就很賞臉地臥在她的肚子上，還留了一塊老鼠肉賜給杜小曼。

這個愚蠢的女人竟對牠的賞賜不甚領情，狸花微有不快，瞇縫起眼睛，嗯哼了一聲，轉頭臥到雜物堆的高頂，居高臨下地清理毛皮，不再理會杜小曼。

杜小曼當然猜不透這些曲折，但也大概想到，可能是糖水引來了耗子，貓抓了耗子，撞翻了鍋。

她疊好被子，忍著噁心打掃地面，把糖水渣和死耗子都清理出去，再燒了熱水，足足把那口小鍋燙洗了五、六遍。

老尼們做了早飯，讓杜小曼一起吃，杜小曼跟著喝了一碗粥，連連道謝，到廚房洗了碗，又打掃了院子，這才和庵裡借了個竹筐，出門買菜。

她這廂剛出了後門，那廂庵裡便來了客。

「幾位師父。」

眉目慈和的老婦人敬香畢，取出一個荷包。三、四個僕役沉默地將幾包東西扛進庵中。

「我家主人發願禮佛，備米麵各三石，銀二十兩，供養諸位師父。願宏佛法，感戴慈悲。」

「阿彌陀佛。」住持老尼合十行禮，又有些許疑惑，「不知施主的主人是哪位善菩薩，心許何願？小庵有長明燈，可供奉佛前。」

老婦人微微笑道：「老身的主人，許的不是法願，不是執願，乃一點俗願爾。無須誦經，也不用點長明燈，只要後院那位姑娘還住在庵中時，幾位師父多看顧，便是我家主人心願成了。」

杜小曼扛著一堆殺了半天價淘來的便宜菜回到庵中，但見幾個老尼看她的表情有些微妙，便趕緊說：「幾位師父放心，我買的都是素菜，絕不會把葷腥帶進來。」

老尼們上前幫她接東西，杜小曼連忙推辭說自己來就行。

帶她入庵安置、一直看顧她的那位法號惠心的老尼又道：「施主昨夜睡在雜物間，實在太委屈了。東廂已收拾好客房，施主想要甚麼，便與貧尼說。」

杜小曼一陣茫然，但來不及多想，手忙腳亂地在老尼們的幫忙下將菜洗乾淨了，推著小車趕去出攤。

趕到昨天的老位置，眼看要到晌午了。她擱下爐子，點火架鍋，放水，加入鹽、花椒、八角、桂皮、辣椒粉等，再布置攤子。待擺放齊整，鍋裡的湯已開了，咕嘟嘟地燉著，杜小曼再取出一把竹籤，將青菜、蘑菇、豆腐泡、豆腐皮等串成一串串，放入鍋中。

香氣飄溢，引了幾個人駐足問詢：「小娘子這賣的甚麼？」

杜小曼拍了兩頭蒜，邊搗製辣醬邊答道：「麻辣燙。」

其實她更想買烤羊肉串的，可尼庵好心留她，怎麼也不能用這些葷腥毀了佛門淨地。留待賺錢租得起房子後，再發展這項業務吧。

來來往往有人問，有人看，卻總不買。還有人嘀咕，那湯熟了沒，這麼點東西怎麼夠吃。

杜小曼正好有些餓了，就從旁邊大娘的攤位上買了一個餅，把餅掰開，夾進兩串豆腐蘑菇，刷上辣醬，再磕了個雞蛋，撒些蔥花，舀了點鍋裡現開的湯沖出一碗蛋湯，邊吃邊喝。

頓時有圍觀的人道：「妙哉，就妳吃的這一套，多少錢？照樣給吾來一份。」

杜小曼道：「一串青菜兩文，豆腐皮蘑菇三文，一碗湯四文，餅您得到旁邊買了。」

旁邊圍觀的人道：「眞是不貴，一個雞蛋還得兩文錢哩。」有跟著起哄趁熱鬧的也要了吃，沒多久，杜小曼的小鍋竟空了，趕緊添水加串再煮，旁邊賣餅的大娘也賣出去不少餅。

那大娘因昨晚來吃糖水的那個女子，連帶著對杜小曼有點成見，但今天杜小曼捎帶幫了她的生意，成見便消了些，趁空和杜小曼搭了兩句訕，問她家鄉何處，怎麼到了臨德，爲何出來做生意？

待過了晌午，客人稀疏了，杜小曼邊收拾材料，邊和大娘嘮嗑。突然一陣香風襲來，眼角餘光瞥見一襲華裳，趕緊轉身：「客人要吃串還是喝……」

半截話哽在嗓子裡，杜小曼拎著抹布的手僵在半空。

「杜姑娘。」謝夫人站在攤前，笑得溫柔，「能否請妳移步片刻，與我談談？」

杜小曼愣了幾秒鐘，點點頭，將攤子托給賣餅的大娘暫時照看，擦乾淨手，解下腰上的圍裙。

謝夫人側立在一旁一直盯著她，讓杜小曼很是不自在，僵硬地笑道：「夫人，我可以走了，去哪裡？」

謝夫人含笑道：「便就對面的茶樓罷。」

茶樓二樓，小單間。

茶點擺上，茶博士沏上茶，杜小曼有些渴了，見謝夫人只是端坐不動，就端起面前的茶盞喝了一口，清清喉嚨問：「夫人想和我談甚麼？」

謝夫人笑盈盈道：「杜姑娘，那時我將妳交給了寧右相，想來妳心中定然怨恨。妳可知，我為何要如此做？」

杜小曼聳聳肩：「無論是謝少主還是白麓山莊，與唐晉媗扯上關係，都沒好處。所以，雖然夫人那時把我賣給了寧右相，我覺得很不厚道，不過我能理解。」

謝夫人微微搖頭：「杜姑娘，妳不會以為我眞那麼傻，看不出其中的破綻罷。若妳眞是唐晉媗，我絕不可能將妳交給寧景徽。」

杜小曼握著茶盞怔住。

謝夫人正色道：「杜姑娘，我就敞開窗戶說亮話了。我查不到妳的來歷，不知道妳是誰。我也不想知道。但我絕不能讓妳與我兒子在一起。」

「妳不是唐郡主，我眼中所見的那個小丫頭，絕非出身富貴，舉止談吐都毫無教養。妳曾與弈兒說妳不是唐郡主，但以唐郡主之名稱呼時，妳又應著。月聖門與右相那等人物爲甚麼都要找妳，我不清楚。可我們光明磊落的江湖人家，只走坦坦蕩蕩江湖路，與姑娘妳，不是一條道。」

杜小曼道：「那個……謝夫人，妳怎麼猜我無所謂。但我現在沒和令郎謝少莊主在一起，將來也不會，我不……」

謝夫人唇角輕挑：「杜姑娘，我已開誠布公找妳，便是對妳欲擒故縱之計一清二楚，妳又何必繞彎？弈兒這幾天一直跟著妳，妳眞的不知？哪個年輕輕的女子敢公然拋頭露面，當市買賣？弈兒那傻孩子巴巴地著人去給妳送錢花，一文兩文，妳唱他和，何必。」

杜小曼手裡茶盞像變成了鐵盞，裡面裝著滾開的水：「妳說，我攤上的客人是……謝少主他……」

謝夫人道：「姑娘，弈兒這麼一夜兩夜地熬，也不是辦法。要不這樣，妳先隨我回宅子，其他事再慢慢計較，如何？」

杜小曼沉默很久。

而後她深吸一口氣站起身，慢慢道：「謝夫人，不管妳怎麼看我，我、和、妳、保、證，我對謝少主沒有任何企圖，我就是想過自己的日子而已。」

她說完這句話，轉身推開小間的門，離開茶樓。

她穿過大街，回到攤前。

賣炊餅的大娘試探地問：「來找妳那位是……」

杜小曼胡亂應著：「哦，一個熟人。」

她手忙腳亂地收拾起攤子上的東西，堆到車上，也不管鍋歪了，湯灑了，串串竹籤掉在地上，胡亂撿起跌落的小板凳塞在車頭，推著小車倉皇而逃。

她撞進小廟後門，院中的老尼詫異：「施主怎麼這麼早就回來了？廂房已經收拾好……施主？」

杜小曼只當沒聽見，把小車丟在柴房門前，一頭撞進雜物間的門，插上房門。

狸花被她驚了一跳，從床上跳下來，躍到雜物堆上。

床頭的破櫃上擱著她吃飯的碗。她昨天買的那些減價處理的茶杯和碗只有這一個是有花紋的，花枝上開著淡紅色的小花，大概是因爲碗底有個小豁口，才便宜賣了。她開心地把這個碗洗了又洗，留給自己用，既喝水，又吃飯，幸福得不得了。

昨天夜裡，她抱著這個碗在床頭喝糖水，邊喝邊想，賺了錢，先租間小房子，再買上茶杯和配套的碟子。

她抓起那個碗，狠狠向牆上砸去。

瓷碗碎成幾片，跌落在地。

她再從懷裡扯出乾癟的錢袋，用更大的力氣砸到牆上。

銅板跌落一地。

杜小曼跌坐在地上，狠狠抓著頭髮，口腔裡依稀有淡淡的腥氣。

過了片刻，她慢慢動了動，向前爬了爬，收拾了兩塊碎碗渣，丟下，又摸向四散的銅板，在觸到的一瞬間，終於忍不住抱住膝蓋，痛哭出聲。

她一邊哭一邊抹著眼淚一邊想，杜小曼，妳怎麼就這麼玻璃心了。妳有啥好玻璃心的？妳甚麼沒見過？

死過，見過神仙，又回到人世，當過通緝犯，進過邪教，蹲過大牢，喝過毒藥。還有甚麼扛不住的？

謝夫人的幾句話，說得沒錯啊，是實情，有甚麼好玻璃心！

她再抹一把眼淚鼻涕，把錢抓起來，都塞進錢袋。撿起那幾塊碎碗片時，心中一陣刺疼。再咬咬牙，想想自己現在滿頭亂髮，一身泥灰，模樣絕對經典，拿個碗就可以進丐幫了，這樣還會被謝夫人腦補成狐狸精？甚麼鬼劇情！不覺又笑了一聲。

狸花臥在雜貨堆上眯縫著眼睛看這個瘋婦，覺得愚蠢的人類真是不可理喻。

杜小曼吸吸鼻涕站起身，摸摸碎碗塊上的花紋，又一陣心疼，在心裡說了聲對不起。

她把錢袋擱到床上，準備打點水洗洗臉，一開門，只見門外站著，謝況弈。

杜小曼一時不知該如何反應。

謝況弈看著她，沒說話。僵持了許久，謝況弈才沉聲道：「我娘……」

杜小曼很鎮定很淡定道：「謝少主，真的謝謝你。你幫我這麼多，可能我這輩子都還不清。可能我這人確實不知好歹，但我還是要說，你以後，別再幫我了。」

謝況弈的臉色變了變。

杜小曼轉身往水井的方向去，謝況弈的聲音從她身後飄來：「只有三個人是我派的。」

杜小曼的腳步頓住。

謝況弈道：「就三個，妳不想讓我幫，可以還我六文錢。」

杜小曼回身，與謝況弈的視線相遇。

謝況弈說：「嗯，其實是五個。眞的就五個，這次沒少說。」一伸手，「十文錢。」

杜小曼犀利地看著他：「你雇他們，不只這麼多錢吧？」

謝況弈從容答道：「不要錢。」

「……」

好吧，想來是白麓山莊的小弟，少主有吩咐，必定爭先恐後，倒貼錢都願意。

杜小曼摸出錢袋，倒出十文錢，放到謝況弈手心裡。

謝況弈把錢往懷裡一塞，又道：「我代我娘向妳賠不是。她……咳……」抓抓頭髮，一臉爲難。

杜小曼道：「謝少主，謝夫人很疼你，她做這麼多，都是爲了你好。總之，從各方面來說，謝少主你都不應該再幫我，我也不應該再接受你的幫助。」

謝況弈盯著她，雙唇抿得緊緊，半晌擠出一點瞭然的表情，點點頭：「那我先走了。」乾脆地一縱身，掠上房頂離去。

杜小曼嘆了口氣轉過身，卻見惠心師太正站在不遠處，凝望著剛被謝況弈踩踏過的屋脊。

杜小曼吸吸鼻子：「要是瓦被踩壞了，我賠。」

惠心師太雙手合十：「阿彌陀佛，施主，貧尼有句話不得不說，緣如佛前明燈，幾世累積，才得琉璃盞滿，但從明到滅，短或一瞬，長不過一生，當看自己把握。」

杜小曼明白，這句話翻譯通俗點，大約等於，青春短暫年華易逝，揀個好的就嫁了吧。

她點點頭：「對，但如果本來就沒緣分，不該牽扯上，就果斷不要接觸太多。」

惠心師太嘆息一聲，又唸了句佛號，轉身走開。

杜小曼打水洗了把臉，涼水潑到臉上，腦子也冷靜了。

她抹乾淨臉，把全身收拾收拾，將小推車拾掇了一下。方才衝動的時候，她曾想過把車砸了，離開白雀庵，現在她想給自己兩巴掌。

對，這錢是賣了秦蘭璪的東西才有的。

對，開始擺攤的時候謝況弈幫忙開了外掛。

對，一直還是靠了別人。

但人得面對現實。傲氣是要本錢的，啥都沒有的時候，有甚麼資格談骨氣。

砸了車，還能去幹甚麼？

不食周粟餓死的那兩位，之所以風骨千古流傳，因爲人家本來就是名人。

杜小曼鐵骨錚錚地餓死在街頭，不會有人對著屍體讚歎，啊，這個有氣節的女子！只會抱怨，又有躺屍的影響市容了，往亂葬崗拖都費勁！

將來賺了大錢，拍下銀子，N倍還債，那才是贏家！

哭哭哭，哭個鬼啊。

傷春悲秋，那是有錢人家的小姐才有資格幹的事兒。

趁著天還亮著，趕緊出去，晚上再賺一票才是正道。

杜小曼推著小車重新回去擺攤，賣炊餅的大娘看到她眼直了一下。

「小娘子，回來了？」

杜小曼嗯了一聲，擺放好桌椅，感覺有無數道視線在自己身上掃射，她抬頭環顧了一下四周，左右攤位的攤主卻都在各做各的。

她從車上搬下小爐子，賣炊餅的大娘過來幫她端鍋，試探著問：「晌午來找妳的，是……」

杜小曼笑笑：「一個熟人。」

大娘嘆了口氣：「唉，妳一個人，年紀輕輕的，眞是不容易。不過能想著做門營生，也挺好的。」

杜小曼道：「我剛做買賣，甚麼都不懂，承您幫襯，以後也請多看顧。」

大娘道：「小娘子客氣了。大家做買賣餬口，都不容易，能互相多幫幫就幫幫吧。」

杜小曼笑著點頭。大娘正待再說些甚麼，一個裊娜的身影站到了攤前：「又出攤了？」

杜小曼一抬頭，見是昨天來喝糖水的那個女子笑盈盈地立著，賣炊餅的大娘立刻放下了手裡幫襯的東西，回自己的攤上去，暗暗撇了撇嘴。

女子含笑道：「晌午我就想喝妳昨兒那個糖水，遠遠瞧了瞧，妳好像改賣別的了，晚上還有麼？」

杜小曼趕緊說：「有，但要等一等。」

女子在攤位上坐下：「不當緊，反正我也沒事，妳熬著。」

杜小曼現削了梨子，加棗熬上，飛快奔進旁邊的雜貨舖，現買了一包紅糖加入糖水中。

女子抿嘴笑道：「謝了，眞是有心。」

杜小曼道：「承妳多照顧我的生意，這是應該的。」

賣炊餅的大娘與左右攤主聽了，都又暗暗撇嘴。

中午謝夫人來找杜小曼談話的那一場，左右攤主都在猜測內幕。謝夫人保養好，看起來和杜小曼是同輩人，其美艷華貴與杜小曼的灰頭土臉對比著實強烈。於是眾人都猜，八九不離十，是哪家的老爺一時豬油糊了眼，明明有美貌的夫人，還摸上了府裡的粗使丫頭，丫頭事後落荒而逃，流落街頭，還是被窮追猛打的夫人尋著了。

如今，杜小曼對這個女子如此討好，其他攤主們不得不感嘆，物以類聚，人以群分。

杜小曼對這一切懵然不知，只憑直覺知道，這個女人肯定不是謝少主雇來的，是她靠自己的能力吸引來的客戶，得好好對待。

這個女子喝糖水的期間，又吸引了不少男人過來，杜小曼輕鬆入帳了十幾文，期間竟還有客人來問：「小娘子，晌午那吃食還做不做了？」

杜小曼頓時被治癒了。

這句詢問是最好的肯定，勝過一萬句稱讚。

但是她只有一口鍋，熬了糖水，就做不了串串，只能道：「明天中午有。」

那人走時，表情還有點失落，杜小曼感動得要流淚了。

那女子抿著糖水笑道：「妹妹生意不錯呢。妳中午賣的那個，看來挺好吃，我明兒也來嚐嚐。」

杜小曼道：「那多謝啦，剛開始做，只希望能餬口罷了。」

女子又道：「妳既是新來，在何處落腳？」

杜小曼道：「暫時在白雀庵中借住。」

女子道：「哎呀，那可不是長久之計。若是妳想賃屋，我家倒有空房，可算便宜些租妳。我每天佔便宜多吃點糖水便罷了。」

杜小曼心裡一動，正想問價錢，又忍住了。這女子看起來實在像……再說萬一又是月聖門的呢？做客戶挺好，其他的，還是算了吧。

女子敏銳地捕捉到了她的神情變化，擱下茶盞：「妹妹神情猶豫，難道聽說了甚麼風言風語？我知道許多人說我不好，但我實實在在一個清清白白的人，不怕旁人說甚麼！」

杜小曼趕緊道：「不是不是，是我實在沒錢。整了這個攤子，還得留點錢進貨，暫時沒甚麼盈餘，所以才在庵裡借住，等賺了錢再說。」

女子起身：「也罷，是我多事了。」擱下糖水錢，走了。

賣炊餅的大娘探首觀看，終於忍不住小聲向杜小曼道：「呔，小娘子，那鄭九娘，妳還是少沾惹爲好。」

杜小曼聽這話不甚入耳，含糊道：「我看這位夫人人好又漂亮，總來照顧我生意，挺感謝她的。」

賣炊餅的大娘嗤道：「啐，夫人？這個詞哪能往她身上用。小娘子，就當老身多事了，妳既然想正正經經做買賣，本分在城裡立足，就別沾這種野路子女人。」

杜小曼不得不道：「她到底是……」

大娘正等著她問這一句，立刻爆了一堆料。

那女子的身分，倒和杜小曼之前猜測的有出入，並不是做不正當營生的。據炊餅大娘說，她不是本城人，大概在一年多前來到城裡，貌似是一個買賣人養在這邊的外室，自稱姓鄭，叫九娘，不知道是不是本名。那男人給她買了個小院子，但極少出現。鄭九娘就每日裡濃妝艷抹，在街上晃蕩，勾得這一帶的男子們心迷神醉。方圓幾條街的女人們，沒一個不罵她的。鄭九娘也不以爲恥，仍是打扮得花枝招展，招搖過市。

「養她那人，不知是不是不要她了，橫豎是有一陣子沒見了。她還這麼塗脂抹粉的，誰知背地裡有沒有做甚麼見不得人的營生。總之，遠著些，省得惹得一身腥。」

杜小曼將幾文錢收進錢袋裡，卻不由得想，剛才鄭九娘說的那堆話，肯定是被別人背後戳脊梁骨戳多了，怒而發洩，可見她除了可能被包養之外，沒做過甚麼不正經的事。

世界眞是不公平。如果鄭九娘是個男人，鮮衣怒馬，招搖過市，肯定人人稱讚風流瀟灑，但身爲女人，打扮漂亮點，四處走走坐坐，就變成不知廉恥，不守本分了。看著這樣的世道，月聖門倒也有存在的理由。

她立刻敲了自己腦袋一記，怎麼鬼使神差地又想到月聖門了，當心想甚麼來甚麼。

唉，說到月聖門，不知道影帝他……

沒聽到坊間有甚麼朝廷變動的謠傳，看來沒出甚麼大事。

也可能是……事情被捂住了？

唉唉，省省吧杜小曼，妳就是一瓶醬油，連肚子都塡不飽了，管得了那種事麼？且顧眼下！且顧眼下！

杜小曼再拍拍腦門，蹲下身，拿起蒲扇搧旺爐火。

「少主。」小隨從吸吸鼻涕，抱住樹杈，低聲問前方的謝況弈，「小的不明白，少主不是說，不幫她了麼？」

「我是不幫她了。」謝況弈靠在樹杈上，淡淡道，「我只看她。」

入夜，杜小曼收了攤子回白雀庵，婉拒了老尼們讓她去廂房住的好意，還是鑽進了雜物間，啃下一個大娘送的餅，大腦放空睡去。

朦朧中感覺那隻狸花又躍到了她的肚子上，舔舔毛皮，咕咕打著呼嚕臥定。她心裡竟有種莫名的踏實，沉沉入夢。

謝家的宅子裡，謝夫人仍沒有睡，跟著謝況弈的小隨從用鴿子傳回了一張條兒，條兒上只寫著一行字——少主走火入魔了。

謝夫人揉縐了條兒：「又在尼姑庵頂？」

侍女低聲道：「回稟夫人，少主不在尼姑庵頂了，在尼姑庵裡的大樹上。少主還著人傳話回來說，是夫人白日裡那樣對了杜姑娘，所以他才這樣。他不回這裡了，讓不用等他。」

謝夫人將紙團一拋：「那就讓他那兒待著吧，兒子大了不由娘。我當做的都做了！」吩咐侍女打水卸妝沐浴。

侍女一面服侍謝夫人寬衣，一面道：「夫人莫氣，少主也就這一陣兒。奴婢曾聽就近服侍過的姐妹說，那位又是姑娘又是甚麼來路不明的郡主的，手裡釣著可不只少主一個，還和別的男子有些不清不楚，少主看清了，自然就好了。」

謝夫人沉吟：「她今日回我之話，並不像作僞。」神色一變，霍然起身，「難不成弈兒都這般對她了，她還敢拿搪不喜歡弈兒!?眞是豈有此理！」

第二天早上，杜小曼起身後做了個大膽的決定，用手裡爲數不多的錢，又弄了個小爐子，再弄了口鍋。

糖水串串一起賣，多元經營，多元收入。

做生意嘛，要勇於投資！

兩個爐子又要多帶水和炭，她的小車陡然一沉，吭吭哧哧滿身大汗才推到地方。手心起了個大水泡，磨破一層油皮。

她往下搬東西，就有路人過來打趣她：「呦，老闆娘，大手筆啊，舖面擴了。」

杜小曼抬頭嘿嘿一笑：「多買個爐子而已。」

坐在樹杈上吃早餐的謝少主不由自主掐爛了一個包子。

蠢女人！跟路邊的漢子調笑，嫌事不夠多麼!?

小隨從瞄著少主鐵青的臉色，小心翼翼道：「少主，包子餡漏了，要不，吃這個茶葉蛋吧。」

謝況弈不語，指縫間漏下的包子餡恰好落上了路過樹下一人的肩膀。

那人抖抖衣衫：「呔，晦氣，大早上沾鳥屎——」一抬頭看見樹上，半張了嘴。

謝況弈向樹下一瞥，簡潔地對小隨從道：「讓他閉嘴。」

支上兩口鍋，杜小曼的生意眞的又好了很多，雖然沒像她想像的那樣翻倍，人旺的時候也夠她手忙腳亂了。

晌午過去，她再將一把錢裝進錢袋，望了望街角，心中卻有些介懷。

鄭九娘，始終沒來。

也許昨天不應該那樣回答。

張麻子帶著一幫弟兄雄糾糾往這邊而來。

聽手下人說，有個小娘們竟敢不給張爺爺進貢，就擅自在市集擺了攤子。眞是反了天，務必得讓她知道，這片地兒姓甚麼！

不知小娘皮姿色如何，王媽媽那裡前兒還說缺人……

張麻子不由得淫邪地笑了起來，一隻腳剛踏上丁字路口的磚，突然膝蓋一疼，腿一軟，一頭扎在了地上。

哪個吃了豹子膽的竟敢暗算爺爺！

張麻子正要跳起身，咻，一物擦過他的鼻尖釘入他眼前的地面。

一片……蛋殼……

一片……半截……插入……地面的……蛋殼……

張麻子一躍而起，迅捷如兔地調頭：「弟兄們，今天風頭不順，撤！」

「少主。」小隨從嚥下包子，試探著問，「不是說……」

「我不是幫她。」謝況弈從容道，「我在除暴安良。」

杜小曼坐到小板凳上，喘了口氣，擦擦汗。

這會兒人少，總算能歇歇了。

腿挺疼的，胳膊也疼，但摸摸懷裡的錢袋，她就像又注入了一管雞血一樣，感覺充滿了力量！

她喝了兩口水，又燒上一壺茶水，埋頭搧火。

「少主。」小隨從小聲勸，「小的看，這會兒應該沒甚麼事了。不如少主先去歇歇，留小的在這裡守？」

謝況弈直愣愣盯著前方：「也罷，記住，不要幫她。」

小隨從苦著臉目送攜清風離去的少主：「小的……遵命。」

傍晚將近，杜小曼抖擻精神，正在往鍋裡加串，視線的餘光瞥到幾個人向她的攤位走來。

幾個穿著官府捕快服裝的人……這種架勢，不像來吃飯的。

難道是因爲非法擺攤？

幾個捕快的手中都拎著鐐銬，杜小曼不由得緊張起來。

她慢慢站直，在圍裙上擦了擦手上的冷汗，幾個捕快已走到近前：「昨日，可有個名叫鄭九娘的女子，在妳攤上吃過糖水？」

杜小曼嚥下口水，點點頭。

幾雙手擒住了她的胳膊：「跟我們回趟衙門罷。」

杜小曼想掙扎，咔嚓被套上了鐐銬。

「爲甚麼抓我？我甚麼也沒做！」

捕快喝道：「少廢話！」再一擺手，「附近幾個擺攤的，統統拿下帶走！」

老天，是你在耍我吧！跪上公堂，杜小曼欲哭無淚，在心裡咆哮。

整點有新意的行嗎？這都第二次了！

難道鄭九娘姐姐眞的是月聖門的人？她代表月亮弄死了哪個人渣？

我又被當成聖姑了？

不帶這樣的啊！我都這麼努力奮鬥了，還讓我這麼倒楣，天理何在!?

我只想做一瓶好好過日子的醬油！

堂上衙役列序站定，知府大人升堂。

這回不是牛知府那樣逆天的娃娃臉美青年了，堂上坐著一個年約五旬的胖子，挺著富態的將軍肚，一雙眯眯眼。

知府大人一拍驚堂木：「堂下婦人，報上姓名！」

杜小曼答道：「民女杜小曼。不知犯了何罪，爲甚麼被帶到這裡？」

知府再一拍驚堂木：「好個刁婦！本府只問妳名姓，妳卻敢詰問本府，眞是好大膽子！本府看，那鄭九娘定是被妳毒殺！」

杜小曼霍然抬頭，心裡猛地一涼。

死的……是鄭九娘？

這就是她沒再來的原因？

她辯白道：「不是我！我和鄭九娘沒怨沒仇，爲甚麼殺她？我賣的糖水我自己都喝過，不可能有毒，左右攤主都能作證！」

捕快遞給旁邊的書吏一個托盤，由其轉呈到知府面前：「此乃這女子的文牒，屬下從白雀庵搜得。」

知府展開文牒，瞇眼細看，冷笑：「滿口辯詞，好個利嘴！本府倒也有幾個爲何要問妳！時杜氏，妳一個寡婦，相公新喪，不在家鄉守孝，卻到了臨德，還穿紅著綠，招搖市井，倒是爲何⁉」

時……

時……杜……氏？

寡……婦？

誰……來……告……訴……我……這……是……甚……麼……劇……情……

杜小曼的腦與心，如同被萬匹神獸踐踏過的草原，一片凌亂，一片空曠，一片荒蕪。

渾渾噩噩中，只聽堂上驚堂木又一響。

「刁婦，本府看妳如個雷打的蛤蟆一般，已編不出甚麼謊言，還不快快從實招來！」

杜小曼一咬牙，臨時強辯道：「大人，對，我是個寡婦，在家鄉過得不好，來大人治理的州府做點小生意，只爲混口飯吃。你說我穿紅著綠，招搖市井，那頂多算我不守婦道。也不能因爲這個就說我是殺人犯啊。殺人者，要不爲劫財色，要不有深仇大恨。我初來乍到，以前都不認識鄭九娘，爲甚麼要殺她？我擺攤子這幾天，最照顧我生意的就是鄭九娘，我謝她還來不及。」

知府冷笑：「好，好利的一張口！果然不是凡角！時杜氏，妳休以爲本府好迷惑。便是尋常歿了一人，鄰里相識者，尚且嘆息感傷，何況共枕夫妻。亡夫新喪，妳就穿紅著綠，分明是他死了，妳開心，不守婦道，更兼蛇蠍心腸！依本府看，妳相公是如何死的，都待探究……」

杜小曼正色道：「大人，民女相公怎麼死的，文牒上若是沒寫，您可以寫信去我戶籍所在的府衙問詢。您暗示我謀殺親夫，這個罪名我可當不起。」偷偷狠掐一把自己的大腿，逼出兩滴眼淚，哽咽道，「民女這輩子，最愛的人，就是我相公了。死了老公的女人，就只能守在家裡哭麼？他窮得要命，甚麼都沒留給我，我難道哭著餓死？再苦再難也要活下去啊！他臨死前一直跟我說，讓我好好活下去！就算爲了他，我也要好好活著！我如果披麻戴孝，別人嫌晦氣，誰會來我攤上買東西？我不得已而爲之，大人怎麼知道我不是白天臉上帶笑，晚上沒人的時候偷偷哭？」

她知道，自己這麼梗著脖子和知府嗆，其實沒好處，但她也不甘心一句話都不說，就任憑審訊。她覺得自己就像個被關在玻璃罩裡的蒼蠅，滿頭亂撞。

知府狠狠又一砸驚堂木：「一派胡言！文牒上寫得明明白白，妳夫時闌，乃慶化五年滁州府京試科生員，豈無薄產？與妳成親不到半載便歿。本府查得，那鄭九娘居於臨德，有男子供其衣食房屋，她與妳夫有何關聯？妳千里來此，可是正爲鄭九娘而來!?速速招認，免受苦刑！」

杜小曼一時無言了。

原來可以這麼扯在一起！

這位知府，竟有如此奔逸的思維，如此無邊的想像，在看到那個該死的文牒的一瞬間，便腦內上演了一部跌宕的仇殺戲。

有劇情，有起伏，如果女主角不是她，她真覺得挺精彩。

知府再冷笑道：「刁婦，妳還有何話說？」

杜小曼道：「大人，你說的那些，都是你的想像，有證據嗎？」

知府臉色頓青，正要把驚堂木高高掄起，仵作在外求請上堂，將一個蒙著一塊布的托盤呈給知府。知府看罷，攢下蓋布，向堂下一指：「來人，且將這刁婦杖責二十，押進後牢！」

左右衙役正要拖住杜小曼，一旁側立的主簿往屏風後一瞥，繼而躬身道：「大人，此案曲折，隱情甚多。此婦人刁鑽，唯恐受刑之後，更藉故不吐實言。大人寬厚，不如且饒她此次，收押入監，明日證據齊備，堂審時再用刑不遲。」

知府瞇眼看向主簿，片刻後頷首道：「也罷，且將此刁婦押下去好生看管，明日再審！」一拍驚堂木，退堂。

知府退出到屏風後，小吏一臉惶恐，低聲道：「大人，後堂有人，似爲此案來，大人快去。」

知府咳嗽一聲，正了正官服，昂首道：「本府辦案，從不徇私。待且先會會。」

小吏抬頭看了他一眼，神色更惶恐了。

杜小曼被衙役拖拽下去，這才明白上次在杭州被抓，裡面有多大的水分。衙役這次給她上了手銬腳鐐，扯得她肩膀險些脫臼，腕骨都快被折斷了，腳上被狠狠踹了幾下，杜小曼咬牙強忍著被扯起。幾個衙役口裡喝著「快走」，眼裡卻有一股貓玩耗子的快意，幾隻鹹豬手還往她臉上和胸前摸。杜小曼閃身躲避，被一股大力狠狠一推，猛一個踉蹌，一頭撞在另一個衙役身上。

那衙役道：「刁娘們兒做甚!?」

杜小曼只感到眼前一黑，左臉被重重擊中，繼而漫天金星閃爍，口中鼻腔裡湧出腥濕。

她後背又被狠狠砸了一下，猛地撲在地上，胸口一陣悶疼，耳中嗡嗡作響，似乎被隔進了一個黑暗的世界，辱罵和笑聲劃破漆黑刺入。

她又被人從地上拖起，腿上又被踹了兩腳，再踉蹌跪倒，頭髮被大力猛扯，散了下來，阻擋住視線。

知府到了後堂，廳內再無他人，只有一個年輕的女人。

知府不由得一怔，正要喝道哪裡來的婦人敢進本府內衙，那女子從袖中取出一塊牌子，知府再一怔，趕緊躬身低頭。

那女子冷冷道：「黃知府，你好大膽子，竟敢抓她。堂上證物已出，鄭九娘乃被毒針所殺，你竟還要屈打冤枉，眞不要命！」

黃知府抖著退出門，急招小吏，主簿又匆匆趕來：「大人，那時杜氏，與謝家似有瓜葛，謝家派了人來，禮請大人再斟酌此案。謝家的少莊主能爲那女子作證，她昨夜未曾行凶。」

黃知府擦擦額上汗珠：「快，這就將此女放出，讓謝家的人帶走吧。」

待最後一次跌到冷硬的地面，再沒有被扯起時，杜小曼昏迷中，聽得牢門響，竟鬆了一口氣。

她像條快死的魚，只能半張著嘴呼吸，好像仍被罩在一個罩子中，一半與這世界隔開。她下意識地摳著地上的硬泥，心中竟有一個強烈的念頭——

如果她會武功，如果她手裡有刀，一定將這堆人渣全部砍了！

牢門再響，杜小曼在地上抽動了一下，聽到一個溫婉的聲音：「怎麼傷成了這樣？」

杜小曼掙扎著吃力地撐起身，抬起頭，努力凝聚視線，幾道身影掠到眼前，俯身，兩、三雙溫柔的手攙扶住她，她臉上敷上了一塊涼涼的東西。

瀰漫著腥氣的鼻端，突然嗅到了一股香氣。

春天到來時，花朵初綻的香味。

奇怪，現在明明是秋天了。幻覺？

最後一絲清醒的神智裡，杜小曼只想到了這一個問題。

而後，她徹底沉入了夢鄉。

「走了!?」

主簿客氣地笑：「謝夫人，謝公子，你們要的人的確已經走了。倘若不信，可以破例讓你們到牢中看。兩位可能知曉內情……那位來歷不小，我們大人也……總之，兩位亦可放心，這場官司與那位絕無干係，只是誤會，誤會……」

謝況弈臉色鐵青，轉身離去。

謝夫人暗使個眼色著隨從跟上，含笑向主簿道：「有勞。」

土牆。矮桌。木床。

杜小曼坐在床上，左右四顧——沒人。空空的小屋裡，只有她自己。

她一動，渾身就疼，皮疼，肉疼，骨頭也疼，肉與骨頭連著的筋尤其疼。臉上麻麻的，僵僵的，似乎敷了甚麼厚厚的東西，她用手蹭了一點，送到眼前看看，似乎是黑乎乎的藥膏，一股藥香。

杜小曼吼了一聲「有人嗎」，嗓子乾又澀，話像是混著沙子在大鐵鍋裡炒的栗子，粗糙嘶啞。沒有任何回答。

她身上的衣服是乾淨的，頭髮也是。

床尾有一套乾淨的外衣和布襪，床邊擺著一雙新鞋。

杜小曼掙扎著下了床，在屋裡挪動了幾步。

這個小破屋眞不大，四面土牆，頭頂是木房梁，茅草糊的黃泥做的屋頂，一扇木門，一扇窗，一目瞭然。

屋內所有的東西，甚至是房梁，都一塵不染。床上的軟枕、素花床單、輕軟的棉被和那張木床格格不入。

牆上掛著一個斗笠、一個鼓鼓的包袱、一個空水袋。

桌上的粗瓷茶壺裡，茶水是熱的，入口清香，是好茶。

一個紗罩下，罩著一碟饅頭、一碟包子、三樣小菜、兩個茶葉蛋、一碗粥，都是熱的。

這表明，不久前，這屋裡還有其他人。

杜小曼挪到門前，推開門。

藍天、白雲、曠野……

天邊路過一行南遷的大雁，秋草搖曳。

一條蜿蜒的小土路，截斷在亂草中。

牆邊的雜草堆裡，有一口井、一個木桶。

野菊花依偎著籬笆蓬勃盛開，一帶遠山茸茸的腦袋沐浴在金燦燦的陽光下。

這是哪裡？誰把她弄來的？肯定不是謝況弈。

杜小曼努力想了想暈過去前的情形。

當時，好像有香氣和女人的聲音……

月聖門？可能性比較大。

或者是天上的神仙們？看到她受罪終於良心不安，把她拎來這裡，就好像遊戲裡的回城復活一樣，重新開始跑地圖？

杜小曼折回屋內，把飯吃了，茶葉蛋煮得很入味，蛋黃尤其好吃，包子是豬肉茄子餡的，非常鮮美，杜小曼狼吞虎嚥，吃下去兩個。

吃完了飯，杜小曼打了點水，把碗洗了，依然沒有人出現。她不禁想，是不是不會再有人出現了。水和食物的溫度，表明那人算準了她醒來的時間。

這個小茅屋裡沒有鍋灶糧食，只適合臨時歇腳，不是個居住的地方。

包子和饅頭可以作乾糧，粥卻只有一頓的量，茶水也不多，桌角還有一疊似乎是打包乾糧用的紙袋。

杜小曼打開牆上掛的那個包袱，果然，裡面有兩套衣服、一套鏡梳、一盒藥膏、一袋整銀、一包散錢，還有一個熟悉的藍封皮本本——她的身分文牒。

杜小曼翻開一瞅，果然就是她路上用的那本，抬頭是「滁州府衙知會各州縣時杜氏丙寅嘉元三年七月初三生……」

這文牒，她當時曾看過，但因爲這段時間心情複雜，加之是謝況弈給的，她相信他，所以只匆匆一翻，看了頭尾。文牒上的字不斷句，都是繁體，她看到了「杜氏」兩個字，把緊跟在州縣後的那個時字當成後綴跳過去了。中間的「慶化八年六月十八嫁與滁州府生員時闌」那頁她根本沒看，只跳到末尾掃了一眼「准予通行方便」和官印，便放心地揣了起來，該死的就被影帝白佔了便宜。

看到這個東西，杜小曼幾乎能確定了，救她的，是秦蘭璪的手下。

杜小曼嘆了口氣，闔上文牒，揣進包袱，將饅頭包子打包，灌滿水袋，頂上斗笠，走出了茅屋。

站在蒼茫曠野中，她深呼吸了一口氣，不禁想，該往哪兒走？

現在還是早上，太陽剛爬得比較高，有太陽的地方，就是東南方。

那麼，這座小茅屋正對著的地方大概是南，背後是北。

南方有山，翻山不易，如果山裡還有老虎、蛇甚麼的……還是往沒山的地方走比較好。

杜小曼往北走了兩步，又停下。

她雖然不知道今天是幾月幾號，也不知道自己之前到底睡了多久，但按常理推斷，應該頂多睡了一天，那麼這裡距離臨德，不會太遠。

臨德周圍是沒山的。

朝著沒山的地方走，走回臨德的可能性，比較大。

還是有山的方向保險。

進監獄這一回，讓她明白了，連神仙也靠不住。不過，如果被老虎吃了，GAME OVER，賭局就廢了。那種情況他們應該還是會管的。

想通了這個，杜小曼調轉身，大步朝著遠山進發。

山看起來遠，走起來更遠。

杜小曼本來腿就疼，走不太快，走一段路，就得停下來歇歇。

一路沒有人煙，只有曠野，剛開始走的時候，杜小曼還有點「天寬地闊只有我」的詩意情緒，走到後來，只剩下累了。

中午，太陽火辣辣的，她坐在一棵樹下歇氣，灌了兩口水，啃下一個包子，非常希望現在突然出現一輛驢車甚麼的。

再往前走了一段，她心裡一陣驚喜——前方，她看到了路，是小土路，有路，就表明附近有人家。

那路橫在眼前，一頭往遠處曠野，一頭往一道樹林。

杜小曼斟酌了一下，選了曠野。

一個人趕路，青天白日下的曠野比幽深的樹林有安全感。

事實證明，她是對的。

走著走著，小土路越來越平坦寬闊，開始分出岔路。

往岔路上望，她隱約看到了人家，那裡的地勢比這裡凹，高高的牌樓和屋脊，似乎是村莊。

杜小曼沒有往岔路上走，繼續沿著土路前進，路上開始有人了。

並且是杜小曼肖想過的驢車，嘚嘚地越過她，木架車上坐著幾個農家打扮的人，杜小曼一陣欣喜——那些人，腳邊擱著包袱。

她鼓起精力，繼續向前走，又過去了幾輛馬車驢車，當日頭開始西斜的時候，杜小曼迎著漸近的山，看到了一條河。

路的盡頭，有碼頭，有船，有不少的人走動，還有草棚茶水吃食鋪，杜小曼一陣熱淚盈眶。

碼頭上，有人在吆喝：「快點，快點，今天最後一趟了！」

杜小曼隨著一堆人擠到碼頭前，兩三個大漢攔在兩邊，不耐煩道：「快！快！二十文！二十文！」

有人仰脖道：「坑你姥爺咧！從來都十五文，哪來二十文！」

大漢道：「十五文你等明兒個，坐不帶篷的，反正今個就這最後一趟！」

周圍眾人有些猶豫，杜小曼擠到大漢跟前問：「十八文不行麼？」

大漢一翻眼：「廢甚麼話！」

杜小曼裝作猶豫一下，才從袖子裡摳出一把錢，點了不夠，又摸出兩個，湊夠二十文。

大漢不耐煩地劈手奪過，將她往前一推：「趕緊！」

這一推正好推到她肩上的傷，杜小曼暗暗倒吸一口氣，咬牙忍住。碼頭下，一條烏篷大船正停在岸邊，船上已有不少人。

杜小曼踩上舢板，逼近船幫時，船身一陣搖晃，她跳到船中，踉蹌了一下，險些跌倒。周圍的人向旁閃避，有人罵道：「跳個啥，不會好好下啊!?」

杜小曼低頭賠不是，靠著船幫坐下。她跑了一天，蓬頭垢面，一身灰土，臉上糊著藥膏，周圍人都以為她有甚麼病，往旁邊避讓。有個老太太嘀咕：「啥人都讓上。」

杜小曼靠著船沿盡量坐得舒服點，又掏出一個包子就著水啃。

船上越來越擠，杜小曼豎著耳朵聽周圍人談論：「到了渦縣得天黑了」，「三舅母說來接」……

這條船肯定不是去臨德的，杜小曼徹底放心了。

過了一時，船頭一聲吆喝，纜繩解開，船搖晃前行，順流而下。前方，一道山壁中分兩半，河流從中間穿過。杜小曼不禁笑了，原來山可以這樣過。

船行輕盈，穿過山壁，天快黑時，到了一處碼頭，淺灣裡密密麻麻都是船隻，小有舢板，大者，在杜小曼眼裡，約等於巨輪了。

杜小曼隨在人群中上岸，四下張望。燈火絢爛，馬牛驢騾拉著各色車轎；來往行走的，綢緞布衣，各色人物；各種方言口音、各種箱囊貨物擠滿了碼頭，極熱鬧，極繁華。

杜小曼挨到一個茶攤邊，要了碗茶喝，耳朵又敏銳地捕捉到了幾個關鍵字，一陣激動。

碼頭上，有船是往鎮江去的，而且往那邊裝了貨，便要行海路去南洋！

甚麼月聖門、朝廷，這些亂七八糟的，都可以掰掰了！

她包袱裡的錢作旅費應該是夠了。

在這個時代，一個女人自己漂洋過海，肯定各種不容易，但起碼有目標，有希望了！

杜小曼離開茶棚，碼頭就一條路，往前是繁華的街道，她在路邊吃了碗麵，走進一家客棧。

洗了熱水澡，躺在床上的時候，渾身似乎也沒那麼疼了。

她閉上眼計畫著明天與未來，但又不禁想，眞的會這麼容易？

每次當她充滿希望，計畫著某事時，總會被現實無情地打斷。但是……不管這次成不成功，眼下還是很有希望的。

不好的等發生了再說，現在，只想著好的就行。

嗯，要是眞的能走成，亂七八糟的事情都甩開，重新開始，該多好。

甚麼都放下了，甚麼都看不到了……

萬般皆假……

萬般皆空……

……

「媗媗，媗媗，妳信我麼？」

「媗媗，媗媗……」

「信他早晚有妳哭瞎眼的一天！」

「妳還能往哪去，妳只剩一條路，走也得走，不走也得走！」

「滾——」

……

「媗媗，此物便似我心，妳……」

……

「掌櫃的，這是我的傳家寶……妳將它時刻帶在身上……可保平安。」

「蠢！豬心上都比妳多長了一個窟窿！我一早告訴過妳，小心那……妳就是不長記性！」

「本閣可以娶妳。今生只娶郡主一人，與其他女子，再無瓜葛。」

「……這世間於我，便就是妳，妳在便有此生，若無妳便無此生……」

……

信者是我，他人無過。

本來就無，何必再有？

萬般皆假……

萬般皆空……

……

「我又新作了一支曲子，妳願不願聽？」

「媗媗，這支琴曲，舊名《祈月》，我今添新律，改作《雙蝶》……」

……

杜小曼猛一個激靈，睜開了雙眼，一片漆黑，天尚未明。

她坐起身，拍拍額頭。

見鬼見鬼……

都是些甚麼玩意兒！

對啊，都是甚麼來著？

腦子又有點混沌，窗外，有小公雞喔喔喔吊嗓子，杜小曼摸索下床，灌了兩口涼茶。

不要胡想其他！目標南洋！

洗漱完畢吃飽早餐，杜小曼抖擻精神，揹著包袱走向碼頭。

熙攘的街道兩旁，簇擁著各種新鮮蔬果的小攤，一個挽著籃子的身影猝不及防地撞進了杜小曼的視線。

杜小曼愣了一下，向那個身影快步走去：「碧璃？」

碧璃抬頭，看見杜小曼，猛地頓了一下，突然轉身就走。

杜小曼下意識地跟了兩步，碧璃急急穿行在人群中，到了最後，竟然跑了起來。

杜小曼的腳步停下了。

碧璃這個反應很不對勁，她暗暗掃視四周，沒甚麼不尋常。

她再向碧璃跑遠的方向望去，碧璃穿的是很明艷的翠色，在人群中比較醒目，那抹顏色拐進了一個巷口，然後消失不見。

杜小曼拐進路邊的一個茶棚，坐下。

起碼今天，去鎮江的船，她不能搭了。

碧璃的出現和舉動，有兩個可能：

一、她藏身在這裡，出於小心謹慎，不敢相認。

二、她被人控制了。

杜小曼苦笑一聲。她有種預感，出國之行，看來要泡湯了。她果斷站起身，朝著碧璃拐進的那條小巷走去。

小巷狹長，裡面有不少人家，兩個老大爺正坐在巷子中間下棋，杜小曼上前詢問，老大爺極其爽快地道：「穿綠衣服的女娃娃麼，裡頭第一家。門上只有一個門環的。」

杜小曼道了謝，走到那兩扇缺了個門環的木門前，拍了拍門。

門內一點動靜也沒有。杜小曼扒著門縫往裡看，見一抹翠色一閃。

她又繼續大力拍門，對著門縫喊：「碧璃，妳不開門我也不會走！我就在門外待著了！」

喊罷，杜小曼正打算就在門口坐下，門閂一響，門開了一道縫隙。杜小曼立刻閃進門內，碧璃反手插上門閂，背靠木門，定定地看著杜小曼，眼眶發紅，哇一聲哭了起來：「郡主，妳幹嗎要跟著我呀……」

杜小曼不知該說甚麼，安撫地抱住碧璃，碧璃抽噎著掙扎：「奴婢、奴婢不敢……郡主……」

杜小曼的傷口被撞到，疼得倒抽一口冷氣。碧璃抓住她的袖子，哭道：「郡主……妳、妳怎麼變成這樣了……」

杜小曼苦笑道：「一言難盡。妳不是應該藏在杭州附近的鄉下麼？曹師傅他們呢？妳怎麼會在這裡？為甚麼看見我就躲？」

碧璃低下頭，泣不成聲：「郡主……妳不應該跟著我……來不及了啊……是我害了妳……那個甚麼聖教……她們讓我……」

月聖門？不是朝廷或者慕雲瀟？

難道是月聖門因爲儀安城外遇伏那件事，覺得她杜小曼是朝廷的臥底，於是抓了碧璃來釣她出水，以報仇雪恨？

杜小曼皺眉：「她們在哪裡？」

碧璃擦擦淚，拚命推搡杜小曼：「她們現在不在。郡主，妳趕緊走！」

砰砰砰——

門板突然大力震動，杜小曼和碧璃都嚇了一跳，碧璃後面的話生生嚥了下去。

砰砰！砰砰砰！！！

砸門聲愈響。

「裡面的人快快開門！官府清查，不得延誤！」

碧璃一臉眼淚，無措地看著杜小曼。

「快開門！再不開就砸了！！！」

碧璃推推杜小曼：「郡主妳先進去躲躲。」

杜小曼搖搖頭，眞是衝著她來的，躲也沒用。她大步上前，打開了院門。

門外，烏泱烏泱一群身穿盔甲、手執兵刃的兵卒，這群兵卒盔甲下的布衫是藍色的。

杜小曼心裡咯噔一下，當日被拐賣到桃花島，那個血雨腥風的夜晚發生的種種再度湧上心頭。

她這樣略微一頓，爲首的藍衣兵已一把將門推得大開。杜小曼被撞了個趔趄，兵卒們擁入院中。

那爲首的人卻停留在原地，目光如刀，掃視杜小曼：「妳住在此處？怎地做出行打扮？」

他的盔甲式樣與其他的兵卒有些不同，且其他的藍衣兵手中都是長矛，他卻是腰間佩了一把刀。看來是個頭目。

杜小曼道：「我來投親的，昨晚剛到淯縣。住了一宿，今天才找到我表妹。」

那人道：「將文牒拿出來驗看！」

杜小曼從背包裡翻出文牒，那人接過翻開，此時，其他的兵卒已擁入院中廂房，一通翻找搜尋，地磚牆壁都用矛桿輕敲。連院牆上竟然都站著兵卒，另有一些輕盈地躍上屋脊，手執弓箭，俯視院內。鄰家院子的屋頂，也有兵卒冒出。

杜小曼心知肯定是出大事了，砸門之前，這麼多官兵到了門口，她卻一點動靜都沒有聽到，牆上屋頂上那些人也是無聲無息就出現了。

碧璃愣愣地站在原地，只看著杜小曼，像被嚇傻了。

一個兵卒疾步奔到爲首的那人身邊，躬身道：「宅內只有這兩個女子。」

那人皺眉道：「再仔細搜！」

小卒領命而去。那兵卒將杜小曼的文牒反覆看了兩遍，闔起，又盯著她道：「從滁州前來淯縣投親，路途眞不算近，一路都是妳一人？」

杜小曼道：「是。」

那人一招手，又一個小卒捧上一本冊子，那：「這棟宅子，屋主是客商孔甲，妳表妹與她，是何關係？幾時住進此宅？孔甲又在何處？」

杜小曼在心裡斟酌了一下，道：「大人，我表妹在這裡住了多久，我眞不知道。我新死了相公，沒得依靠，聽說表妹嫁了個富商，就想來投奔她。沒想到……」望了一眼碧璃，一臉爲難，「沒想到，表妹一開始不肯見我，轉頭就跑，後來我追過來，她又抱著我哭，原來那個富商其實沒娶她……」

那人垂目沉吟，不知信了沒有，杜小曼心裡正在打鼓，那人道：「讓妳表妹將文牒拿來驗看。」

杜小曼問碧璃：「表妹，妳的文牒哩？」

碧璃愣愣地看著她，片刻後道：「在、在屋裡。」快步進屋，兩個兵卒跟在她身後，用長矛撞了她一下，碧璃被撞得也是一個踉蹌，差點跌倒。

杜小曼心頭火起，但出聲抗議只會更遭罪，只能隱忍不言。

過了一時，碧璃拿著一個差不多的墨藍封皮冊子出來。兵卒將冊子呈給那個頭目，那人翻看驗查，突然問：「令堂貴姓？」

杜小曼一怔，本能地說實話：「我……我娘姓何，杜何氏。」

姓氏對不上，她就再扯一扯，總能扯出親戚關係。

那人瞇了瞇眼，卻沒再說甚麼，將文牒遞給旁邊的兵卒，讓他還給碧璃，把杜小曼的文牒也遞還。院中的兵卒還在搜查，杜小曼壯起膽色問：「大人，這是查甚麼？」

那人冷面不語。

過了一時，兵卒們陸續折返，又有兩個跑上前，向那頭目抱拳躬身，卻一言不發。那人一擺手：「走。」

兵卒們呼啦啦列隊，擁出了院子，卻擁向對面那家，開始砰砰砸門。屋頂上的兵也撤了，只有院牆上的兵卒仍張著弓箭穩穩站著，一動不動。

杜小曼探頭看，那兩個方才給她指路的老大爺正顫巍巍靠站在牆邊，一臉驚恐，身邊守著幾個兵，巷口有兵卒把守，巷子兩邊牆上，密密站滿了弓箭兵。

碧璃扯扯杜小曼的袖口，示意她趕緊進院。杜小曼不想當出頭鳥，但還是看不過眼出聲道：「幾位軍爺，老人家腿腳不好，恐怕不能長站，要不您幾位就行行好，讓二老坐下唄。」

幾個兵不耐煩地瞥了杜小曼一眼。

「哪個沒讓他坐？」

「自己要站的！」

「嘖，坐下吧，坐下吧！」

……

兩個老大爺感激地望了望杜小曼，顫巍巍扶起翻倒在地的小板凳，坐下。

碧璃將杜小曼扯進院，上了門閂，小聲道：「郡主，有官府的人，那個甚麼教的人一時不敢出現，妳趁此機會趕緊走……」

杜小曼搖頭：「沒那麼容易，這時候肯定出不去。」

碧璃一臉又要急哭的模樣。

杜小曼反手拉她到屋裡，擱下行李，大聲道：「表妹，有這麼多兵爺把守，但飯還是要吃。我早上就沒吃飯，快餓死了。」

碧璃道：「姐姐妳等著，我去給妳做。」

杜小曼道：「咱倆一起吧，能快點兒。做著的時候，我還能吃兩口，真是餓狠了。」說著往廚房去，覷眼看牆上的兵，見他們或望向外面，或望向鄰家，注意力似乎不在她和碧璃身上。

碧璃在廚房內生火，杜小曼坐在廚房門擇菜，低聲道：「妳得告訴我，妳怎麼和月聖門扯上了關係。她們就在這附近？」

碧璃面向著鍋灶，背朝門，輕聲哽咽道：「郡主被抓回京城後，綠琉姐說要找郡主，也不見了。我、我放心不下，就也想往京城走，打聽打聽消息，真不行就去求世子和大郡主。大郡主和郡主做姐妹時，雖時常發生口角，但到底是親姐妹，不會放著郡主不管的。」

唐晉媗光是同父同母的兄弟姐妹就有三個，唐晉媗是最小的。但唐晉媗嫁人後一直受氣，娘家卻沒有一個人替她出頭，王妃更要毒死親閨女，杜小曼對唐晉媗的娘家人早就不抱指望了。

杜小曼嘆氣道：「然後妳沒到京城，就碰到了月聖門的人？」

碧璃道：「嗯，有好多個女子，都很年輕。最後把我安頓在這裡的，名叫傲梅。她說郡主必然從這裡過，讓我勸妳入聖教。」

杜小曼道：「她們不和妳住在一起？」

碧璃道：「不和我住，但那些女人好像無處不在，好像甚麼都能知道。」

外面人聲嘈雜，似是兵卒們搜完了對面那家，又去斜對面砸門了。

廚房裡沒太多菜，碧璃就只燜了一鍋米飯，熗炒了一碟藕片、一盤香菇麵筋。飯做好了，杜小曼還真餓了，就和碧璃在廚房裡吃。

正吃了一半，突然聽到院外一聲號令，牆上的兵都收了弓箭，躍下了牆頭。

碧璃警惕地向外張望，過了一時，放下碗：「郡主，妳趕緊走。那些女子好像時刻都在，但怕官兵。趁這會兒官兵剛走，妳走可能還來得及。」

杜小曼道：「妳身上有錢麼？換套顏色別這麼醒目的衣服，貼身裝上文牒，把能拿的錢都拿著，其他甚麼也別帶。我們一起走。」

碧璃一急，聲音差點高了上來，連忙又壓住：「郡主，妳怎麼這麼死心眼？奴婢算甚麼，只是個下人，不值得郡主這樣對待。妳一個人好走，多一個，就多個拖累。」

杜小曼道：「不是拖累，是多個照應。妳沒勸我，還放了我，她們會怎麼對妳？碧璃，我們一起經過那麼多事，我一直把妳和綠琉當作我的姐妹。」

碧璃身子微微顫抖，一言不發。

杜小曼站起身：「別多說甚麼了，不帶著妳我也不走，時間不容耽擱。」

碧璃一咬牙，點點頭，飛快奔向廂房。杜小曼亦閃進廳內，關上房門，抖開包袱，剪破一件衣服，將整銀打包分開藏在身上各處，文牒貼身收好。她這裡剛收拾好，碧璃就換了一身暗色的衣裳出來，一臉緊張地對杜小曼點點頭。

杜小曼拉著碧璃，先貼在門邊聽了聽動靜，又趴在門縫處張望了一下，方才拉開門。

巷中一片空寂，家家大門緊閉，隱約聽見哪家有小兒啼哭，哭了兩聲，立刻止住了。

碧璃只攏上了門，也不落鎖，和杜小曼一道快步走出巷子。

大街上一片蕭條，商鋪都關上了門。街邊的攤子、街上的行人，都不見了，只遙遙望見街口有兵卒執刀巡邏。

碧璃低聲道：「郡主，不知道城裡出了甚麼事，但看這架勢，城門說不定都關了，渡口那邊肯定檢查更嚴。」

杜小曼道：「先去看看再說。」

渦縣不大，渡口離著碧璃的住處只兩條街遠，杜小曼和碧璃沿著路邊匆匆而行，在路口遇到一隊兵卒，為首的喝道：「那兩個女子，且站住！」

杜小曼和碧璃停下腳步，兵卒們將她兩人圍住，為首的道：「可是本城人？行色鬼祟，要往哪裡去？」

碧璃道：「軍爺，我家住荷包巷，方才已被軍爺搜查過。我表姐今天剛到城裡，家裡擦臉油沒了，帶表姐去脂粉舖買香膏頭油。」

那兵卒道：「伸出手來看看！」

杜小曼與碧璃互望一眼，不明所以，就都伸出了手。

那兵卒低頭看了看，忽地有兩桿長矛直向杜小曼和碧璃刺來！

杜小曼一時傻了，下意識縮脖一躲，閉上眼。碧璃大叫一聲，抓住了她的衣袖。

片刻後，杜小曼睜開眼，矛尖在她眼前一寸處，碧璃縮在她身邊，仍閉著眼，瑟瑟發抖。

那為首的兵卒一擺手，兩桿長矛收起，兵卒們一言不發地離開。

杜小曼拍拍碧璃的手：「沒事了。」

碧璃顫抖著睜開眼，突然蹲下身，哇地哭起來：「我怕啊——我不想這樣了——我怕啊……啊啊啊……」哭得沒有形象。

杜小曼被她哭得心裡也難受，蹲下身安慰她：「沒事了，沒事了。」

碧璃猛一甩手，杜小曼的手背上驀地一疼，碧璃慌忙抬起眼：「郡主，奴婢知罪，有沒有傷到？」

杜小曼的手背上被她的指甲劃出了幾道紅痕，眼看要腫起來，便將手背到身後，笑笑：「沒事的。這裡不能久待，站起來快走。」

到了靠近渡口的街角，竟然人又開始多了起來。路邊挑夫來去，堆滿了箱子口袋，幾個客商打扮的男子坐在箱子上嘆氣，一個牽著孩子的老婦站在口袋堆旁，看著杜小曼和碧璃道：「小娘子怎麼還敢跑街上來？快回家去吧。」

杜小曼湊上前：「多謝婆婆提醒，我們姐妹想去投親，本是路過渦縣的，想到渡口打聽有沒有前往的船。爲甚麼路上這麼多官兵？難道城裡出甚麼事了麼？」

老婦壓低聲音道：「出大事了。我們也是路過的，只聽說駐州府的兵把縣衙封了，現在渦縣不是縣太爺管事，歸兵老爺管了。不知要查甚麼，城門渡口都封了，帶貨的都出不去。」

杜小曼心裡一涼：「都出不去了？那怎麼辦？我們急著趕路。」

老婦一撇嘴：「小娘子若是不信，自家去渡口看。」

碧璃暗暗拉扯杜小曼的袖子，杜小曼再往前幾步，探頭向渡口方向打量，突然聽得碧璃倒抽冷氣的聲音。

她一轉頭，看到又有一堆兵卒向這裡走來，爲首的，卻是剛查完碧璃住的小院的那個頭目。

杜小曼心裡一涼，坐在路邊的客商一家飛快閃進路邊的店面，緊緊闔上了門。

那兵卒頭目大步向這裡走來，雙目微瞇：「恁兩個女子，爲何在此處？」

出來買東西這個藉口實在太拙劣了，杜小曼索性實話實說：「今天官爺查了我們的院子，我覺得妹妹住在這裡不安全，想帶她離開這裡，就到渡口看看有沒有船。」

一個兵卒道：「分明是……」

那頭目一抬手，道：「即刻便要封城，只有最後一趟船，馬上要離岸。」說完竟轉過身，帶著那堆兵走了。

等等，走了是甚麼意思？

他剛才的那句話，分明很像是提醒……

爲甚麼？杜小曼來不及多思考，趕緊拽著碧璃飛奔到碼頭。

碼頭的貨物堆積如山，大小船隻泊在水中，只有一個小舢板正要解纜。

杜小曼拖著碧璃直奔過去，終於明白爲甚麼這艘小舢板可以離岸了……

舢板上，有一個老艄公領著兩個年輕後生，除此之外，只有三個官差打扮的男子，腰裡都掛著刀。

那幾個人一起盯著杜小曼和碧璃，好像盯著兩頭闖進農田的驢。

杜小曼僵硬地在碼頭煞住腳步，尷尬地咳了一聲：「請問，可以搭船麼？我和我妹妹都是良民，剛剛已經接受過檢查了。還是一個軍爺告訴我們，可以搭這趟船的。」

她自己都覺得自己的話蠢透了。老艄公竟被她蠢笑了：「小姑娘……」

一個官差突然開口：「妳們兩人，未帶行李？」

杜小曼道：「哦……我們輕裝上路。」

那官差道：「可有文牒？」

杜小曼掏出文牒，彎腰遞過去，艄公接過轉交給官差，那官差打開看了片刻，抬眼，竟做了個默認她們上船的動作。

杜小曼以為自己眼睛壞掉了，她當機立斷扯著碧璃跳上舢板。

小舢板劇烈晃動，杜小曼一個沒站穩，狼狽地與碧璃一起跌坐在船內，差點一頭撞到船舷上。

那三個官差向旁邊避讓了一下，卻沒有說話。

艄公道：「兩位姑娘，就坐著吧，坐穩了，要開船了。」

那後生解開纜繩，船離水面，居然真的前進了！

杜小曼目瞪口呆，她感到碼頭上、旁邊的大船小船上，有無數道呆滯的目光扎在她身上。

過得片刻，各種喧囂聲起。

「那兩小娘們怎麼能上船？」

「格老子，怎麼弄的？」

「那兩女子非一般人吧！」

「憑甚麼我等就走不得!?」

……

杜小曼頭有點暈，碧璃偷偷扯她袖子，杜小曼與她對望一眼，目光虛浮地搖頭，示意自己不明白。

她很想問，但她不會真蠢到問出口，官爺，為甚麼讓我們上來？

啪嗒，她的文牒被那官差丟到她腳邊。

杜小曼趕緊撿起來揣好，她總覺得，這件事應該和她的這本文牒有關係。

杜小曼的思緒跟著小船搖晃……

渦縣絕對發生了甚麼事情。

當日在桃花島的舊事又浮上杜小曼心頭。

那個造反的姜知府，帶的就是藍衣兵，和現在控制渦縣的兵卒制服一樣，後來被寧景徽帶的紅衣兵鎮壓。

那麼，現在渦縣……

難道說，秦蘭璪在著手準備某件大事……比如，爭奪天下？

小舢板順流而下，傍晚，到了一處碼頭。

碼頭還沒有渦縣的大，看岸上情形，也不算繁華，是個小城，或者小鎮。

杜小曼一聲不吭，船靠岸，她就上岸，胡亂掏了一把錢塞給老艄公作船資。老艄公也不多說，笑咪咪收了。

三個官差徑直離去，碧璃跟著杜小曼上了岸，站在碼頭上愣愣地左右張望，一臉不敢相信：「郡主，我們這就算逃出來了？」

杜小曼小聲道：「人多耳雜，妳喊我姐姐就行。我們不是逃出來的，是官方認證，正大光明出來了！」

碧璃還是一臉夢遊的表情，杜小曼四下打量，道：「我們趕緊問問能不能再趕一趟船，從這裡去別的地方，就別留宿了。」

她拉著碧璃在碼頭詢問，得知此地叫果子鎮，算是渦縣附近的一個中轉站一樣的地方。不在主河道上，不如渦縣那般繁華，離渦縣有半天水路，所以大部分船如果在渦縣泊不了，就乾脆連夜行船，趕到下一座主河道上的城沙橋縣去，轉來這裡的很少，大部分是行不了夜路的小船才停留這裡。所以杜小曼和碧璃是搭不到晚上的船了。

杜小曼很是鬱悶，只好和碧璃到鎮子裡去尋客棧，果子鎮眞的是個小鎮，統共就五條街，南街、北街、東街、西街、中街。

碼頭對著的這條是南街，杜小曼與碧璃順著南街走到與中街交接的路口，找到一家看起來比較乾淨的小攤吃飯。剛要坐下，卻見三匹快馬從中街的一座大門馳出，馬上的三個人，依稀是與她們同船的那三個官差，朝著東北方而去。

吃罷了飯，杜小曼尋了一家小客棧，要了一間客房。

客房設施還不錯，起碼床鋪乾淨，也有熱水沐浴。

夜風入室，窗外夜色沉寂，星子稀疏，燈火零落，杜小曼手臂微寒，關好窗上床睡下，碧璃熄了燈燭。

杜小曼在床上躺著，慢慢調勻呼吸，尙未入睡，窗嗟的一聲，清涼的夜風再度滲入。

一道影子無聲無息和夜風一起飄進屋內，杜小曼翻身坐起，那影子道：「妹妹眞是越來越鎮定了。」

杜小曼站起身：「放過她，我和妳走。」

影子道：「我們從不會爲難任何一個姐妹，爲何妹妹總不信呢？」

杜小曼沉聲道：「這裡不方便說話，仙姑帶我去別處吧。」

影子道：「也罷，妹妹請。」讓開一步，杜小曼走到窗邊，影子帶著她，輕盈地躍下二樓。樓下是一條小巷，昏暗幽靜，一輛馬車就像從地下冒出來一樣，突然出現。杜小曼上了車，影子輕聲道：「妹妹，對不住了。」

杜小曼後頸一疼，隨即陷入完全的黑暗。

晃，全身在晃，這是杜小曼醒來的第一反應。

眼前的景物也在晃，她以為自己是暈勁沒過，聽說經常被打暈，會有後遺症，容易變成腦癱甚麼的，她不會以後就變傻子了吧。

窗邊的月莧推開了窗扇，轉過身，水氣入鼻，水聲入耳，杜小曼看到了蒼茫的水面。她不是在犯暈眩後遺症，她在一艘船上。

月莧嘆了口氣：「妹妹，我們似乎有很多話須要聊，我卻又不知道，該和妳聊甚麼。」

杜小曼張了張嘴，猶豫了一下，道：「其實我一直不明白，為甚麼貴教一直非要拉我加入？人各有志，女人何必為難女人？」

月莧道：「妹妹身遭不幸，我們是很想讓妳成為我們的姐妹。當然，我也不避諱地說，在聖教眼中，眾人平等，從無高下，但身分高的女子加入聖教，對我教在俗世中普渡眾生是有幫助。不過，我們真的沒有非要拉妳加入，入我教，只憑自願，從無強迫。」

杜小曼道：「既然是這樣，那為甚麼你們一直盯著我，為甚麼月莧仙姑還來找我，我又為甚麼在這裡？」

月莧彎起眼：「我們並未盯著唐郡主妳，是有人通報我教，讓我們去那裡找妳。我再把話說得明白一點，妳身邊的那個丫頭，把妳賣給了我們，妳眞的不知道麼？」

杜小曼心裡一涼，月莧的神色裡閃過一絲同情：「妹妹說得對，女人何必爲難女人，妹妹既被這個世間所負，不想入我聖教，倒也罷了，爲何又要做那寧景徽的棋子，毀我聖教？」

杜小曼一愣，道：「我沒做這種事。你們跟朝廷的事情，和我沒關係，我就是個路人。」

月莧點點頭：「我知道妹妹眞的是不知情的，妳還是蒙在鼓裡不自知，妳以爲自己是路人，其實早已是棋子。妳知道，我爲何在這裡麼？」

杜小曼不說話。

月莧笑一笑：「妳身邊的那個丫頭假意投誠我聖教，她傳信給教裡，告知了妳的位置，而且，妳知道她說了甚麼，才能讓我親自來？」

杜小曼問：「甚麼？」她聽到自己的聲音有些嘶啞。

月莧慢慢道：「她說，妳是寧景徽想要安插進我教的奸細，寧景徽安排她介紹妳入我教，但她不敢欺瞞，供出了妳的底細。」

杜小曼的腦中一片混亂，她下意識問：「甚麼？」

月莧又笑了：「唐郡主，妳是眞不明白？一直以來，都有人做局，步步引妳入我聖教。可妳始終不肯，如今此計，不過是借刀殺人。他們知我聖教對奸細叛徒素來無情，想來妳既然不能活用，也能中點死用罷了。」

鎮江的街頭，人來人往。

杜小曼站在街上，看著熙攘人潮，竟有種蒼茫世間，我何去何從的迷惘。

她找了間茶樓，坐在靠窗的位子，兩眼發直地喝著茶。

她聽了一個故事，這個故事信息量太大，她得慢慢消化。

這個故事是說，有那麼一個替月行道、爲不幸女子出頭的月聖門，因爲勢力越來越大，不被朝廷所容。恰在朝中，有一個野心勃勃、少年入仕的男子寧景徽，爲做出政績，向上攀爬，便拿月聖門開刀。

他培養了一群女子，或在外活動，以月聖門名義行不義之事，抹黑聖教，或伺機打入月聖門內部。

而唐晉媗，就是被寧景徽選中的人。

寧景徽一直想查到月聖門聖姑的身分，月聖門的前幾代聖姑都出身不俗，所以寧景徽覺得，出身高貴、年輕且婚姻不幸的女子，符合這個條件。

於是，他相中了唐晉媗。

唐晉媗身邊的女婢，綠琉和碧璃都是朝廷栽培、又打入月聖門內部的人，唐郡主婚姻不幸，身爲琉璃使的綠琉趁機向月聖門舉薦她。

「我聖教並不知琉璃使是朝廷細作，聽她稟報，說正打算開導郡主時，郡主突然逃離王府，更令我們對郡主刮目相看。天下女子，不幸者多默默忍耐，似郡主這般的，少之又少，如斯果敢，正是我教所需。」

於是杜小曼到了杭州後，月聖門的人就頻頻出現，明裡暗裡觀察她。

「但郡主多與男子牽扯，似乎對世上男人並未死心，尤其白麓山莊的謝況弈。白麓山莊素來與我月聖門不合，且若郡主能另覓好姻緣，亦是一樁美事。」

這時，寧景徽與朝廷中人亦出現在杭州，引起了月聖門的警惕。月聖門便沒有立刻招攬杜小曼。

「但後來我們查得，謝況弈有未婚妻，郡主與他只會是又一場鏡花水月，不忍郡主再被男子所負，便初勸郡主入教。教中本命琉璃使姐妹勸說，但琉璃使推託曰，若郡主乍發現身邊人是聖教中人，以爲一直被聖教監視，會對聖教心存芥蒂，不如另由旁人勸說，所以才由芹姐姐親自相見。」

這次相見，還有個目的，就是驗證唐晉媗是否是朝廷安排下的棋子，月芹出言相邀，杜小曼卻婉轉回絕，又經種種查探，月聖門覺得，她不可能是朝廷的人。

但就在這時，月聖門的杭州壇口卻被寧景徽查到，寧景徽血洗聖教。

「我等也是那時，初次懷疑，教中出了細作。」

即便如此，月聖門卻沒有放棄勸唐晉媗加入聖教的行動。

「郡主說，每次我們的人都會恰好出現，是我們一直在盯著妳。其實，我們也一直奇怪，爲何郡主每次都恰好會出現在聖教中人的眼前。而郡主表現，又實在不像細作。想來都是朝廷有意爲之，先將不知情的郡主逼入我教，再令妳做細作罷了。不知郡主有無發現，妳身邊總是會出現一些無妄之禍？」

譬如，酒樓的常客朱員外莫名暴斃？

譬如，鄭九娘之死？

「還有郡主之母對郡主下毒，都是朝廷引我聖教出手救人之計。可惜寧景徽漏算了謝況弈，也算月神護佑我教。」

幾次杜小曼倒楣，在月聖門即將出手相救時，謝況弈都搶了先。

「此次鄭九娘一案，與朱員外那件案子手法一致，但眼見白麓山莊又要相救，寧景徽便搶先一步，將郡主救出，送到我們眼前來。」

原來救她出牢的，不是秦蘭璪的人，是寧景徽。

走出那座茅屋，不管往哪兒，都只能拐上一條路，通往那個碼頭，然後到渦縣，然後遇到碧璃。

「郡主難道不曾懷疑麼？為何妳一路走來，無人敢阻攔，尤其出渦縣時？因為妳的文牒上，有朝廷的花押，官府的人識得此記，故而無人敢攔。」

而碧璃，就在渦縣等著她。

「就算這些都說得通，她為甚麼要告訴你們我是奸細，讓你們殺了我？」

「朝廷並不知道我們已識得琉璃使是細作，夕浣與郡主在一起時遇襲，總得找一人出來認責。且郡主性情不像能為朝廷所用。留妳，或妳眞進了聖教，或漂泊市井，都丟朝廷顏面。妳若被我聖教所除，還能逼一個人徹底對付我聖教，何樂而不為？郡主無意加入聖教，聖教更無意強求，但妳記得，我們永遠視郡主為好姐妹。郡主若想出海避世，千萬小心，鎮江不宜久留，朝廷耳目眾多。」

……

茶喝光了，杜小曼又要了一壺。

她實在頭暈，她想不明白。

這個故事，看似對上了，有些地方卻很牽強，而且，還有很多疑問未解。

綠琉和碧璃是雙重間諜的身分，她們其實是朝廷訓練，打入月聖門的臥底，那麼她們為甚麼那麼肯定，唐晉媗一定會變成怨婦？

還有……

有些事，總是和她某幾個晚上凌亂的夢境重合。

杜小曼心裡堵得慌。此時此刻，她突然有了一種，自己不是杜小曼的感覺。

這些事，都不應該是杜小曼經歷的。

這個糾結而疑點重重、搞得她頭大的故事，主角是唐晉媗。

她完全被唐晉媗的人生左右了。

她不喜歡這樣，但又忍不住去想，完全甩不開的感覺，真是太難受了。

她在心裡咆哮，到底是怎麼回事，唐晉媗的過去是不是有甚麼隱情，大仙們你們托個夢告訴我吧！

我是爲不要做怨婦而來到這裡，不是來演包青天或者福爾摩斯劇的！

整哪門子的玄虛和疑案哪！

神仙都不靠譜！

杜小曼正握著茶盞兩眼發直，突然一陣風嗖嗖鑽窗而入，吹得她面前碟子裡的五香豌豆來回滾動。

後桌有人奇道：「怪哉，剛入秋，怎麼颳起北風了？天象有異，定出大事。」

杜小曼聽到大事兩個字，心又撲通跳了兩下。

說起大事，不知秦影帝現在如何了？

不會正在進行奪位大業吧。

杜小曼想起自己那個身分文牒，心裡又一抽。影帝這廝，真不怕晦氣，居然敢把自己的小號寫成個死人。

也就說明，他準備徹底拋棄這個身分了吧……

一陣嘈雜聲入耳，外面街上，一群人簇擁著擠向某個方向，旁邊桌上傳來議論。

「只道那甚麼白麓山莊是個江湖門派，竟有這般的家業和排場。」

杜小曼的耳朵不由得豎了起來。

「嘖嘖，大排場哪！江南江北十地店鋪米價折半，這得多少錢出去。」

「聽聞那莊主只有這一個兒子，馬上就要成親了，自然要做大善事積福，日後好子息興旺。」

謝況弈要成親了？

杜小曼一陣愕然。

箬兒和謝況弈結婚是板上釘釘的事，但也太快，太突然了。

杜小曼付了茶錢，走出茶樓。

一群人簇擁著都聚集在街頭，遠遠聽得有人吆喝：「排好隊伍！按順序來！」

那人頭湧動之地的二樓，依稀懸著一個碩大的紅綢花球。

杜小曼正往那裡望著，但聽幾聲鑼響，突然有一隊官兵從街上轉出，吆喝道：「退避肅靜，讓開街道！」

杜小曼心裡一驚，人群像一筐打翻了的山楂果一般，推擠驚叫。官兵亮出長矛，尖叫聲、呵斥聲、落地的物品、帶翻的小攤，場面一塌糊塗。

兵卒鎧甲下的紅衣分外刺目。

杜小曼跟著退散的人群，下意識地退到街角，那些官兵並不是衝著店鋪去的，清開道路後，便有兩行執矛兵卒沿街擺開儀仗，一縱輕騎前方開道，一頂墨藍色的官轎出現在街頭，緩緩行來，全副鎧甲的兵卒手執兵刃，整齊沉默地尾隨其後。

約莫半個時辰後，整隊人離開了這條街，向遠處行去，留街上一片狼藉寂寥。

杜小曼有些懵，沿著街慢慢往回走，掛著大紅花球的米店也關門了，門口排隊買米的人早四散不見，再轉過路口，另一條路上也一般的狼藉，倒有幾個人似乎在路邊議論。

杜小曼低調地假裝路過，路邊一個擺算命攤的老漢收拾起旗簾，一聲長嘆：「唉，興亡不過一瞬，王侯轉眼成空哪。」

杜小曼靜悄悄地湊近那幾個低聲談論的人，耳中突然飄進幾個關鍵字——「裕王宅邸」。

她猛一個激靈，幾乎忘了掩飾，直愣愣看去。

「……奉旨查封……這回眞出大事了。」

江水，碼頭，船。

自由的希望就在眼前。

只須要搭上一艘船，沿長江往西南而行，入洞庭湖，由湘陰轉行湘江，再折走北江，改西江，至潭江，到達允州。再從允州搭船入南海，直下南洋。

從鎭江到允州，只要十幾兩銀子，就可以有一個不錯的小艙房，包三餐，待船靠岸休息時，還會贈送洗澡水，很合算了。

估計，從允州再到南洋，搭船費也就二十兩左右，目前杜小曼手裡的錢，付船費綽綽有餘。她還可以帶點貨。從這邊捎到南洋的貨物，價格有些都能翻到十倍那麼誇張。

她一個人拿不動布匹之類的大貨，路長日久，還招人惦記，只買一點刺繡的綢緞手絹、絹花、小釵子、胭脂香粉等小物件兒，到那邊也足夠她賺到第一桶金了。

杜小曼站在碼頭前設想著，胖胖的中年婦人瞇起慈愛的笑眼：「小娘子，想好了沒？」這婦人是常跑南洋的大客商家的管事僕婦，專負責在碼頭上招呼想搭船的女客或行客家眷，泊在碼頭正在上貨的那艘最大的船就是她家的。

杜小曼拉回思緒：「啊，呃，我想先去街上轉轉。」

婦人又笑：「小娘子晌午前回來就可。」

杜小曼轉頭走到了街上。

綢緞舖中，新上了新巧花樣的手帕，去年的舊款正在清貨。首飾店裡，不時興樣式的珠花絹花小釵子正降價出空，還有一大堆香囊荷包小梳子擺在門口。水粉舖門前掛著牌子，夏季敷的薄粉，買還送小盒子，各種小妝盒都超級好看。

……

杜小曼卻甚麼都沒買，一路走過去，走到一扇大門前。

兩條腿就這麼自動走進了大門樓。

人群擁擠喧囂，一輛輛馬車從她身邊嘚嘚經過，柵欄邊，一個後生袖著手問：「這位姐姐，搭車還是捎信？」

杜小曼道：「去京城。」

杜小曼確定自己瘋了，該吃藥了。

關妳甚麼事？

妳去京城幹嗎？

眞是瘋了。

但是，她確定，就算搭船去了南洋，有些事還是一直盤踞在她的腦子裡，跟含著一口不甘的小冤魂一樣，能糾纏一輩子。

既然如此，那還不如索性把該解決的解決一下，該搞清楚的疑問搞清楚。

神仙不給的答案，她要自己去找。

唐晉媗，到底是爲甚麼變成了怨婦？

唐晉媗的娘家，慕王府，看似和唐晉媗之前的人生從無交集的月聖門，寧景徽……究竟在唐晉媗變成怨婦的過程中，都扮演了怎樣的角色？

雖然杜小曼對唐晉媗的那十幾年眞的一點感覺都沒有，但那也是一段人生啊。

自己過去的人生，自己得要面對吧。

她總算給自己的神經病找了個藉口。

比較牽強，但足夠了。

那後生一笑：「大車，半人半貨，晝停兩次，夜宿村店，通鋪大房，食宿自付，大城卸貨，小城不過，一兩。小車，只行官道，一路配換棗紅大馬，腳力好，一般雙車以上結程起行，男女不同車，路上須方便時行方便，食宿自付，女眷飲食可送入車內，過城鎮宿客棧，有雙間單房自擇，不算貨，六兩一人起；包食宿，午晚兩餐至少四菜一湯，客棧單房，送熱水沐浴，十兩一人起。另還有大客商，可選我們鏢局護程，車馬都按客官需求配備，價錢就……」

杜小曼道：「這個我用不上。我就選小車六兩的吧。」

後生道：「就知道姐姐選小車，女客出行，乘我們的車再合適不過了。這位姐姐隨行箱籠多否？」

杜小曼攤攤手：「就一個人。」包都沒有，光棍一條。

後生道：「輕裝簡行，何其瀟脫！姐姐打算幾時啓程？」

杜小曼道：「越快越好，現在最好。」

後生笑道：「那太好了，正有一車，只四個女客，不出一個時辰便啓程，加上姐姐，正好可以車裡支個桌兒，耍牌戲馬吊，路上就不急得慌了。」

杜小曼道：「打牌不是四個人就夠麼？」

後生道：「得有個算帳的呀。」

杜小曼被這個笑話冷到了，還是捧場地乾笑了兩聲。

大棚下，有等車的人正在談論時局。

京師震盪，朝局變幻，裕王被參，各處府宅被查抄……偌大的話題，各種的議論。

杜小曼捎帶著灌了一耳朵小道消息，交錢，上車。

車出鎮江，直往京城。

一路上，杜小曼都在一種糾結、期待、猜測、不安等混雜的混沌狀態中度過。

她以爲，在路上，必然以及肯定會發生甚麼跌宕起伏的事情，然而，偏偏就不正常了。這一路上，既沒有遇到月聖門的人，也沒有遇到朝廷的人。白天趕路，晚上住店，非常太平地到了京城，連個奇怪的夢都沒作過。

和杜小曼同車的四個女子是婆媳三人加一個丫鬟。

三個主人共用一個婢女，可見這家人家境著實平常。杜小曼聽她們閒聊的話猜測，這個丫鬟也是這家人唯一一個女婢。這回她們進京是去吃喜酒，特意捎帶上她，顯示體面。

老太太和兩個媳婦兒都嘴碎。老太太趁著媳婦背臉的工夫和杜小曼唸叨媳婦的短，媳婦趁著一個人的時候與杜小曼講婆婆和妯娌的不是。

路上還眞支著桌子打了幾回馬吊，婆媳三人號稱教杜小曼打牌，合夥一起贏她，杜小曼被贏走了近一百文，後來堅決不再和她們玩了。

婆媳三人少不得也在背後嘀咕她，猜測杜小曼進京是爲了哪個男人，舉止小家子氣，倒不像勾欄姐兒，約莫是個被男人玩過的市井丫頭。

但這婆媳三人雖然八卦些，其實都是好人。杜小曼一路沾光吃了不少她們帶的小零嘴兒。老太太親手做的雲片糕，大媳婦漬的果仁，二媳婦做的酥餅，都是一絕。

杜小曼不好意思白吃，吃飯的時候，搶著付了幾回錢，婆媳三人背後對她的評價便略微提升——雖然舉止不上檯面，倒也會來事。只不過這麼大方，錢肯定不是自己掙的，路子不正。

杜小曼邊吃邊聽她們聊家常，待到了京城，她連老太太在家時體己錢掖在哪個枕頭下都一清二楚，去他們家打劫絕不會走錯路。

在京城驛館裡下了車，一片太平，沒有神祕人物從天而降，也沒有冒出一堆官兵抓她。

杜小曼與那婆媳三人道別，走出驛站，在京城的大街上，她是再尋常不過的一個路人。

街上仍然很熱鬧，好像並沒有發生甚麼大事。

京城人民住在皇城根下，慣看秋月春花，甚麼事兒，都覺得不算事兒。

但裕王畢竟是一個引起血雨腥風的男子，雖然京城人民覺得這出事兒不算大事，但也在各處議論。

杜小曼在小攤、茶舖隨便坐一坐，就灌了一耳朵，裕王絕對是目前京城話題榜第一名。

零零碎碎聽著，她發現外地版的八卦有些添油加醋，京城人民口中的實際情況是這樣的——

裕王的確是因爲某件雞毛蒜皮（京城人民以爲）的小事，被御史參了一把。然後這貨就自己請了個罪，跑到廟裡去懺悔了。

這件事，和他的王府、全國各地的小別墅被查封，其實是兩碼事。

裕王的王府和小別墅根本不是被查封，至少名義上不是。

官方曰，裕王在外地公幹，回京的路上遇刺，疑似王府裡出了細作，皇上極爲關懷與憤怒，命一定要抓到罪犯。於是爲了裕王殿下的安全，京城與全國各地官府的菁英骨幹力量在第一時間行動起來，封鎖裕王殿下在全國各地的府邸，開展了搜捕清查行動。

但是，民眾們也分析了——這麼做，是不是實際上還是查抄裕王宅邸呢？

不好說。

皇上跟裕王不算親，裕王也不怎麼進宮，而且，裕王行事實在太囂張了。有名的、繁華的、風景好的地兒，都有裕王的府邸。即便是皇上至親的皇叔，在自己封邑裡蹦躂便也算了，非把宅子蓋得滿天下都是，甚麼意思？

皇上才幾座行宮？

哪裡都想佔著，還不得懷疑你有想法？

那麼多女子養在府裡，皇上才幾個妃子？

這些宅子，這些女子，這些下人，這些場面撐起來的銀子，打哪裡來的？封邑的收成加上俸祿有這麼多？

人莫作。不是作出來病，就是作出來禍。

不過，既然現在朝廷說是爲了保護裕王抓刺客和細作，那麼，就是爲了保護裕王抓刺客和細作，不是查封。

而且，主辦這件事的，是大理寺和刑部，不是宗正府。

還是當作罪案來辦，不是政亂。

杜小曼還聽到了一個讓她詫異的消息，主辦裕王這件事的，並不是寧景徽，而是稍壓寧景徽一頭的左丞相李孝知。

她對這種朝廷政局毛也不懂，但聽人議論，貌似左右兩個丞相分管不同部門，大理寺是歸李孝知管，但是刑部是向寧景徽彙報。這次大理寺和刑部都統一聽李孝知調派，沒有寧景徽參與，有點像是他手中的權被奪了一點。

不過，又有路人分析，裕王是與寧景徽一同返京時遇刺，寧景徽確實不適合處理此事，刑部也聽歸李孝知調派，說不定還是寧景徽向皇上提出的，以退為進，像他一貫的行事風格。

杜小曼聽得雲裡霧裡，聽來聽去，都是裕王的這些事，她這個慕王府出逃的怨婦，果然是個小角色啊，一點關注度都沒有。

杜小曼寂寞地喝了一口麵湯，就在這個時候，隔壁桌上飄來一句話，讓她精神陡然一振。

「要說裕王，確實是個風流種子，為了個小娘們被參了一本，鬧成如今的局面，眞是……」

杜小曼豎起耳朵。

「前朝都有再嫁的女子或寡婦最後做了皇后的，這也不算甚麼稀罕。」

「講句糙理兒，只要看對眼，母豬也能賽貂蟬。那慕王爺看著像豆腐渣的，但在裕王眼裡，就是朵水靈靈的花兒。」

「也未必就是花。聽聞裕王愛的女子，與別個不同，不論模樣，只愛新奇有趣，必是應了這四個字。」

「若如公所言，那清齡郡主定然是十分新奇了。」

……

影帝我謝謝你！

杜小曼擱下了麵碗，喊小夥計結帳，又聽隔壁桌一直在八卦的中年大叔其一猥瑣地一笑。

「說到此處，聽聞法緣寺外，近日常有妙事可看，諸公若有興致，便一同觀之？」

法緣寺？好像就是影帝目前所在的清修懺悔之地。

不過，這名字另有點耳熟。

杜小曼接過找的零錢，出了小飯店，驀然想起，當日她和淑心出逃、被謝況弈救走時所在的那個廟，不就是法緣寺麼？

杜小曼在心裡掂量。

雖然吧，是爲了查清楚唐晉媗的事兒才回到京城，但是現在一時半刻，找不到著手點，還不如先隨便轉轉？

她這一路上，用的都是已經被寧景徽做了記號的文牒，有點引蛇出洞的意思。但一直沒甚麼特殊情況出現，也不知道是寧景徽的探子放棄了她，還是準備暗中觀察。

法緣寺，也算是個與自己相關的場景了，去瞧瞧也無妨。

杜小曼便在路邊的小攤子旁假意流連，等著那三個八卦伯伯出了小飯店，立刻尾隨之。

不曾想，那三個八卦伯伯行事闊綽，走到路口時，叫了一輛在路邊攬客的小驢車，上車揚長而去。

杜小曼瞪著那輛驢車的背影發愣，另一頭驢靠近了她。

牽驢的老大爺問：「小姑娘，坐車否？」

杜小曼這段時間都灰頭土臉的，爲了低調，買的衣服都很大嬸樣，一直被人「小娘子」、「大姐」地叫來叫去，老大爺的這聲「小姑娘」讓她頓時感覺，青春和自信回來了！

她立刻爬上了驢車，把靠兩條腿走去法緣寺的省錢念頭拋到了九霄雲外。

「去法緣寺。」

老大爺瞧了她一眼，坐到車邊，一甩鞭子，小毛驢拖著車嘚嘚地開跑。

燒錢打這個「驢的」，眞是太明智了。

小毛驢跑了快一個時辰，方才靠路邊停下，這要靠她兩條腿走，不知要走多久。

老大爺慢吞吞道：「只能到這個路口，往法緣寺那邊的道被封了，車過不去。」

杜小曼爬下車，付了車錢，站在路邊左右張望。

左右都是賣香和佛器的店鋪，空氣中瀰漫著濃濃的檀香味道。

不遠處一帶黃牆墨瓦，看著有一股熟悉感，看來就是法緣寺了。

杜小曼試探著往法緣寺的方向走，倒是與她想像的不同，沒有看到甚麼把守的兵卒，店鋪都開著門，還有些賣香、字畫、佛珠掛件之類的小攤兒，亦有行人來往，看起來很正常，很平常。

難道，這些路人和小攤裡，隱藏著便衣？

杜小曼不動聲色地張望，低調逼近，猛然瞥見那三個八卦伯伯站在離法緣寺很近的路邊的一個字畫攤兒旁，做品評狀。

那一帶的行人，也比其他地方的稍多。

杜小曼的八卦天線頓時豎起，左右環視，卻突然感到一陣不自在。

就在她打量四周的同時，似乎有無數道目光，也在打量她。

杜小曼四下看時，路人彷彿都在各幹各的事，沒人留意她。但當她的視線挪開，那股直覺的不自在立刻又生起，那些她看不見的目光，又回到她身上。

杜小曼故作從容地向前走。

法緣寺近在眼前，偌大的牌匾下，正門緊閉……

突然，杜小曼後頸和脊背上的寒毛豎起，她猛一回頭，一個褐色的身影哎呀了一聲，噔噔後退兩步，倒像是杜小曼把他嚇了一跳。

褐影定住身形，與杜小曼大眼瞪小眼。

竟然是個小童。短衣總角，褲腳紮著，兩彎月眉，一雙俏眼，確切地說，是個僞裝小童僞裝得十分拙劣的少女。

她與杜小曼互望了兩秒鐘，眨眨眼，低下頭：「我家主人想與妳一見。」

杜小曼感到，四周那些扎在自己身上的視線如同岩漿般滾燙起來。那三個站在字畫攤邊的八卦伯伯甚至放下了手裡的字畫，露骨地觀望。

杜小曼在聚光燈下般的待遇中，佯作鎮定地問：「妳家主人是……爲甚麼要見我？」

那少女再後退一步，側身道：「這邊請。」

杜小曼順著她示意的方向望去，只見路邊的一家茶樓二樓，窗扇挑起，一個美人憑窗站著。玉白長衫，髮束方巾，在微寒的秋風中搖著折扇的纖纖玉手與潔白光滑的玉頸向全天下人昭示著，她是女扮男裝。

她居高臨下俯視著杜小曼，微微頷首。

杜小曼在心裡嘆了口氣，走進茶樓。

二樓，雅間，門打開的瞬間，杜小曼又想嘆氣了。

門裡不只一個美人，而是……一群……

有袍衫冠巾，男人打扮的。也有珠釵羅裙，嬌媚女子形容的。

杜小曼只覺得一陣眼花繚亂，滿目奢華。

這些美人齊刷刷地都望著她。

這麼多的女人齊聚一堂，杜小曼心裡想到的，竟然不是月聖門在開會。狼一樣的直覺告訴她，這些女人絕對是……

門在杜小曼背後闔上。剛剛俯視她的那個美人朱唇一挑：「妳是王爺哪個園子裡的？」

果然，影帝的後宮！

哇，這才是眞後宮啊！

這一個個的絕色啊！

她一個女人看了都想流口水啊！

她到底是腦子裡哪根弦燒短路了，居然同情過那貨啊！

她又是多麼傻多麼天眞，把一頭聖殿色狼當成秦公公啊！

看這堆女人的眼神和表情！和影帝絕不是純潔的男女關係！

話說，她又爲甚麼要腦子進水在這裡和影帝的後宮演狗血劇啊！那貨就算立刻被砍了，也能含笑九泉了！簡直享盡天福！

杜小曼內心在咆哮，臉上卻肅然：「我不是哪個園子裡的。我……」

另一個女子輕嗤一聲：「行了，別裝了。在這裡的，大家都一樣，要不幹嗎過來呢？」再上下將杜小曼一掃視，「看來妳不是京裡的，打哪兒趕過來？剛到京城？」

杜小曼說：「我真的不是……」

玉白長衫的美人打斷她：「眼下，不必要的話無須多說。簡而言之，法緣寺，我們都進不去。王爺，我們都見不著。誰要是有門路，也不必藏著掖著。王爺在裡面必然不好過，能想想辦法便想想辦法。」

又一個美人嘆了口氣：「和尚廟裡，連肉都吃不到，定然是頓頓清湯寡水。王爺那嘴刁的，怎生受得住？天又寒了，還是穿著薄衣裳進去的，染了風寒可怎麼好？」

敢情挺皮實的影帝在後宮們的心目中，是個弱柳扶風的男版林黛玉。

杜小曼不禁脫口道：「法緣寺裝修得不錯，厚衣服應該還是有的，偶爾吃吃素也挺健康。」滿屋的女子頓時唰地一下，又都看向她。玉白長衫的美人微微揚眉：「妹妹怎麼稱呼？」

杜小曼道：「呃，我姓杜，我叫杜小曼。」

女子頷首：「哦，不曾聽過這個名字。」又向杜小曼淡淡一笑，「我名南緗。」

杜小曼點頭笑笑：「幸會。」這兩個字吐出口，怎麼都覺得尷尬。

南緗亦道：「此刻此景，說這兩個字，委實有些勉強。我是打王府過來的。剩下的妹妹們與妳一樣，聽聞王爺的事，從外地趕來的。這邊這位容嫺妹妹，在京郊鄰郡……」像引見一般，向杜小曼一一介紹起來。

杜小曼數了一下，恰好十七個，都來自不同的地方，加上她十八個，數字還挺吉利。

南緗又道：「杜妹妹現在何處落腳？」

杜小曼道：「客棧。」

南緗道：「可惜王府被封，不然都住到王府去，大家一起合計，興許就有好對策了。」

杜小曼忽然想到一事：「對哦，裕王殿下的宅邸不是被封了麼？各位王妃娘娘們都是怎麼出來的？」

南緗嘴角一彎：「杜姑娘說話不必如此。即便我住在王府，也和大家一樣，都沒有所謂的名分。王爺的女人，都一樣。與我同在王府的其他姐妹都是如此，我與打理內務的息夫人處得好些，王府被封查，她在宮裡幫忙通融了一下，但也只能出來我一個。其他的諸位或是提早出來，或是有其他法子通融，難道杜姑娘不是？」

杜小曼無力地道：「我真不是妳們王爺哪個園子裡的……」

南緗再度打斷她：「杜姑娘和王爺處得長了就知道，他待誰，都一樣。不會厚待哪個，也不會薄待了哪個。眼下真不是掂酸吃醋的時候。估計我們可能誰看誰，都有些礙眼，但誰讓我們偏就都喜歡王爺呢？此刻王爺有難，暫把一切放開，大家只想著怎麼能幫到王爺吧。」

影帝到底是用了甚麼手段，把這麼貌美開明賢惠的妹子忽悠進自己的懷抱的？

這群女子都有名有姓，看名姓，觀言談，出身教養絕對都不平凡，竟然甘心無名無分，做三百後宮之一。

杜小曼越發覺得小璪璪真是人生贏家，即便死一死亦死得輝煌，死得無憾。

她沒辦法再撇清自己，估計解釋了，這堆後宮成員也不信。

正在此時，突然有一個美女幽幽道：「也不是都一樣。王爺不是要娶那位清齡郡主麼？」

屋裡驀地靜了下來。

許久後，才又有一位美人苦笑了一聲：「可不是，雖然王爺遭禍，眞正緣由並非那件事，但總是個由頭。」

杜小曼暗暗抖了一下：「呃，那是個已婚婦女，還是個怨婦，肯定不漂亮，也沒特色，裕王殿下眼界這麼高，怎麼可能看上呢？再說，即便最後離婚了，名聲也不好，裕王殿下怎麼能娶她呢？我覺得，肯定另有原因啦……」

南緗長嘆了一口氣：「王爺的心性，誰都摸不準。不管因爲甚麼，此事都發生了。也許終有一日，會有個女子，能獨享王爺獨一無二的情分。但於我來說，我今生心中，唯有王爺，已無可解。即便……即便不能再陪伴王爺，只要能讓他好，甚麼我都願做。」

屋中又一片靜默。

杜小曼環顧四周，流下了冷汗。

她在剩下的那些女子臉上，看到了對南緗的這番話無聲的認同。

她後退一步：「那個……不管各位信不信，我眞的和裕王殿下沒甚麼關係，這回也是路過京城，聽到他出事了，順便過來看看。我在京城另有要事，要不，各位慢慢商量如何解救王爺，我先走了。再見！」

她迅速轉身往外，聽見南緗在她背後道：「也罷，杜姑娘慢走。」

杜小曼出了茶樓，重新又沐浴在火辣辣的目光中。

她佯作從容地往法緣寺反方向走，內心波濤洶湧。

秦蘭璪的後宮們，對他，都是眞愛。

只有絕對的眞愛，才能做到毫不計較，只想著奉獻。

杜小曼第一次眞實地感受到了愛的偉大。

她做不到……

她從來沒有這樣過。

即便當年，她眞心喜歡陸巽的時候，她爲他做了很多改變，但也無法達到這個地步。

杜小曼踩著路上的枯葉，心裡突然有種說不出的滋味。

這些死心塌地的美妹子，肯定不是月聖門的人。

那麼秦蘭璪和月聖門到底……

杜小曼腦內眞的很亂，一時想不下去。

枯葉被秋風捲下樹杈，有一、兩片砸在杜小曼腦袋上，迎面兩匹馬拉著一輛樸素小車馳來，杜小曼下意識往路邊讓了讓，馬車從她身邊經過，她忽而聽見一個尖細聲音道：「留步……姑娘且請留步。」

杜小曼下意識轉身，只見一個六旬左右的老者，臉圓無鬚，方口藍衫小圓帽，一副家僕打扮，站在停住的車邊，袖手堆起笑：「姑娘，可否移步過來？」

杜小曼猶豫了一下，走到那老者面前：「請問何事？」

素藍的車簾挑起，杜小曼下意識地側首，正對上十七皇子驚訝的視線。

杜小曼一時也愣住。

秦羽言垂下眼睫，向那老者眼神示意。

老者躬身道：「這位請先上車說話。」

杜小曼能感到，那些遙遠的、執著的視線又好像瞬間加了幾千萬伏特的電流，嗞嗞地扎在她身上。她迅速地閃進了車中，車廂狹小，她屈身向秦羽言打招呼：「十七殿下，你好。」

她和秦羽言倒數第二次見面，是被寧景徽抓後，返京的路上。倒數一次見面，是秦羽言到客棧和秦蘭璪認親。兩次都比較尷尬。所以這次重見，杜小曼還是有點尷尬。

秦羽言看似比她還要尷尬，向後坐了一些：「唐……杜……」

杜小曼道：「十七殿下還是喊我杜小曼吧。」

秦羽言微微頷首，沒再說甚麼，只是又挑簾低聲吩咐了一句甚麼。車子似是調轉了方向，緩緩前行。杜小曼道：「殿下，這是……」

秦羽言緩聲問：「杜姑娘近來過得可好？」

怎麼可能好。

杜小曼說：「還行吧，這裡走走，那裡走走。見識滿多的。」

秦羽言一本正經地頷首：「哦。」

杜小曼看他拘謹的樣子，更尷尬了，也回敬問：「十七殿下最近好麼？」

秦羽言微微攏了眉，杜小曼發現自己說錯話了，他哥關了他叔，正在查封他叔的宅子，他夾在中間，能好過麼？

杜小曼一句「殿下是來看裕王嗎」就在嘴邊，卻不敢出口。

只要一出口，秦羽言肯定就會問「杜姑娘為何會在這裡」，或者更直接地問：「杜姑娘想見皇叔？」

她只好轉個話題：「今天天氣不錯，京城的秋天，好像滿乾燥的。」

秦羽言竟然回答了：「近來確實少雨，約有半月都是晴天了。」

杜小曼道：「我往京城來的一路，也沒碰到下雨天，都是晴天。」

秦羽言道：「哦？杜姑娘是從何處往京城來的？」

杜小曼如實回答：「鎮江。」

話題似乎漸漸要繞到某一個尷尬的方向去，不曾想秦羽言卻一本正經道：「鎮江的香醋甚好。」

杜小曼乾笑道：「是吧，我也一直久仰大名。但是我在鎮江停的時間不長，沒怎麼嚐到正宗的好醋。」

秦羽言表情很認眞地道：「日後定然還會有機會。」

杜小曼道：「呵呵，我也是這麼覺得。」

車廂內一時又陷入寂靜。

幸虧這時，車突然停下，秦羽言起身：「杜姑娘，我先行下去。」

杜小曼一頭霧水：「呃，殿下請便。」

車簾又一挑，方才那位老者捧著一個布包，放在車凳上，無聲地躬身退下。

秦羽言離開車廂，杜小曼打開布包，裡面是一套衣帽短靴，和那老者身上的顏色一致，式樣也一樣。

杜小曼匆匆換好，一掀車簾，頓時嚇了一跳。

黃牆墨瓦就在眼前，法緣寺！

她下意識想往後縮，老者向她招手：「快，快下來！」

杜小曼只得跳下車，老者走到她身邊，輕聲道：「殿下此舉，可是擔了不小風險。千萬謹慎哪。」又揚起聲，「還磨蹭甚麼！快，跟緊了殿下，好生侍候！」

十七皇子……居然……

杜小曼在秋日絢爛的陽光下朝前看，只見秦羽言已行到一扇小門前，棠梨色的寬袍染著秋色，向雙手合十的僧人還禮。

她只得加快腳步追了上去。

小門旁的兩個僧人抬眼，視線定在杜小曼臉上，杜小曼淡定地向前，兩個僧人又垂下眼雙手合十，杜小曼快步邁進了門檻。

空曠的院落內，地面滿是落葉，踩上去嚓嚓地脆響。

杜小曼與秦羽言之間隔著兩、三個人，低頭向前。

一個披著袈裟、掐著念珠的老僧帶著兩個小沙彌迎將上來，雙手合十，唸了聲佛號。

杜小曼總覺得老和尚很眼熟，遂再把頭往下低了些。秦羽言向老和尚還禮：「數日不曾前來，秋光已至，閒雲禪心，奈何終日碌碌。今日又要打擾高僧清修了。」

老和尚道：「殿下今日不像為禮佛而來，乃是探視？」

秦羽言道：「不敢誑語，是為皇叔而來。」

老僧唸了句佛號，卻似乎伴著一聲嘆息：「裕王殿下在水清園內，殿下自行過去便可。」

秦羽言微微頷首，老僧轉身，領著小沙彌向著大殿而去，秦羽言舉步前行，眾隨從們卻都定著不動。

杜小曼便也和他們一道站著不動，那位老者移到她身邊，暗暗一碰她，輕咳一聲。杜小曼會意，低頭快步跟上秦羽言。

穿過幾層院子，他們走向了一座月門。舊木門扇闔著，青苔斑駁的門頭上鑿著三個清瘦的字──水清園。

一地落葉層疊，但有不少碎的，夾在整葉之中，在風下微動。

在他們之前，有人走過這裡？

秦羽言的臉上也露出些許疑色。

裕王在法緣寺中，尋常人等不得探視，寺中住持以下，非特定的幾個僧人，亦無人能隨便靠近。

來者是何人？

秦羽言走到門前，舉手叩之，手指觸到門扇，門便輕輕開了。

杜小曼在秦羽言身後望去，兩人都怔在門前。

門內無影壁遮擋，園中景色，一覽無餘。

秦蘭璪坐在山石旁的一把舊藤椅中，素色長衫，一隻黃花貓臥在膝上。他身前跪著一個人，鶴紋官袍，紗帽玉帶，竟是寧景徽。

聽到動靜，秦蘭璪向這邊望來，將手裡的一物放在身邊小桌上。

寧景徽站起了身。

一時間四人相望，竟無人說話。

片刻後，寧景徽方才緩聲道：「十七殿下不該來此。」

秦羽言道：「寧相爲何而來？」

寧景徽緩步走來：「殿下請隨臣回宮。」

秦羽言又問一遍：「寧相爲何而來？」

秦蘭璪忽道：「十七。」

黃花貓咕嚕一聲，躍到地上，秦蘭璪站起身：「十七，此時此處，你的確不應該在。讓寧景徽送你回宮罷。」

秦羽言神色微變：「皇叔。」

寧景徽卻擋在他面前：「殿下。」抬袖一攬，將秦羽言帶出了門外。

門扇闔攏。

門裡的杜小曼轉頭看著門，這是，被選擇性無視，還是被默許可以留下？

她再轉身，正好迎上秦蘭璪的視線。

逆光中的秦蘭璪笑了笑，聲音像在嘆氣，又帶著一點無奈：「妳怎麼來了？」

不知爲甚麼，杜小曼突然覺得，秋日陽光裡的小璪璪看起來……與以前不太一樣。

也許是天然光線打得恰到好處的緣故？

瞧著，有些……迷離。

那笑容好似蒙著薄霧，竟有些不眞實，彷彿瞬間便會散去。

杜小曼的心像被擰了一把。

她走過去，用輕鬆的口氣說：「啊，對，我有點事回京城。正好聽說你……進來了。正好碰見十七皇子殿下，於是順便就……」

秋光凝在秦蘭璪的唇邊：「哦。」他腳下的那隻黃花貓一躍身，躍上了他身側的小桌。

桌上有一個托盤，上面擱著一把酒壺，一只酒杯。

杜小曼的心猛地被狠狠掐住。

剛才，門開時，秦蘭璪放下的，是那個酒杯。

一瞬間她覺得眼前的光有些發白。

白光裡的影帝仍淡淡笑著：「眞想不到，我還能再見著妳。」

杜小曼的喉嚨有點堵。她張嘴，嗓子裡一個音都發不出來。

秦蘭璪拉住了她的手臂：「妳既然來了，就陪我坐一坐吧。」

杜小曼呆呆地看著他，秦蘭璪道：「妳莫這樣，其實這本是尋常事。」

杜小曼全身都在發抖，這人怎麼還能笑呢，他怎麼還笑得出來？她顫著手反手扶住了秦蘭璪的胳膊：「你……我扶著你……」

椅子只有一把，杜小曼扶著秦蘭璪慢慢地在迴廊台階上坐下，那隻貓又蹭到了秦蘭璪腳下。

杜小曼在電視劇裡看過，人快要不行的時候，貓能感覺到體溫的變化，就會靠近那人身邊。

她不由得抓緊了秦蘭璪的衣袖，他的手輕輕覆上她的手背，一聲低嘆逸出：「妳莫哭啊，我以為妳不會哭。」

杜小曼其實想忍的，但不知怎地，就是忍不住，熱淚不受控制地湧出眼眶，往外漫溢，秦蘭璪抬手擦她臉上的淚：「我以為，我要是死了，妳就會把我忘了。清明寒衣，也不會給我送些紙錢。」

杜小曼啞聲道：「我給你燒，你、你放心，我燒好的給你，燒元寶……」

話說一半，她的鼻尖撞上了秦蘭璪的肩膀。他的懷抱仍很溫暖，杜小曼遲疑了一下，抬起手環住他的後背，輕輕拍了拍，拚命吸了吸氣，含糊道：「你的那些美女，也都很擔心你，你……」

再一陣哽咽堵住喉嚨，她一時說不下去。

秦蘭璪沉聲道：「妳見著她們了？」

他的身體似乎開始發硬了，杜小曼揪緊了他的衣服，用力點頭：「那位南緗美女……還有好多美女，都在外頭，有很多人想、想你……」

秦蘭璪又輕喟一聲：「我那時讓妳跟謝況弈走，我以為，從此之後，妳就與他在一起了。」

杜小曼強壓住抽噎：「謝少主和箬兒很好，他們要成親了。」

秦蘭璪搖頭：「掌櫃的，妳知道麼，妳這個不容瑕疵的脾氣，其實很容易吃虧。妳現在還太年輕，待長幾歲，就會明白，人生在世，十分的所想，能得一、兩分，已是至幸。譬如妳與謝況弈，年齡相仿，性情相合，孤于箬兒與他並不相配，就算謝家長輩一時看妳不順，天長日久，相較之下，仍會偏向妳。且以孤于箬兒的脾氣，應能與妳相處融洽。妳卻偏偏硬不就這樁姻緣。」

都這樣的時候了，他居然還在想著這種事……

杜小曼從他手臂中輕掙出來，含混道：「人生不是做買賣，不是看著合算就可以。有些事，真的不能勉強。」

秦蘭璪垂目望著她：「難道妳不喜歡謝況弈？」

杜小曼遲疑：「我……」

「妳另有心儀的人？」

杜小曼轉開話題：「對了，你有沒有甚麼話，讓我捎給你的美人們？」

秦蘭璪轉開視線：「我一直，不想讓妳見著她們。」

「你家的妹子都挺好的呀，爲了你冒著風險趕過來，都是眞的愛你。」

秦蘭璪抬眼看向夕陽：「我此生做過的虧心事，這便是其一。世間男人，年少之時，熱血在懷，大都想過做三種人——俠客、大將、浪子。」

這話眞有點渣，還把全世界的男人都拉下水作藉口。

杜小曼道：「你選了三哈。」

秦蘭璪輕笑：「其實我那時最想選一，可惜身不由己，我亦不是習武之材。」

杜小曼點頭：「嗯，三是比較容易達成。」有錢有權就行。

秦蘭璪又看向天邊：「三也不算成了，浪子風流不羈，而這四字中，不羈較之風流，更重要些。」

杜小曼又點點頭：「那倒是，只有風流，說難聽點就叫色狼，或者淫棍。」

秦蘭璪再一聲輕嘆：「但無拘無束，恣意來往，乃是世間最難得之事，世事多是身不由己。」

杜小曼猶豫道：「有句話……不太合適……但我想問……」

她掙扎了一下，還是問出了口。

「你大概……還要多久……毒發？」

都聊了這麼長時間了。

秦蘭璪垂眸，輕輕攥住她的手，爪子很暖。

「我若活著，妳是否開心？」

「你沒中毒是吧？」

秦蘭璪的雙眼水汪汪的，很無辜。

「毒？」

我、就、不、該、來、看、這、貨！

杜小曼兩眼發黑，一口老血卡在嗓子裡，卻不能往外噴。

秦蘭璪一臉恍然地笑了：「原來，妳以爲寧景徽是來給我送毒酒的。」

裝個鬼！都將錯就錯半天了！

但她不能咆哮。是她錯誤腦補，才被影帝順竿爬。所謂丟人不能怪社會。啊啊啊……她想把自己砍了！

杜小曼恨不得立刻變成一隻穿山甲，一腦袋扎進地裡刨土而去。

秦蘭璪笑得像剛舔完豬油一樣滿足：「原來掌櫃的是以爲我要死了才哭。」

杜小曼冷笑：「才怪！」

秦蘭璪滿臉開心。

杜小曼索性厚著臉皮道：「大家畢竟相識一場，我這麼重情義、眞性情的人……寧景徽跟你當時的架勢眞的很像麼！哎呀，沒事就行，那我先閃了，再見啊！」說著就要跑路。

秦蘭璪一把拉住了她的袖子，另一隻手端著那個見鬼的酒壺。

「這裡面是我自己釀的米酒。寺裡不能有葷腥，亦不能飲酒，我實在饞得慌，自家偷釀了一罈。還是當日曹師傅告訴我的法子。我自己蒸了些米飯，讓人捎帶了些酒引。」說著鬆開杜小曼的袖子，從懷裡摸出一個紙包。

「妳要是瞧見這個，恐怕更得誤會。」

灰黃的三角紙包，很有幾分耗子藥的架勢。

秦蘭璪晃晃酒壺：「嚐一些？我釀了幾回，這次最好，酒味不重，但甚甜。連酒麴一起煮湯圓定然絕妙。」

「呵呵，你眞有才。謝謝，不用，再見！」

秦蘭璪又拉住她袖口。

杜小曼向外扯了扯袖子：「我眞得走了，看你這麼健康活潑眞欣慰，下次再聊哈。」

「妳不會再來了。」

廢話。

秦蘭璪垂下眼簾，鬆開了杜小曼的袖口，杜小曼眼睜睜看著他零秒切換進了感傷模式，渾身幽幽地冒著哀怨。

「果然到我要死時，妳才會來看我，但今日於我，此生足矣。」

惡——

杜小曼被雷得寒毛都捲了，一個恍神，身體突被一股勁力往前一帶……

唔——

影帝的雙唇眞的帶著一股甜酒釀的味道。

杜小曼的大腦突然在這一刻達到了最冷靜、最理智的境界。

理智讓她意識到了此人的強悍。

不論她做何對抗，笑傲變態之巔的影帝都能輕鬆地打敗她。

她果斷地做出最聰明的抉擇。

踹開秦蘭璪，光速閃出那個小院。

十七皇子和寧景徽眞的先走了，沒有等她。

杜小曼在寺院寬闊的大院裡獨自跑了一陣兒，發現迷路了。

幸虧一個掃地的小沙彌替她指點迷津，讓她終於從小角門閃出。杜小曼埋頭匆匆往前跑，幾乎是閉著眼睛衝過了那條充滿八卦視線的街道，剛要鬆一口氣，一道白色的身影攔住她的去路。

杜小曼抬頭，迎上南緗犀利的視線。

「妳果然與我們不同。杜姑娘，還是唐郡主？」

杜小曼道：「怎麼叫都行。」

南緗神色凝住：「王爺怎麼樣了？」

的確是眞愛啊，此時此刻，還是先問影帝的情況。

杜小曼道：「挺好的。看起來滿健康，吃得應該不錯，還自己釀了點米酒。」

南緗無奈地一笑：「王爺眞是……有時候就和小孩子一樣。天大的事壓著，他也想著玩。」又看向杜小曼，「王爺有沒有提到我們？」

杜小曼道：「我和他說了，妳們在外面，很掛念他。他很開心。」

南緗淡淡一笑：「眞是謝謝唐郡主美言了。」

杜小曼乾巴巴地笑：「不用客氣。」

南緗又直直地望著她：「郡主打算如何呢？」

「啊？」

「不論眞正的緣故是甚麼。但的確郡主的事是個引子，王爺才被彈劾進了法緣寺，難道郡主甚麼也不做？」

杜小曼脫口道：「我不知道我該怎麼做，我也沒有那樣的能力啊。妳知道我該怎麼做嗎？」

南緗的唇角扯出一個弧度：「郡主自己都不知道自己該做甚麼，我怎麼會知道。郡主眞是個既乾脆又算得清的人，我只是這麼一問罷了，並非眞的要郡主做甚麼。」

杜小曼道：「對不起。」

其實她也不知道自己爲甚麼要道歉。

她又說：「實際上，我和妳們王爺的關係，不像妳們想像的那樣。」

南緗嗤地一笑：「王爺這輩子，居然也自作多情了一回，沒臉沒皮地上書要娶郡主，郡主卻根本不領情。」

杜小曼道：「不是，妳們王爺他……」

她發現自己嘴變笨了，竟不知道該如何解釋，找不到合適的詞句。

南緗又道：「郡主莫怪我唐突，妳心中怎樣想王爺，我並不想探究。我只是想找個法子救王爺而已。」上下打量了一眼杜小曼，「我承認，我一直想會會郡主。郡主與我想的，不大一樣。」

杜小曼繼續傻站著，不知道該說啥。

南緗像男人般抬袖一拱手：「多謝郡主告知我等王爺的情況，告辭了。」折身離去，走了幾步，又轉過來，「對了，如果郡主願意幫王爺一把，不妨走走宮中的門路？」

杜小曼迷惘了幾秒鐘。

她不知道唐晉媗在宮中有甚麼門路啊……

當下的情況是皇帝要找秦蘭璪的茬。親侄兒對付親叔叔，哪有外人插話的餘地？

看十七皇子那束手無策的樣子，這事連他都破不了，找別人，有用嗎？

怪不得能對影帝死心塌地的，妹子很天真啊。

杜小曼原地僵硬地站了片刻，繼續前行。

她心裡有點堵。

南緗話裡話外，好像她杜小曼必須得對現在的秦蘭璪負責一樣。

面對南緗，她又像一個插足在裕王和他的後宮中的罪人。別人是小三，她是小三百零一。且竟是她渣虐了小璪璪。

更可怕的是，她居然覺得南緗的話中有些細節似乎有理。

杜小曼走走走，天漸漸黑了，路前有一串燈籠招搖得很是醒目，燈籠下陣陣白霧蒸騰著秋夜的溫暖。

杜小曼不由得走到那串燈籠下，在一張桌子邊坐下，正要點吃的，鄰桌一群人開了罈酒，招呼大家群飲。

杜小曼聞見酒味，內心翻湧起一股情緒，一拍桌子：「老闆，一碟牛肉，一壺酒！」

攤主道：「這位姑……小爺，小攤有一種燒酒較烈些，還有一種獨門祕製的黃酒，稍微煨溫，再擱些冰糖，綿甜適口，這般秋風剛起時正好喝，如何？」

杜小曼道：「好，來一壺。」

路上鏘鏘鑼鳴，高馬開道，僕從簇擁，儀仗排場，十匹駿馬拉著一輛華車緩緩前行，夜風中，車窗簾閃出一絲縫隙。好像是有甚麼大人物路過。

京城人民見識多了這種陣仗，沒人有太大反應。

杜小曼歪頭瞄了一眼就收回了視線，集中精力吃肉。

攤主煨好了黃酒，正要送到杜小曼桌上，鄰桌的人吃得醉了，猛地站起身，恰好撞到攤主，酒壺跌碎在地。

攤主也不敢責怪那幾個客人，只先向杜小曼賠不是，說再去煨，杜小曼道：「算了，要不就隨便來壺別的吧。」

攤主便另找出一個小壺，現拍開一小罈酒的泥封，倒了一壺送與杜小曼，道：「這酒剛啓封時的一壺最好喝，算是給客官賠不是了。」還親自斟上。

杜小曼很是欣賞這種服務態度，如果再有機會重回餐飲界，務必要學習一下。

滷牛肉，燒酒。

俠客風采的搭配，真漢子的味道！

太漢子了，杜小曼第一口就嗆了。

她沒怎麼喝過酒，唐晉媗的身體大概也沒經過多少次酒精的考驗。

杜小曼結帳離開攤子時，就覺得腳下踩的不是地，是棉花，軟而彈，讓她站不穩，保持不了平衡。

她左右四顧，甚麼都在晃，看不清行人，瞧不出招牌上寫的啥，周圍有沒有客棧。她心裡有點發急，用力揉眼，撞了好幾次人，往路邊避讓，咣一聲，金星亂冒，腦門生疼，好像撞到了牆。

杜小曼扶著牆喘了口氣，索性暫時在牆根邊坐下歇歇腳。

兩、三個閒漢隔著路遙遙打量她，正要朝此聚攏，突然一陣混亂尖叫聲響起，一匹無人騎乘的瘋馬一路捲翻路人攤位，竟向牆角的杜小曼筆直衝來！

杜小曼依稀聽到了甚麼，但又像與自己不是同一個世界的聲音，眼皮費勁地抬起一條線，甚麼也看不清。

幾個閒漢早四散逃開，眼見那馬已要到牆角，突然雙蹄朝天，一聲嘶鳴。

一道長鞭，圈住了馬頸，執鞭的勁裝男子手臂一頓，飛身躍起，一刀斬向馬頸！

另有兩把雪亮的長刀，揮向了馬的後腿。

厲嘶聲中，馬轟然倒地，在血泊中抽搐，幾個勁裝男子卻躍上屋脊，轉眼沒入夜色。

驚恐的路人定神之下開始圍觀，打量地上的馬屍和牆角的杜小曼。

就在這時，又聽得一陣喧囂，一輛馬車分開眾人，靠近這片狼藉。車中下來幾個家僕打扮的男子，給牽馬的車夫引路的，竟是方才杜小曼吃飯的那家小攤的攤主。

「是麼？」

「沒錯。」

「帶回去。」

……

杜小曼依稀聽到動靜，想睜眼看，眼皮卻無比沉重。

她整個人被抬起，丟進車裡。

目睹全過程的路人議論紛紛，但沒人對這件事提出質疑。

馬車轉瞬沒入濃重的夜。

杜小曼在渾渾噩噩中，感覺嘴裡被灌進了甚麼東西。

很酸，很嗆，她不由得一陣劇咳，咳得眼淚都出來了。

遠處，似乎有個人在問：「哭了？」

一個女人的聲音。

杜小曼打了個激靈，猛地睜開了眼。

讓她齜牙咧嘴的頭疼中，一個模糊的人影近在咫尺。

杜小曼又哆嗦了一下，那人在視線聚焦中清晰。

「醒了？醒了就告訴我，妳哭是因爲後悔了麼，我的好妹妹？」

杜小曼驟然起身，瞪著那個女人。

月聖門……實力竟這麼雄厚了嗎？

薄蟬鬢，堆雲髻，寶蓮珠插，金簪步搖，一顆顆鴿子蛋般大小均等的明珠環著玉頸，閃得杜小曼眼暈。

銀緗留仙裙，袒領緹羅衫，廣袖曳地，紫珮流光。

這般珠光寶氣的裝扮，偏偏輕掃蛾眉，薄敷脂粉，淺淺一點胭唇色，做個淡淡懶懶的妝容。因那張面龐，已極盡奢華，無須增色，眞正國色天香。

這個華貴的美人站在床邊，俯視著杜小曼，帶著一種天然的高高在上，簡直能讓天下的男人都跪在她腳邊，把身家性命雙手奉上。

這樣的女人還能進月聖門？不科學啊。

杜小曼遂做迷惘狀吐出保險台詞：「我這是……在哪裡？」

美人朱唇一挑：「自然是安成公府啊，難道我要把妳帶到娘那裡去？那妳就等著死吧！」

杜小曼的腦殼裡堆滿了問號。

美人居高臨下的目光裡充滿了不以爲然：「酒還沒醒？不用再這麼雷劈的鵪鶉一樣瞧了，再瞧也是妳姐姐我，要不誰還能把妳從街上撿回來？看看妳此時的模樣！大街睡得舒服麼，媗媗？」

姐姐!?

這……

難道……

是唐晉媗的親姐姐?

杜小曼只知道,唐晉媗的兄弟姐妹不少。同父同母的,就有一個哥哥,兩個姐姐。

但眼前這個到底是哪個姐姐,她就不知道了。

杜小曼大腦飛轉,跟影帝接觸久了,也學了一點技術,參考眼前場景,她立刻咬住下唇,做出一個稍彆扭的姿態。

那美人笑吟吟坐下:「怎麼?都這樣了還和我慪氣?嘖嘖,妳可是出息啊,滿大街談的都是妳,娘肯定暗暗嘔了好幾盆血了。」伸手在杜小曼手背上一擰,「不過,說眞的,妳怎麼和裕王搭上的?」

杜小曼依然做彆扭不語狀。

美人雙眉一挑:「怎麼,妳不是該得意麼?要是眞成了,我可得稱呼妳一聲長輩呀。雖然人都說,裕王是被妳剋的,都進廟裡去了。慕王府呢,被妳弄得臉都沒了,一身雙煞。」

杜小曼還是不吭聲。

美人又點點她額頭:「妳呀,我可不是有意拿話酸刺妳。要是妳沒嫁的時候這麼能耐,直接從咱家爬牆到外頭,勾搭上裕王該多好。姐姐就算與妳亂了輩分,也替妳高興。我早勸過妳吧,妳不聽我勸!小時候妳就這樣,處處和我作對,還總覺得是我欺負妳。其實我幾時害過妳呢?和妳說的話,都是爲妳好。我是不是勸妳不要嫁慕雲瀟來著？妳非要嫁，怪得了誰？」

杜小曼猛地抬頭。

美人撇嘴：「翻甚麼眼睛？我說錯了？我那時勸妳，姓慕的，雖然名分上是個王，實際上甚麼都沒有。劉侯家那個老三，哪裡不好了？妳一嫌人家不是長子，將來襲不了爵，二嫌長得不如慕雲瀟漂亮，三還說我讓妳嫁劉侯家，是想妳比我嫁得低，非得找個王銜的壓我一頭。我說那慕雲瀟唇薄眉窄眼吊梢，就是個薄情寡幸的相！像劉三那樣闊面大耳的福相，才做得好相公。結果妳說甚麼？妳說甚麼!?」

杜小曼頭殼木木的，隨口道：「我忘了，記不起來了。」

美人冷笑一聲：「真忘了？妳說……」捏起嗓子，聲調一變，「姐姐，不用妳費心，瀟郎他早與我立誓，今生今世，他只喜歡我一個。他還要找皇上爲我們指婚，娘定然會同意——呵呵，我妹妹眞會看男人！」

杜小曼張口結舌。

親娘啊，就算現在小璪璪和寧景徽手拉手在大街上跳草裙舞，她也只能雷成這樣了。

怎麼可能？爲甚麼神仙沒有提前說這件事？

唐晉媗和慕雲瀟婚前就有一腿！

唐晉媗是主動嫁給慕雲瀟的！

原來不靠譜的猜測竟然中了——

唐、晉、媗、喜、歡、慕、雲、瀟！

杜小曼抱住了頭。

猜測和眞相之間畫上了等號，但這兩個詞給人的打擊，眞的很不同。

一想到上輩子，自己居然深深地愛著慕渣男，她就……

涼粉來一塊！讓我撞！！！

美人道：「嫿嫿，姐姐也不是非得這麼說妳。可女人這輩子，最怕的就是嫁錯了。妳不聽我的話，一步走錯，就算後來鬧了一場，又搭上了裕王，不還是有禍嗎？妳看看妳把自己糟踐成這個樣子，那些窮家民婦，也沒這麼邋遢的，除了我這個親姐姐，哪個還能一眼之下認得出妳呀。居然吃醉了酒，睡到街上了，跟個叫花子一樣。妳這麼糟踐自己，又有甚麼用？哭斷腸子也來不及了！」

美人的言語擦著耳邊過，杜小曼將腦袋埋在膝蓋上的被子裡，大腦飛速運轉，許多零散碎片呼啦啦在腦中拼湊。

之前夢境中零散的片段，到底是唐晉嫿在這個軀殼中殘留的意念，還是經歷輪迴仍然深埋在靈魂中的怨念？

那是眞相之線，漂浮在渾濁的水面上，猛地扯起，沉在水下淤泥中的眞實匪夷所思，卻是不得不相信的眞實。

奇怪，那些夢裡罩著濃霧的片段，在大腦中，居然清晰了起來。

唐晉嫿和慕雲瀟婚前認識，唐晉嫿在那時就愛上了慕雲瀟。

夢裡，花叢邊，大樹下，喊她名字的那個人，是……慕雲瀟。

怪不得，怪不得只是一頓羞辱，唐晉嫿第一想到的，不是和離，而是去尋短見。

慕雲瀟爲甚麼要這麼做？始亂終棄？

不對，綠琉、碧璃……逃出來遭遇的種種……

居然要毒死女兒的唐王妃、總和寧景徽一起出現的慕雲瀟。還有月聖門的人講的那個故事。

「唐郡主，妳真不明白？一直以來，都有人做局，步步引妳入我聖教。可妳始終不肯，如今此計，不過借刀殺人。他們知我聖教對奸細叛徒素來無情，想來妳既然不能活用，也能中點死用罷了。」

杜小曼猛地抬起頭：「姐姐，妳知道月聖門麼？」

美人兀自說著，聽得杜小曼爆出這麼一句，先怔了一下，而後立刻道：「廢話！」上下一打量杜小曼，神色一緊，「妳不會想往裡進吧？我可先告訴妳，這個公主教今非昔比，朝廷裡有些人正要拿它開刀呢。少惹禍。妳的相好裕王不是還因此事遇刺……」美人的眉頭驀地一擰，「妳該不會已經進去了吧？」

杜小曼趕緊道：「沒有沒有。姐姐，娘以前和妳提過月聖門的事麼？」

美人掃視著杜小曼：「妳到底想問甚麼，就別繞彎兒。我出嫁時，娘自然得交代我，千萬別和我的公主婆婆置氣，她跟那位是親姐妹，萬一找人來砍了我……那個教裡的人可都殺人不眨眼，雖然說是不殺女人，可誰知道呢？萬一還立個婆婆教甚麼的，專對付我這樣不老順著她的呢？不過，我那公主婆婆，真跟那位不親，妳也知道，宮裡不是一個娘生的，比咱家還生疏，平常都沒說過幾句話，更不知道那甚麼的消息。雖說她成天拿捏我，這事我還得按實際說。」

公主婆婆？

杜小曼又被這番話裡的新信息擊中了。

唐晉媗的這個姐姐嫁得真不低啊。怪不得唐王妃當時會說，唐晉媗心中有怨，幾個姐姐嫁得都比她好。

如果按照年齡算輩分，唐姐姐的這個婆婆可能是……

秦蘭璪同父異母的姐姐！

對了，月聖門的開山祖師，也是公主，叫甚麼公主來著……

德慧公主！

也就是說，秦蘭璪、唐晉媗姐姐的婆婆、月聖門的開山祖師，這三個人是親姐弟！

杜小曼深深地凌亂了。

這關係可夠亂的啊。小璪璪的爸爸太祖皇帝真是人才，不但建立新朝代，子女們也都各有建樹。

唐姐姐皺眉看著她：「瞪著眼做甚，像個雷打的蛤蟆一樣？」

杜小曼道：「頭疼。」

唐姐姐一臉嫌棄道：「妳醉得跟灘泥一樣，又睡在那種地方，可不是醒了會頭疼？看著妳，我都頭疼。我這輩子第一次見這麼不體面的人，居然還是我的親妹妹！」

她眼睛向旁邊一瞥，一群侍女立刻上前，在杜小曼身後墊好軟枕，端盆巾香粉等物替杜小曼淨手，再在杜小曼身上鋪上繡著富麗花朵的長巾，架起一張小巧的榻几。這才捧過一盞，置於几上，掀開盞蓋，膠凍狀的湯汁中一朵朵雲絮樣的東西，浮著淺紅色的星點小花，不知道是甚麼。

唐姐姐道：「妳先吃一些，待酒氣再散散，頭不疼了，就趕緊好好洗洗，換上衣裳。我大早上就在妳這裡，還沒去給家裡那位娘娘請安。妳先待著罷，我先去前頭。」被一堆侍女簇擁離去，屋裡頓時空了許多。

沐浴時，杜小曼泡在水裡，回思種種。

她經常猜錯事，但這次，她自信自己已八九不離十猜到了眞相——

唐晉媗的整個悲劇，不是她被慕渣男婚後冷待，而是一開始，她就是一枚棋子。

對付月聖門的幕後大策劃應該是寧景徽，但是挑中唐晉媗做棋子這件事，不知道是誰發起。

從綠琉和碧璃來看，唐晉媗的娘家人是知道的，特別是唐王妃，就算不是發起人，也是積極配合。

然後，由慕雲瀟出面勾引唐晉媗。

唐晉媗動了眞情，嫁給慕雲瀟，沒想到結婚當天慕渣男就變臉。

這麼想來，阮紫霽倒是比較無辜了。不管慕雲瀟到底是眞的愛她，奉命勾引唐晉媗，還是拿她作道具，刺激唐晉媗，她都和唐晉媗一樣，只是這部狗血戲中的一顆棋子罷了。

想來按照這群人的設定，唐晉媗吃虧後，正好身邊的兩個丫鬟順水推舟，唐晉媗就能進入月聖門。

但卻沒想到，唐晉媗居然負氣自殺……

唉，想到當初，在天庭上看到唐晉媗一邊哭，一邊說：「我不服，我不服這個命！我們女人，連自己要嫁誰都不能選擇，這個賭約根本就不公平。我不是爲情而死，我只是不忿我的命！」杜小曼還以爲，唐晉媗是因爲不想嫁慕雲瀟又不得不嫁才這樣哭訴，沒想到她是自願被慕雲瀟哄上了手。

發現自己被騙，她才會哭得這麼慘吧。以爲兩情相悅，自己選擇了好姻緣，沒想到自己只是一顆棋子，一切別人早已設計好，等著她自己咬鉤。這種羞辱，比單純的被冷落、被無視更加傷人。

杜小曼一直不覺得，唐晉媗就是自己的前世。但想到這裡，她心中居然有些悶悶的疼。

仍舊有很多疑點。

到底唐晉媗是死後發現自己被騙，還是死前？

綠琉和碧璃是引她入月聖門的人，杜小曼在唐晉媗身上活過來的時候，爲甚麼在引唐晉媗入月聖門的最佳時機，她們不遊說呢？

還有……

杜小曼閉上眼，接下來的事，她不願深想。

侍女在她耳邊柔聲問：「郡主，可是奴婢們梳髮的力道太大？」

杜小曼搖搖頭：「是我還有點頭疼而已。」

唉，替唐晉媗心疼的時候，一想到唐晉媗是自己的前世，心疼就變成氣堵和窩囊了。所以還是很排斥這件事，不能信！

不過……愛上陸巽那件事，也不比愛上慕渣男強多少。

呸呸！還是不一樣的。陸巽再渣也強過慕渣男！他們兩人還是有認眞交往過的！後來是移情別戀……

杜小曼腦中不由得浮起和陸巽交往的種種。

一起逛街，她怕自己的喜好被陸巽鄙視，不敢買這買那。

一起吃飯，除了吃辣之外，實在沒甚麼相似的口味。

一起看電影，她不小心睡著，醒來時看見陸巽的表情，她當時自信地解讀爲寵溺，其實現在回想是無奈跟隱忍。

……

陸巽和她交往，眞的開心麼？還是，只是爲了那個打賭而已。

杜小曼又嘆氣了。

不管眞相是甚麼，有件事是板上釘釘了——

上輩子和這輩子，她都是個蠢女人。

認識到自己是個蠢女人，別人眼中可以隨便耍得團團轉的蠢女人，心情是怎樣？

杜小曼的答案是——很憋屈，很鬱悶，很不爽。

她一腔憤懣化爲食量，風捲殘雲般吃光了一桌早餐，驚到了唐姐姐家的侍女們。

侍女們說：「這些飯菜能得小郡主喜歡，廚子定然感激呢。」笑得聲音打顫。

杜小曼盯著空盤子眼發直，已經忘了剛剛吃下去的是啥，只覺得挺撐。

侍女們見她的模樣，以爲她是意猶未盡，但眞是不敢再給她吃了，就含蓄道：「小郡主喜歡這個糕，明兒婢子們讓廚下再弄了送來？」

杜小曼含糊應道：「呃……啊。」

左右撤下盤子，杜小曼正要站起身，一陣香風襲來，侍女們齊齊行禮，只見一群侍女簇擁著一個華服婦人進門，姐姐走在她之後。杜小曼頓時明白，來人應該是唐姐姐的那位公主婆婆了。

果然立刻就聽見唐姐姐道：「媗媗，怎麼還傻站著？」

杜小曼趕緊行禮，那華服婦人慢條斯理地開口：「孅兒，妳這就不對了。她雖是妳妹妹，但在這裡仍是客，妳怎好如此揚聲支使？」

唐姐姐笑道：「娘說得是。」

華服婦人行了兩步，親自彎腰扶住杜小曼：「快起來，不必如此拘謹。」

杜小曼站起身，偷偷瞄她容貌。唐姐姐的這位公主婆婆比影帝至少大了二十歲，下巴那裡有點相像，但眉眼較細，五官差別很大，單論臉不算大美女，比不上慕夫人、唐王妃、謝夫人幾位，但氣度凌然，皮膚白細宛如少女。她捧起杜小曼的手，一雙玉手令杜小曼自慚形穢。

「妳叫晉媗對吧。我上回見妳，還是妳姐姐嫁過來的時候，當時妳還是個小孩子，不想幾年過去，竟長得亭亭玉立了。唐王妃眞是會養，幾個女兒都跟鮮花似的。」

杜小曼故作羞澀地低頭：「公主謬讚了。」

唐姐姐的公主婆婆含笑的容顏很是慈愛，但杜小曼總有一種在被探照燈從頭掃到腳的感覺。

公主仍舊握著杜小曼的手，笑盈盈道：「家裡來接妳前，只管在這裡住著，缺甚麼就和妳姐姐要。對了，妳和宜孅相差幾歲？」

杜小曼一驚，她還眞不知道，只好回答：「我今年實歲十七。」

公主略一沉吟：「哦，妳應是庚午嘉元七年生，妳姐姐屬虎，比妳大了四歲。」繼而又道，「唉，眞是快，我記得就是嘉元七年，上元節時，我在宮中與先帝皇嫂一同賞燈，河間府進了一種花炮，升空後像輪月亮一般，散下時又是個龍的形狀，十分巧思。皇上和裕王那時都還是小孩子呢，叔侄兩個與一群孩子一道猜燈謎賭糖吃，在我想著好像就是昨兒的事，但連那年生的妳，都這麼大了，本宮又怎能不老呢？」

杜小曼道：「公主保養得這麼好，說句不敬的話，剛進來時，我還以爲是姐姐的哪位妯娌呢，怎麼竟說自己老？」

公主哧地笑道：「嘴眞甜。」又拉著她聊了幾句家常，道，「還願的香貢該送來了，我去前頭瞧瞧，孅兒妳就陪妳妹妹說說話，不必過來了。」

唐宜孅應下，眾人恭送公主離開。

唐宜孅又屏退左右，杜小曼道：「姐姐妳婆婆身分這麼尊貴，還過來看我，多不好意思，應該我去給她請安才對。」

唐宜孅白她一眼：「妳啊，蠢的！看不出來她是爲甚麼來麼？有了妳跟裕王的那檔子事，就算妳蹲在屋後的樹梢上，她也能蹦上去找你！」又道，「她往前頭哪是看香貢，肯定是著人往宮裡遞信去了。」

杜小曼大吃一驚：「宮裡？爲甚麼往宮裡送信？」

唐宜孅眉一挑：「我的好妹妹，妳以爲妳惹的事小？裕王上折子說，妳和慕雲瀟這段婚事純粹誤配，原該和離，他要等妳和離後娶妳做裕王妃。這麼一來，妳就成了我婆婆的弟媳，咱家這輩分眞不好算。妳姐夫上朝碰到了大哥，都不知該怎麼稱呼。朝裡鬧得不可開交，那些酸文人們寫詩作賦歡實得不行。公主娘娘知道妳進了安成公府的門，不親自躥去宮裡送信，已經算她矜持了。」

杜小曼眩暈了：「我……我……」

唐宜孅道：「我甚麼我？我跟妳說，事已至此，妳務必將裕王拿下！此事一定要成！該熱鬧時，就是要熱鬧！」又蹙眉，「慕王府肯定不會輕易罷休，說不定我婆婆也會暗暗與他們連成一氣，他們說不定已經收到消息了。如果妳的婆家來要人……不行，我得趕緊給家裡送個信！」

杜小曼頓時道：「姐，先等一下！」

唐宜孅瞪起眼：「等？等甚麼等？媗媗，姐姐告訴妳，做甚麼事都要快、狠、穩！萬萬不能等、猶豫、拖！動作慢一分，就是給對方一分的機會！」

杜小曼冷靜地甩出一句話：「姐，妳知道咱家可能跟月聖門有關麼？」

唐宜孅剛要跨過門檻的腳頓住：「甚麼？」

杜小曼深吸一口氣：「娘之前差點毒死我……我猜，我嫁給慕雲瀟，其實是有些人操控的一步棋。」

端華公主離開偏廂，走到中庭，突然嘆了口氣。

侍女問：「公主為何嘆息？」

公主道：「唐王的女兒，個個是禍。我原以為，我們府裡這位已是極致，卻未曾想到，她那個妹子，不算多麼出挑的相貌，竟勝過其姊。」

左右皆不敢接話。

公主的這段話，暗藏著舊怨新愁。

德安王府中，世子唐殷與宜孅、紓婮、晉媗三位郡主皆係王妃嫡出。德安王喜歡女兒，尤其寵愛長女。唐宜孅從會走路起就跟著父王騎馬打獵，養野了性子。六、七歲時隨祖母進宮，與眾皇子、王子玩在一處，端華公主的兒子衛重也在其中。

端華公主剛好在御花園內，樹下觀看，只見這個丫頭毫不羞怯，爬樹撈魚，一幫男娃都勇不過她。當時十七皇子羽言年紀尚小，跌跌撞撞在樹下偷看大孩子玩耍，唐宜孅捏了幾把他的小臉，把一條新抓的毛毛蟲當禮物塞給他，將羽言皇子嚇得大哭，惹得太子不高興，她也不以爲意。端華公主心中暗暗不喜。

先帝卻看中了德安王家，剛好唐宜孅與太子年歲相近，八字相合，意欲定爲太子妃。皇后心中另有打算，設法拖之。拖了幾年，沒想到唐宜孅性子雖野，相貌委實出挑，越長越美，十四、五歲時已成傾城傾國之姿。皇后實在拖不住了，就求端華公主想辦法。端華公主便對先帝道，太子妃當重品德性情，來日才能母儀天下。唐宜孅太標緻，反倒是禍，美人爲后者，比如蘇妲己、褒姒、趙飛燕、武媚娘……前車之鑑歷歷在目。趙飛燕本名宜主，與唐宜孅的名字有一字相合，更是不吉利。

先帝卻不以爲意：「一女子能成多大禍？到底還是爲君者昏聵。難道朕的皇兒，將來竟是商紂幽王？」

把端華公主嚇出一身冷汗，連連請罪。

先帝又招太子來問：「德安王長女稀世絕色，與你爲妃，你可願意？」

太子沒見過長大後的唐宜孅，只記得花園玩的那次，就道：「是將十七弟嚇哭的那個唐宜孅麼？兒臣不喜歡那種性情。」

先帝這才笑道：「既不喜歡，看來無緣，那便罷了。」

皇后與端華公主心中都長舒了一口氣。

誰知道太子被先帝這麼一提，心裡又生好奇。後宮之中，美女如雲，能讓父皇親口誇讚稀世絕色的女子，到底能美成甚麼樣？實在不能跟記憶中那個張牙舞爪的小丫頭連繫起來。思量著，心裡就長了草，越想見一見。

偏偏那幾日有別國使臣來朝，太子不好偷溜，這等隱事，說與他人怕洩露，思來想去，唯有同年表弟衛重性軟嘴嚴，可以托付，就找衛重道：「當年在御花園和咱們玩過的德安王的女兒你還記得不？爬樹的那個。聽說她現在長得很美，本宮卻不信。你去替本宮瞧瞧，到底有多美。」

衛重依言去了，趁唐宜孅隨父兄騎馬射獵時，藏在樹林中偷窺了一回，一見之下，三魂出竅，不慎弄出動靜，險些被當成狗熊射死。匍匐在草叢中許久，方才默默離開。回到家中，不想吃飯，不想喝水，只兩眼發直坐著。

原來衛重的脾氣與太子不同，當年御花園中一起玩耍時，他看著唐宜孅爬樹下池塘，就覺得很欽佩，對她很有好感，可惜沒有再見過。沒想到太子提起少年事，卻是圓了他的舊願，他才立刻滿口答應。

如今見了唐宜孅，他滿心只想，她長大後居然這麼美，世上竟然有這樣的女子，今天她只穿了男裝，沒施脂粉，就能讓天地失色，如果穿回裙子，裝扮起來，該有多好看？

又自忖，太子讓我來瞧唐宜孅，定然不只是好奇她多美那麼簡單，看來她是要做太子妃了。唉……我這樣的人，只能遠遠地看著她。

這麼想著，心裡難受，也不想進宮回覆太子，又想，如果我當時被她當熊一箭射死了，倒是我們有緣了。越想越邪魔，白天走神，夜不能寐，竟生起病來。

端華公主進宮去找御醫，向皇后哭訴兒子病得凶險奇怪，皇后轉述給先帝，太子在一旁聽著，笑道：「兒臣知道表弟為甚麼病，不是衝撞了甚麼陰氣，十有八九是鬧了相思病。」把讓衛重去看唐宜孅的事情說出。

先帝道：「淘氣！朕說與你做太子妃，你不肯，又讓表弟去偷看，成何體統！」

太子低頭認錯。

先帝又笑道：「不過這般曲折，倒像是命定的姻緣。朕、皇兒、德安王家的女兒，既然都是這場相思病的因頭，那朕就來做這個解鈴人，將解藥給了外甥罷。」立刻擬了一道聖旨，把唐宜孅賜婚給衛重。

衛重正半昏半醒地吃藥，聽了這個消息，怔了半晌，一骨碌彈起來，撞翻藥碗，又哭又笑，連謝恩都忘了。

端華公主在旁邊看著，卻只是想哭——

所謂自作孽，不可活。當初幫皇后，不讓唐宜孅禍害太子，沒想到篩下來的狐狸精，竟禍害了自己的兒子。

唐宜孅過門後，端華公主每天看著兒子被其捏來拿去，既恨又惱，直至慶南王府的醜事一出，端華公主突然得到了安慰。

唐王家的女兒眞是小麥還勝大麥壯，一山更比一山高，幸虧娶來的是唐宜孅，要是唐晉媗，祖宗十八代的老臉都得搭進去。

端華公主正在心裡唸佛，裕王要娶唐晉媗的事情就突然砸了下來。

朝野震盪，京城沸騰，眾人暫時都只顧感嘆裕王殿下胸懷寬廣，第二茬的臘梅花都願意供進正堂，暫時沒顧得上排親戚關係，端華公主先就懵了。

這該怎麼算？

唐宜嬙是端華公主的兒媳婦，唐宜嬙的妹子又變成了端華公主的弟媳。

簡直讓人笑掉了牙。

端華公主立刻進宮面聖，向皇上道，這臉丟不起，此事萬不能成。

皇帝道：「姑母所言，正是朕之所愁。但小皇叔執意要娶，此事已天下皆知，朕允或不允，臉都已經丟了。」

端華公主道：「皇上不能由著裕王了，只當替先帝管束著你小叔。雖說他是皇上的叔父，但亦是皇上的臣子。他此時就跟著了魔似的，已經糊塗了，皇上就嚴厲些，硬壓一回，總是為了他好。」

後來裕王進了法緣寺，端華公主不知道自己這番話起了多大作用。

但她不覺得對不起裕王，她覺得這是為了他好，為了大家好。

裕王出生時，端華公主已經出嫁，純孝太妃為了母子能在冷宮裡過得好些，各處打點，亦往端華公主處送過人情。端華公主不是個吝嗇情分的人，對他們多有幫襯。後來裕王大了，記得公主往年的恩情，對公主頗為敬重。

公主對這個年少風流的幼弟，亦一直有種長姐甚至近乎母親的疼惜與縱容。所以，這件事對她實在是打擊甚大。

沒有想到，事情尚未平息時，唐宜嬙居然把這個惹禍的妹妹抬進安成公府來了。端華公主知道後，立刻趕過去瞧。

看完之後，端華公主更加確定，要麼是裕王中邪了，要麼是裕王腦子壞了。一個腫眼泡、奉承話都說不好的粗糙妮子，能把他迷得顛三倒四？

端華公主忽然覺得自己的兒子眼光挺不錯，別的不論，唐宜孅相貌確實沒得說。

端華公主回到房中，喚人備下筆硯，挽袖提筆，筆尖剛點到紙上，復又抬起。不妥，寫信向慶南王府知會此事，有失身分。

端華公主命左右換上新紙，沉腕落毫。

「速將此函，呈往內宮。」

「姐，我說的這些，妳信麼？」

交代完主要的情節，杜小曼坦蕩蕩看著唐宜孅，等她的反應。

從進入安成公府到現在，她能斷定兩件事。其一，唐姐姐必然不是月聖門。其二，不論唐晉媗的事情有甚麼隱情，唐宜孅都不知情。

杜小曼想要知道眞相，但是，寧景徽、影帝、綠琉、碧璃、月聖門的其他人，都不可能告訴她眞相。

神仙也靠不住，只能靠她自己找。而看起來，唐姐姐是最可能成爲她解開這個謎團契機的人。

唐宜孅的反應在杜小曼的預料之中。

她聽完了杜小曼選擇性的簡略陳述，擰了眉頭，眼神帶著擔憂：「媗媗，妳還好吧，心裡還明白麼？我覺得妳有點糊塗了。妳剛才說，娘要毒死妳那段兒，我信。怕妳丟了咱家人，連妳命都想要，這事她做得出。但是妳說家裡人給妳下套讓妳嫁給慕雲瀟……妳好好地想想，妳當初說要嫁給慕雲瀟的時候，家裡人哪個不說妳失心瘋了？連嫆嫆都大老遠寫信罵妳，那姓慕的說動了皇上賜婚，娘氣得甚麼樣，妳還記得不？」

「綠琉和碧璃從小跟著我長大的，她們兩個是朝廷安插在月聖門的臥底，頂著月聖門的人和朝廷的人兩重身分恰好做了我的陪嫁，又怎麼解釋？」杜小曼捂住額頭，「說眞的，姐，現在我甚麼都不信了。我也挺混亂的。她們兩個老老實實在咱們家做丫鬟，怎麼就能被朝廷選中委以重任呢？培訓這樣的人才也需要時間呀。而且她們的任務是以月聖門門徒的身分，勸我入教……」

唐宜孅的雙眉越擰越緊：「媗媗，妳還是上床睡會兒吧，姐姐給妳喊個大夫，妳要是還吃得下去，我著人先給妳煎一碗安神湯。妳的想法我聽著都覺得暈得慌，難爲妳想得出來。妳那兩丫鬟，正經是咱家家養的丫鬟，怎會和月聖門扯上關係，還做甚麼朝廷臥底的？要眞有這種人，用得著咱家出？大內養那些人是白吃米的？再說，這等隱祕事，憑甚麼讓我們唐王府知道？爹現在不大管事了，哥比不上爹，但我們唐家總歸有個王銜，所謂用而防之，這事夠不上我們摻和。倒是慕王府，一向鬼鬼祟祟，四處巴結，妳那兩個丫鬟別是在他們府裡學壞了，來算計妳，也未可知。」

「但是，姐……」

唐宜孅一揮袖子：「別想著這事了！這些都無關緊要！甚麼月聖門不月聖門，妳不想就沾不上妳。爲甚麼會找上妳？不就是妳嫁得不好麼！等妳抖擻起來，做了裕王妃，自然甚麼亂七八糟的都沒了！不要亂想，養足精神，心思放到正事上。睡吧，乖！」邁出房間，闔上了房門。

杜小曼無力地聳聳肩。

唐姐姐的重點和她不在一條線上，看來這個開門見山突破迷霧的策略失敗了。

片刻之後，又有侍女入內，奉了唐宜孅之命，趕她上床睡覺。爲了防止唐姐姐真的找個大夫來給她灌藥，杜小曼從善如流地更衣後，又爬上了床。

侍女們在熏爐中換上安神的熏香，放下紗帳，杜小曼闔上眼，讓呼吸漸漸勻長，聽得侍女們的腳步聲輕輕遠去，房門幾不可聞地輕響了一下，杜小曼仍舊閉目假寐，又過了一時，才假裝翻身，先將眼睜開一條縫。

嗯，房裡，貌似沒人了。

她再試探著起身，小心翼翼攥住帳邊垂著的銀鈴，用帳紗塞住鈴口，不讓其發出聲音，才試探著撩開帳子。

屋內應該是沒有旁人了。

杜小曼悄悄潛到窗邊，聽了聽外面的動靜。

「再聽妳也出不去。」

杜小曼猛一激靈，一回頭，雙手下意識地捂住了嘴，把一聲尖叫壓成了一個嗝，嚥回了肚子。

床邊，那個靠著柱子、抱著手臂、一臉優哉游哉的人，竟然是、是、是——謝況弈！

「你——」

「剛進來。」

你怎麼能進來，爲甚麼我沒發現啊！

謝況弈很明顯讀懂了杜小曼的表情，一臉「被妳知道我怎麼進來的我還用混嗎」的淡然：「妳想走？」

「大俠，帶我走！」杜小曼猛點頭。

「嘁。」謝少主的淡然變成不以爲然，「這不是妳姐姐家麼？她對妳挺好，爲甚麼要走？」竟然還做觀賞狀，上下打量一下室內，「確實奢華，這時才看得出，妳的確是個郡主。」

這時候還能聊天啊大俠……

「這是我姐姐家，又不是我家。」

「做了裕王妃，定然能比這裡更好。」

「我才不做甚麼裕王妃！」杜小曼一急，聲音忽高，趕緊捂住嘴壓低聲線憤憤道，「裕王妃留給影帝的那些美人們哪個去做吧，謝大俠，你既然來解救我，求你好事做到底，我眞不能留這裡，留下準沒好事，大俠你……」

「現在不行。」

杜小曼愣住。

謝況弈慢條斯理道：「白天我也沒辦法，這裡人太多。」

「那就晚上……」杜小曼再連連點頭，熱淚盈眶，「謝大俠您就是及時雨就是救世主……」

謝況弈捂住了她的嘴。

他的手很寬大修長，掌中帶著薄繭，應該是藏在樹上過，手指上還有樹木的味道。

「噓，有人來了。」

杜小曼還來不及心跳，便聽見一陣腳步聲，她趕緊把謝況弈推到床後，剛轉過來翻身跳回床上，門便輕叩三聲，吱呀開了，侍女們福身。

「小郡主，請快快起身更衣，前廳有要事。」

話剛落音，又有一陣急促的腳步聲傳來，兩個侍女急急趕到門前：「小郡主，請速速到前廳，宮中來人，請小郡主接皇后娘娘口諭。」

進……宮？

杜小曼呆在廳中，懷疑自己是幻聽。

上首站著的老宦官笑咪咪地道：「小郡主這就隨老奴動身罷，娘娘那裡等著呢。」

杜小曼直覺進宮沒好事。

唐宜孅道：「公公且請稍坐吃茶，待舍妹更衣後便隨公公啓行。」

老宦官道：「皇后娘娘說，算來都是自家人，常服入宮便可。」

端華公主亦在一旁道：「皇后娘娘寬厚慈悲，以往常服入宮亦曾有過，本宮看唐小郡主這打扮尚可。既然娘娘催促，莫耽擱才是。」

唐宜孅含笑道：「娘教誨得是，但婠婠妝容都未整，實在不堪。看她胖頭腫眼的樣子，怎麼著也得拿粉把兩個眼袋遮一遮，別跟自帶了一對燈籠進宮似的，驚著了皇后娘娘。只在旁邊廂房弄弄，片刻便好。」又讓左右侍女請白公公入上座吃茶。

端華公主抿嘴道：「也罷，宜孅妳看妳把妳妹妹說的，這麼張清秀小臉都禁不住妳埋汰。唐小郡主眞是好性兒。」又向周遭侍女道，「務必麻利些。」

唐宜孅笑嘻嘻道：「知道了，娘。」推了一把杜小曼，示意她跟著退出。

杜小曼隨著唐宜孅穿過花廳迴廊，直接到了旁邊小院的一間廂房。房中內外隔斷，外間矮桌圈椅，內間矮几小榻，看來是內眷臨時休息躲閒所用。

杜小曼聽口諭時，唐宜孅便已命侍女備好了妝匣衣裳，侍女們立刻爲她洗臉通髮寬衣，重新上妝。杜小曼暫時穿了唐宜孅的郡主裝，一件件她都不知道壓了多少套。唐宜孅的身材比被杜小曼敗壞了的唐晉媗好太多，幸虧衣服寬鬆，腰那裡勉強撐下了，但前襟撐不太起來，幾個婢女臨時收了幾針，攏緊一些。

髮髻的形狀、佩戴首飾的樣式數目、甚至眉毛的形狀長短、眉黛深淺、胭脂的顏色、粉的白度、指甲的長短、身上熏香的味道都得遵守規矩，不可偏差。

唐宜孅邊審度邊指揮眾侍女邊道：「公主娘娘居然還讓妳方才那個樣子進宮，眞眞是好心！宮裡突然讓妳去，想來是有人遞了甚麼消息。媗媗妳記著，皇后娘娘最賢德好脾氣，妳大方一些，不必畏縮，應就無事。」

杜小曼在心裡冷汗，能沒事嗎？我連見皇后該怎麼跪都不知道啊啊啊……

謝少主他還在那個房間裡，不知道現在出來了沒有。

穿戴梳妝完畢，唐宜孅又取出一個錦袋，塞給杜小曼，另備好呈獻皇后的禮盒。杜小曼隨白公公登轎出門後，在轎中打開錦囊，裡面是各種金玉花樣錢幣和珠串彩寶之類，想來是供她做人情之用。

杜小曼在市井奔波許久，於人情方面，已有不少經驗。入了宮牆，停住下轎時，杜小曼預先挑了一枚瑩潤的玉釦藏在袖中，公公居然親自來扶她，杜小曼頓時了悟，手搭上白公公手的瞬間，玉釦已入白公公手心。

這個手法還是她開酒樓的時候，爲打點來臨檢的官差，特意學習的技術，練了很多遍，絕對專業。看著白公公老臉上的笑，杜小曼便知這一手得到了肯定。

她謙虛地低頭道：「我曾在民間住了許久，都快忘了官家規矩，怕在皇后娘娘面前失禮，還請公公多多提點教導。」

白公公頓覺外界傳言果不能全信，唐小郡主雖渾身散發著不大上得檯面的俗勁，但行事還算上道，並非一無可取，便稍發善心，指點了她幾句。

杜小曼一路都在揪心，千萬別出差錯，在跑皇宮大地圖的時候給砍了還是滿冤的。一路只顧著緊張地默背白公公交代的步驟，都沒能好好看皇宮景象。

她是到了內宮中才下轎的，前後左右都有宮女，她不知道唐晉媗進過幾次宮，不敢胡亂抬頭打量，只覺得宮牆高聳，殿閣巍峨，確實是不同氣象。

皇后接見她的所在是凰儀宮的偏殿，殿閣開闊堂皇，陳設華而不奢。李皇后年輕得出乎杜小曼的意料，才二十餘歲，相貌算不上非常美，長眉杏眼，面龐圓潤，皮膚極白，溫柔端莊，招呼杜小曼在旁側椅上坐時，聲音亦很溫婉。

而且，杜小曼不知道自己是不是被月聖門洗腦，或是被神仙們整得神經過敏了，她總覺得，皇后的眉眼神態中，隱藏著一股幽幽的氣息，不太像……一個滋潤在幸福中的女人。

當然啦，後宮中的女人，幾百個守著一個，還天天勾心鬥角的，能多滋潤呢。

皇后竟還誇了杜小曼一句：「本宮上回見清齡郡主，還是妳與慶南王成親的時候，但覺郡主比那時更嬌艷了。」

話裡輕輕巧巧，爲後文設下了開頭。

杜小曼耍了一把小賴，避過話鋒：「得娘娘誇讚，妾感恩惶恐。娘娘的皮膚才眞是好得讓人極其羨慕。不知娘娘可有甚麼保養的祕方，能否賜教一二？」

皇后每天聽到的奉承話不計其數，杜小曼的這一句以路數來論，末流都難入，委實粗糙。但就因爲粗糙，反倒透顯出了一絲樸素的眞摯。

皇后微微笑道：「本宮哪有甚麼祕方啊，一般的起居罷了。」

杜小曼道：「娘娘天然雪膚，臣妾只能徒然羨慕了。」

皇后朱唇輕抿：「郡主的嘴這樣甜，本宮都不好意思了。」

杜小曼道：「妾不會說話，言語粗鄙，讓娘娘見笑了才是。」

她繞開的這一圈小彎對皇后來說眞是不值一哂，皇后端起盈月芍藥盞，啜一口潤雪銀針茶，便又緩緩道：「因姑母時常到宮中，本宮與大郡主常常小敘，一直卻不曾和妳多親近。妳和慶南王成親那日，也顧不上說閒話。算來都是一家人，本應多聚在一處說說話。」

杜小曼就接著繼續繞：「若能常見娘娘鳳駕，眞是天賜的福氣。妾成天閒著無所事事，娘娘隨叫隨吩咐便是。」

皇后的雙眉微微揚起：「那本宮可是當眞了，本宮成天閒得很呢。只怕慶南王府中事情繁多，妳抽不開身。」

杜小曼接著耍賴：「娘娘面前，怎敢虛言？只憑娘娘傳喚吩咐。」

皇后再啜了一口茶，終於單刀直入了：「說來，郡主和慶南王之間，到底……」又一笑，「夫妻家事，外人本不該多話，本宮只是多事一問。」

杜小曼從動身的那一刻起，就在肚子裡打草稿，總算到了正式答卷的時刻。

首先，唐晉媗和慕雲瀟的婚事是皇帝賜婚，分寸一定要把握好，稍微不注意，竟敢說皇上的英明決策有錯，就能直接去死了。

其次，不知道皇后對這件事抱有怎樣的態度。影帝的那本小折子，肯定雷翻了不少人。杜小曼猜，皇后應該不會思維奇特到贊同，再聽剛才的話風，十有八九，是慕家一派的。

杜小曼這一盤算，正好給了她愁眉不展營造氣氛的演出時間，然後再嘆一口氣，徹底切換到感傷模式：「妾正因此事，不知該怎麼面對娘娘。」

皇后神色隨之一變，道：「郡主這話從何說起？」

杜小曼起身跪地：「妾有罪，萬歲和娘娘賜下這樁婚事，本是百世難修的福氣，只因妾不懂得處事，如今……」無語凝噎。

皇后動容：「郡主怎麼……快快起來。」左右宮女上前攙扶，杜小曼還得做執意掙扎要繼續伏地狀。

「唉，年紀輕輕的，犯錯難免，改過來，仍是和睦夫妻。」

杜小曼攥著手帕，淒然搖頭：「覆水……難收……慶南王爺與阮紫霽姑娘之情，感天動地。妾願成人之美。且，妾與慶南王爺已無情誼，與其對面而苦，不如各自放手。」

皇后道：「郡主這般，令本宮有些不解。妳與那阮姑娘同伴慶南王左右，琴瑟和鳴外，更有姐妹之誼，扶持主內，美好和融，何隙之有？」

杜小曼道：「娘娘教誨得極是。但琴瑟和鳴，美好和融，都要有情。妾與慶南王爺之間，從不存在這個字。有情則和，無情硬湊，就只有尷尬了。」

皇后微微搖頭：「尷尬二字太過了，夫妻怎會無情？」

杜小曼攤手：「所以才做不成夫妻。」

皇后長嘆一聲：「唉，罷了罷了，都是本宮多事，竟勾起了妳的傷心事。不說這些。是了郡主，夷摩番國來朝進貢，有一伶人，變得許多種新奇戲法，不知郡主可喜歡看戲法？」

杜小曼做打疊精神狀：「能托娘娘的福看一回番邦戲法，眞是三個月都不敢洗眼了。」

皇后即命左右傳伶人，又有宮娥上前替杜小曼稍微理了理妝。

不多時伶人到來，眞是花樣百出，變得一手好戲法。杜小曼看得挺開心，又很納悶，皇后居然再也不提她和慕雲瀟的事兒了。

伶人退下後，皇后又命上茶果與杜小曼同吃。

宮娥娉婷端上茶果，杜小曼的脊背突然微微發寒，頸上寒毛豎起。

她不方便回頭張望，便一直假裝從容地吃喝，但那種感覺揮之不去，似暗處有道視線，一直黏在她身上。

用完茶果，又說了一會兒話，皇后居然還是絕口不再提慶南王府的一切，一點往那上面拐的意思都沒有。

杜小曼心裡反而越來越沒底。

總算挨到了能離開的時刻，她稍稍鬆了口氣，行禮告退。

退出殿門時，她飛快地往某個方向瞥了一眼。

整齊站立的宮娥身側，是一道帷幕。

直覺告訴她，那後面有人。

待杜小曼被宮人領著走遠，皇后方才又起身，走到帷幕前盈盈施禮，向那步出帷幕的人嫣然道：「皇上看得如何？」

身著龍服的人瞥了一眼殿外，收回視線：「一尋常俗婦爾，朕的小皇叔和寧景徽是瘋魔了麼？」

出了宮門，杜小曼發現了一件很奇怪的事。

接她的轎子邊站著的幾個女子，和來的時候長得不一樣。

她由白公公帶進宮，來時坐的是皇宮派的轎子，但有唐姐姐指派的侍女跟隨。侍女們進不了皇宮，在宮門外等候，再和安成公府隨後派來的轎子一道接她回去。

應該是這個步驟。

可是，雖然現在天已經黑了，燈籠的光芒下人的臉不太分明，轎子邊的侍女又只提了兩盞燈籠，格外昏暗，但杜小曼就是認得，轎子外的幾名侍女應該不是安成公府的。

唐姐姐和她婆婆看似不太合，但兩人的某些愛好很一致，比如都喜歡奢華排場，安成公的侍女們服裝都亮麗明艷，身段窈窕，按照身高的一致性搭配分組，格外齊整。而這幾個侍女服飾較素，是另一種風格，身形有別，身高錯落。

沒道理都跟到了皇宮門口，再換幾個人換套衣服。

杜小曼心中警覺，腳步頓住。

爲首的侍女福身道：「天色已晚，郡主快請上轎吧。」立刻要上來攙扶。

杜小曼後退一步，笑著問：「咦，妳們是哪裡來的？」

那侍女亦笑著說：「回郡主的話，我們是家裡來接郡主的呀。」

杜小曼腦中的警鈴鐺鐺鐺地響起——

慕王府。

她再後退一步，送行的宮女擋在她身後：「郡主快快請回。」

幾個侍女呼啦圍上來，攙住她的手臂：「郡主，宮門外不能久留，快請上轎。」竟要把她拖上轎！

唐宜孅在廊下扶欄看月，忽而一道熟悉的影子在視線裡一掠，她立刻著人喊住，喚到身前。

「雙瓊？我命妳等隨媗媗入宮，她尚未歸，妳怎麼便回來了？」

雙瓊跪倒在地：「回郡主話，小郡主家裡人來接，奴婢們便回來了。」

唐宜孅的臉突然變色：「哪個家裡人？媗媗是要回這裡的，哪個讓妳等大膽如此做？」

雙瓊囁嚅道：「自然是唐小郡主家裡，是……是宮裡的人讓奴婢等回來，說唐小郡主家裡人會來接，奴婢們不敢不從。」

唐宜孅大怒：「既然回來了，爲何不來回報？」

雙瓊叩首不已：「奴婢等回來時，即刻先稟告了公主，公主吩咐奴婢，若郡主問起，便轉她口諭，親姐妹已各出閨閣，彼此家務事不便多問。」

唐宜孅怒不可遏，冷笑：「妳便去幫我謝過公主殿下教誨，順便稟報，宮裡來接我妹妹時，此時情形，我便已料到。我妹妹定會回家的，請公主娘娘放心！」

杜小曼的胳膊被兩個胖侍女粗壯的臂膀挾住，她知道，此時掙扎必然是徒勞的。

她輕笑一聲：「看妳們急的，尚不曾拜別就上轎，竟要讓我失禮於宮外了。」

兩個胖侍女的手稍微鬆了鬆，杜小曼回身，再遙向內宮方向行禮，又謝過白公公和幾位相送的宮女，再往各自的手中塞了些東西。

宮女笑咪咪道：「郡主一切從簡罷，娘娘吩咐過，天黑了，夜路難行，煩瑣禮節可省。」

慕王府的侍女在後面緊緊圍攏成圈，與宮女將杜小曼堵在中間。

白公公心中自是明鏡一般，唐小郡主招惹了太多事端，鬧得連皇家面子都不好看，端華公主與皇后娘娘通了氣，欲解決此事，莫過於先讓她婆家接回，關門收拾。

杜小曼這點拖延的小伎倆，就是蛤蟆臨死前蹬的那幾下腿，不動還省勁些。

白公公年歲已大，見識太多，懂得爲己積德，常存慈悲，內心替如此拙劣表演著「我不著急」的杜小曼嘆了一口氣。

慕王府的侍女們一擁而上，又再擒住了杜小曼。

白公公視線落到遠處，忽而一定，雖是無用，也算行回好事，替她再拖得鮮活的一瞬，抬手道：

「那又是哪位的轎子過來了？咱家老眼昏花，都認不得了。」

宮女亦愣了一下，此門專供內宮走動，這個時辰鮮少再有人出入。

侍女們暗使內勁，推搡拖動杜小曼：「郡主，又有車轎過來，請快快上轎，莫再失禮久留。」

杜小曼內心一陣憤怒，這些該死的侍女，嘴臉真太可惡！只恨自己不會武功，不能把她們踹翻在地踩個鼻青臉腫！

此時此刻，對應她的只有四個可笑的字——任人宰割。

杜小曼抬腳，重重跺上一隻蹄子，扣住她胳膊的手一鬆，她抬手，啪啪甩了那一對挾住她手臂的胖侍女兩個清脆的大嘴巴。

「混帳！妳們是哪個沒規矩的教出來的，這般攙人!?」

眾人都沒料到她居然就撕破臉撒潑，一瞬間呆住。

杜小曼再甩手，啪啪啪，一溜嘴巴搧下。

真爽。

「混帳東西！」

一名宮女朝前一步：「郡主，宮門外真不是動手的地方，鬧著也是郡主不好看，快上轎吧。」

幾個侍女反應過來，再撲上，又牢牢擒住杜小曼。

「奴婢自知失禮，請郡主先上轎，回去後奴婢們定領郡主教訓。」

「打死奴婢們，奴婢也認。」

……

手上暗勁愈足，兩個胖侍女的指甲掐進了杜小曼肉裡，杜小曼手臂大痛，被推到轎門前，正在此時，突聽有人道：「奴婢等乃德安王府家人，來接小郡主回府。」

杜小曼死死在轎門前頓住身形。

這是甚麼情況？

白公公一笑：「怎地也是來接唐小郡主的轎子？小郡主眞是娘家婆家都念得慌。」

杜小曼還沒來得及探頭，背上一股大力一推，竟是那兩個胖侍女將她一把搡進了轎內。

「奴婢等是慶南王府的家人，亦是來接小郡主回去的。請回稟貴府內與王妃，改日郡主再歸省。」

某胖侍女竟是個人才，有做新聞發言人的潛質。

「王妃著實想念郡主，且府中眞有些要事要等郡主回去相敘。請告知慕王府，今日郡主必要回府。」

德安王府的下人腰桿比較硬，說話底氣也比較足。

杜小曼被幾個侍女「服侍」著坐在轎中，倒恢復了淡定。

慶南王府有慕渣男、慕渣男的娘和阮紫霽三頭BOSS，德安王府有王妃一頭已知BOSS和不知幾個潛行BOSS。

王妃出手便是殺招，較之慕渣男、慕夫人、阮表妹加在一起的總和還高。

狼穴和虎窩的區別而已。

「天色已晚，郡主實不宜歸省。老夫人與王爺亦在等著郡主。郡主與王爺也分離多日，請德安王府改日再讓郡主歸省。」

胖侍女居然也很硬氣。這種「雖然我們的確比你們弱，但是我想抖就必須抖」的氣概，竟讓杜小曼對她生出了幾分欣賞。

這幾個侍女剛剛敢這麼對她，亦是忠於其主豁出一切了，堪稱慕王府金牌好侍女，必須點個讚！

杜小曼笑著說：「慕老夫人、慕王爺和阮姑娘眞應該好好地獎賞妳們。」

另一名胖侍女道：「奴婢只聽使喚，不敢求賞。」

杜小曼點頭：「謙遜的態度也不錯。不過，爲了慕王府這樣頂撞德安王府，到時候向德安王府賠罪時，會不會削妳們做樣子？」

另一名胖侍女輕聲緩語道：「奴婢們做甚麼都是應該的，怎麼著都是命。大器者貴，小器者賤，貴人們又哪會折辱身分，與奴婢們計較？」

杜小曼道：「賤亦是一種態度，因執著而可貴，因表裡如一而純粹。內賤外不賤，外賤內不賤，都不是眞賤。守住這份內外兼備的賤，堅持下去，人生無悔。」

胖侍女抿嘴：「郡主說甚麼，奴婢聽不懂。郡主自說自話吧。」

杜小曼道：「不須要聽懂，妳就是眞相，外人用何等語言來詮釋，皆爲浮雲。」

胖侍女道：「郡主說話好像參禪一樣。」

這廂杜小曼在和侍女毫無意義地打嘴仗，那廂慕王府代言侍女和德安王府代言侍女的論戰仍在繼續，旁觀的宮女輕輕巧巧，插了一句話。

「時辰眞的不早了，何必在宮外多言，只怕郡主已經累得不行了。依我看，郡主還是先回慕王府吧。女子出嫁從夫，娘家再急，也得以婆家爲主。德安王府的姐姐可別怨我，皇后娘娘也是這個意思。

慶南王府來接郡主，乃遵了娘娘的諭令。皇后娘娘的確不知德安王府亦想接郡主歸省。但，明日再派人去接，豈不也好？晚一日，礙不上甚麼事罷。」

這話一出，德安王府的侍女便不能再多說了。

慶南王府勝出。

雙方皆明白，宮女等到這時候才相幫，亦是先看她們互相掐一掐取樂。

德安王府的人讓開道路，杜小曼感受到轎子騰空再轉頭。

行速很快，不知道多久能到達慶南王府。

杜小曼閉上雙目，正要小憩一會兒，突然，遙遙傳來急促逼近的馬蹄聲，一聲高喝響起：「所有人等一律止步！」

轎子停了。

「轎中人速速下轎。相爺諭令，大理寺緝文，擒拿重案要犯。」

「我等乃慶南王府車駕，不可妄阻。」

「刑律重犯，包庇者從死！」

嚓嚓嚓，好像是動兵器的聲音。

夠狠，夠直接有效。

轎簾開了，火光照得杜小曼雙眼微花，那堆侍女無一人敢動，冰涼鐐銬套在杜小曼身上。

「帶走。」

眞是人生沒有走不通的路，只有想不到的轉折。

正要開啓慶南王府的地圖，居然跳轉，開啓了罪案模式。

杜小曼也不是第一回當犯人了，雖然鐐銬掛著，但幾位官差大哥比起慶南王府的侍女，態度簡直好得可以媲美咖啡館的男招待。

沒人推搡，沒人掐，只是領著她走到一輛封閉嚴實的馬車前，還有開門請入的服務。

馬車走了很久，把她帶進了一個漆黑的大院子，然後杜小曼又被帶進了一間小黑屋。

一盞油燈幽幽地亮著，官差大哥卸下杜小曼的鐐銬，沉默退出房間。

杜小曼在小木桌旁的小板凳上坐下，另一扇小門開了，踱進一個人。

果然，這總是他出場的場景。

寧景徽。

「這般將杜姑娘請來，望杜姑娘見諒。」

杜小曼誠懇道：「哪有，是我該謝謝右相大人救了我。」

寧景徽淡淡一笑：「在內宮中插手，若不如此，本閣也無能爲力。」

杜小曼眨眨眼：「雖然這麼說顯得不知好歹，但，我不明白相爺爲甚麼救我。」

寧景徽在小桌邊負手站著，昏暗的燈光照不清他的表情。

「本閣這麼做，是想讓杜姑娘承我一個人情，而後幫我一個忙。」

杜小曼乾脆地說：「抱歉，寧相大人，我不想幫。」

開玩笑，再沒腦子也能看得出來，接下來絕對沒好事，就是張開了一個口袋等著她去鑽。

寧景徽含笑道：「杜姑娘連本閣究竟讓妳幫甚麼都不願聽？」

杜小曼道：「不想聽。寧相大人你費這麼大勁把我撈到這裡來，等著我的，絕對是值得你花這些力氣的事。能讓右相大人拜託別人幫忙的事，能是容易的事麼？我只是一隻身不由己的小蝦米，要緊的大事，沾不起。」

寧景徽凝視著她：「杜姑娘對何人何事，都這般存疑？」

杜小曼只覺得那燭光下的雙目像兩口帶著漩渦的深潭，她別開視線，不與其相視。

寧景徽又緩緩開口：「倘若杜姑娘眞的怕沾惹上麻煩，爲何還會回京城？」

杜小曼心裡顫了一下，硬聲道：「我身爲唐晉媗的替身，遭了這麼多罪，想要弄明白到底是怎麼回事。」

寧景徽道：「如果杜姑娘答應幫助本閣，定能知道盡數原委。」

把持住，不要被誘惑，這是套啊這是套，絕對沒好事……

杜小曼道：「那我選擇就這樣帶著疑問過日子吧。」

寧景徽溫聲道：「杜姑娘打算如何活下去？」

「總有辦法活下去。」杜小曼聳聳肩，「要是碰到剛才的那種狀況，走一步，算一步，眞活不了了，也就那樣唄。」

寧景徽的視線又望進了她的雙瞳中。

「杜姑娘眞乃從容之人，亦是無情之人。裕王殿下待杜姑娘之心，竟絲毫不曾令杜姑娘觸動？」

杜小曼的心又顫了一下，愕然。

這是寧景徽會說的話？

寧景徽深深注視著她，逸出一聲輕嘆：「當日本閣曾欲阻止，便是恐怕事情會到今日的地步。杜姑娘，裕王殿下如今得此境地，緣故眾多，但妳的事，的確是個引子。本閣亦不曾想到，裕王殿下會對妳情深至此。」

杜小曼定定地看著寧景徽：「寧相大人你的意思是，我答應幫你的忙，就能幫到你們裕王？」

寧景徽依舊望著她，未說話。

杜小曼苦笑：「我就是個小蝦米啊，連眞的唐晉媗都不是，我能幫到甚麼忙？」

寧景徽道：「杜姑娘不必妄自菲薄。」

杜小曼無語。

寧景徽又道：「還有那謝況弈，江湖人士，就算再大的勢力，也終究難與朝廷爲敵。」

杜小曼立刻道：「行了，寧相大人，這話就不必說了，不符合你的光輝形象。」

寧景徽淡淡一笑。

杜小曼挑眉：「甚麼忙？」

寧景徽淡然地揚著唇角：「抉擇但憑杜姑娘的意願，本閣絕不勉強。」

杜小曼無奈道：「右相大人，我算敗給你了。好吧，我答應。」

寧景徽的神色中露出了一絲欣慰。

「杜姑娘乃處事分明之人，本閣請杜姑娘做的，其實甚合姑娘脾性。從此刻起，杜姑娘只須做到『順勢而爲』四個字便可。」

順勢而爲。翻譯得明白點，就是隨著事情的發展走？

「本閣定保杜姑娘平安無事，其他一概，都無須多慮，只記得『順勢而爲』便可。」

杜小曼扯了扯嘴角：「也就是說從現在起，甚麼事我都聽右相大人你的安排吩咐就是了。」

寧景徽又笑了笑：「本閣並非想操控，此事亦不能掌控。本閣而今，亦在順勢而爲。」

杜小曼道：「總之，我答應了，成交。」

寧景徽站起身：「謝杜姑娘相助，請權且委屈，在陋室中休息。」

杜小曼趕緊道：「右相大人不先吩咐一些具體的事情？」

寧景徽又微微笑了笑：「水流之處舟自行。」便就離去，留下杜小曼無語加鬱悶。

喂喂，整明白點啊，不要那麼高深，我沒文化的！

「寧相何必屈尊折辱？」寧景徽出了石室，廊下等候的弘醒不解道，「隨便找個人傳話便可。」

寧景徽淡淡道：「既然本閣親自說見效快些，爲之亦無妨。」

弘醒不再言語。

寧景徽又喚過一侍衛：「去告知裕王府使者，此女深涉重案，本閣不敢私放，亦不准人探視，再糾纏也無用。」

侍從領命離去。

樹影搖曳，謝況弈正欲閃過屋檐，錚錚錚幾點寒光釘入他腳邊與身側牆壁。

院中、屋頂、圍牆上，侍衛齊齊排開，刀劍出鞘，弓弩滿張。

「夜間行路走錯道路者，速速離去，再擅闖大理寺重地，依律就地正法！」

夜已三更，御書房中燈火猶明，小宦官躬身站在御案邊，輕聲道：「萬歲，龍體要緊，請早些安寢。」

御案後的人手中朱筆一頓，又將面前奏折翻過一頁。

「朕聽聞，傍晚大理寺竟從皇宮門前拿了一個犯人，怎麼回事？」

小宦官忙道：「稟皇上，就是那位唐王府的郡主，今日被皇后娘娘接進宮說話，出宮的時候，接她的人來了好幾撥，有慕王府的，還有唐王府的，後來大理寺又來人將這女子帶走了。究竟何緣故，奴才在宮中亦不知情，皇上恕罪。」

皇帝皺起眉頭。

次日早朝後，皇帝召宗正令彭復懷仁殿問話。

「唐王之女清齡郡主，昨日在宮外不遠被大理寺拿去。郡王之女，即便觸犯刑律，亦應由宗正府辦，何故變作了大理寺？」

宗正令俯首請罪，面色卻有猶豫。

皇帝道：「卿不必呑吐，有話直說無妨。」

彭復道：「此事臣亦聽聞，亦著人到大理寺詢問，但康大人道，昨日乃奉寧相諭令，其實清齡郡主並未觸犯律法，只是……」

皇帝道：「只是甚麼？」

彭復伏地：「清齡郡主正欲與慶南王和離，之前，唐王妃覺得郡主敗壞門風，差點家法處置。寧相恐清齡郡主被哪方接回都……方才臨時調大理寺人手阻止。」瑟縮地抬頭，臉色又有猶豫。

皇帝慢慢道：「彭卿有話盡可說。」

彭復再伏地：「臣聞之，即著人去大理寺問詢，但大理寺禁守森嚴，道相諭，其餘人等不可靠近，清齡郡主不得有絲毫損傷……」

皇帝冷冷笑起來：「不得有絲毫損傷。看來掛念這位郡主的，並非只有朕的皇叔哪。」

旁側隨侍的井公公低聲道：「老奴本不當如此說，但看裕王殿下名譽折損，老奴實在……那清齡郡主，委實是個禍害。老奴當日迎裕王殿下回府，郡主與裕王殿下同車共食，備極綣繾。裕王殿下不在時，郡主亦常藉故與寧相言語。老奴還曾見……寧相懷中藏一錦帕，於僻靜處取出觀看。寧相近侍酒後與老奴說，寧相府邸臥房中，有幅女子圖畫，乃寧相親筆所繪，畫的就是……就是……」

井公公不敢再言，殿中一片沉寂。

許久後，皇帝方才緩緩道：「彭卿，你著人持朕的手諭，去大理寺將那清齡郡主，不拘甚麼形式，在今日黃昏前，悄悄地辦了罷。」

午時，侍衛稟報寧景徽：「宗正府來人，手持聖諭，要即刻提走清齡郡主。」

寧景徽放下手中公文：「聖諭豈能不遵？放行。」

兩個婆子帶著幾個女官打扮的女子走進牢門，左右攙住杜小曼，將她帶出石室。

「老身宗正府差喚嬤嬤，奉聖諭帶郡主出去。」

青兮兮的小轎，旁邊立滿陰森森的人，杜小曼不禁問：「去哪裡？」

聖諭？皇帝的諭令？不會這麼閃耀吧？

婆子面無表情，將她按進轎中：「自然是好地方。」

杜小曼想掀開轎簾，雙手頓時被按住。

好吧，順勢而爲。

轎起，上路。

茶煙裊裊升騰，寂靜室內，唯有書頁偶爾翻動的聲響。

叩叩叩，門響三聲，寧景徽抬首道了聲准入，侍從推門進屋。

「轎子沒進宗正府，去了皇宮。」

寧景徽闔上書本：「哦。」

侍從看看寧景徽，躊躇了一下，還是忍不住開口：「相爺如何知道，轎子必然去皇宮？」

寧景徽道：「我不知道。」

侍從一怔：「那……」

寧景徽從容道：「若去了宗正府，就再做打算。」

轎子落地，轎簾掀開，杜小曼看到了巍峨的宮牆。

一個小宦官在轎前含笑：「郡主請這裡走。」

杜小曼福身：「有勞公公。」

方才出轎子時，有個聲音在她耳邊匆匆輕聲道：「相爺命我轉告姑娘，看出那個人。」

看出甚麼人？杜小曼有點懵。

能別那麼簡略嗎？

她下轎的這個地方是宮內，長長甬道，兩邊都是高牆。到大理寺接她的人都不見了，杜小曼被一群宮裝少女左右簇擁著前行，一個老嬤嬤走在外沿，亦是陌生面孔。

走了一段路，拐上一條岔道，折轉到了一扇門前，門首一匾，寫著「綺香」二字，入門轉過照壁，是一座精緻宮院。

小宦官引著杜小曼自正殿走進內裡的偏殿。

殿中的屏風後，赫然放著一個大浴桶，桶內盛滿香湯。

小宦官道：「請郡主先沐浴。」

左右宮娥開始扒杜小曼的衣服，杜小曼看向那小宦官，小宦官笑道：「郡主不慣讓奴才這樣的人在旁伺候，奴才便先出去候著了。」

杜小曼頷首笑道：「勞累公公，自牢獄中出來，著實狼狽，讓公公見笑了，望多包涵。」她身上剩的錢物都在被抓進大理寺的時候讓人搜去了，打點不了人事。

小宦官道：「此話奴才怎擔待得起？能服侍郡主娘娘，乃奴才的福分，奴才就在門前候著，郡主有吩咐便傳喚。」說罷退至屏風後。

杜小曼掂量這句話裡的意思，這回進宮，應該不是被問罪的那種。大約是皇后得知了昨天皇城門前的撕扯，想要再出手協調？

她泡進浴桶，溫度適宜，水中應是加了甚麼料，芬芳香潤。皇宮的東西和宮女的服務，的確是別處比不了的。杜小曼一面閉著眼睛享受，一面又繼續思考，寧景徽到底讓她看出誰？

八九不離十，還是和月聖門有關。

像寧景徽這樣的人，每句話都有深意，特別是讓人捎的這句重要指示，肯定每個字都值得斟酌。

這個指示微妙的地方在於，不是「查出」、「找到」那個人，而是「看出」那個人。

也就是說，這個人，她一定會見著，只是要看出那人的眞實身分。

啊，我眞是個做諜報工作的人才！杜小曼給自己點了個讚。

呀，難道……皇后是月聖門的人？

杜小曼被這個念頭驚了一下。

確實，這是最有可能的答案。皇帝的後宮，是出產怨婦的寶地。月聖門不在這裡面發展幾個會員，實在對不起自己的教義。皇后一般都不是皇帝最愛的女人，而是最適合坐在這個位置上的擺設。

寧景徽這幫人這麼重視月聖門，而又不能一下子拔除它，這個教派一定滲透到了很重要、很高端的地方。

杜小曼回想了一下皇后的模樣。

端莊有餘，嫵媚不足。而且，在勸了她幾句回慕王府之後，就不再提及，也有點放水的感覺。

杜小曼越想，就覺得可能性越大。

但是，怎麼才能確定？

難道要和皇后娘娘對月聖門的暗號嗎？萬一皇后不是月聖門的，會不會打草驚蛇？萬一皇后眞的加入了月聖門，刺探之意太明顯，會不會反倒暴露了寧景徽的計畫？

沐浴完畢，更衣上妝的時候，杜小曼的腦子轉個不停。

嗯，寧景徽只是交代她「看出」而已，並沒有其他的。或者他也不能確定，只是讓自己判斷一下是不是眞的。

順勢而爲嘛。

宮女們停止了對杜小曼的擺弄，更衣上妝完畢。

杜小曼回神，站起身，愣了一下。

她這才注意到，自己身上的衣服，就這個季節來說，很是……輕薄。

銀朱裙曳香霧，海棠絲綴玉環。罩衫輕又軟，還有點透明。領口……杜小曼不禁按住胸前，把衣服用力攏了攏，提了提。

宮女們掩口而笑，又替杜小曼整了整衣衫：「郡主，就是這種樣式。」

杜小曼再一看鏡子，方才那些宮女在她臉上擦擦塗塗半日，神奇的是，看起來妝並不太重，只是怎麼瞧都不像以前那張臉了。雲鬢鬆散，步搖斜插，眉間竟還有朵花鈿。

杜小曼轉頭向宮女們道：「呃，能不能換一套衣服？」

宮女們笑道：「郡主放心，這樣穿並無差錯。」

浴桶和屏風都已撤下，小宦官低頭施禮道：「郡主，請吧。」

杜小曼又被簇擁著走出宮院，登上一輛垂紗輦車，心中警鈴大作。

難道這是個圈套？等會兒見了皇后，皇后便冷笑說，哎呀，清齡郡主怪不得總惹是生非，一看就是個不端莊的模樣。殿上失儀，給本宮拖出去！

唉唉，順勢而為吧。

真不行就在被拖出去之前，大喊一句：「娘娘，臨死之前我有一首歌想獻給妳！」然後唱起那支「雲之外兮，天之涯兮」搏一回！

對了，那歌怎麼唱的來著？

杜小曼想了想調，在心裡捋了一遍，想起了開頭的音節，居然從頭到尾連歌詞都順出來了。真是太好了！她在心裡反覆唱了幾遍，以防一會兒緊急時刻忘了。

輦車停住，宮娥往她頭上扣了個垂著長紗的帽子，扶她下去。

杜小曼環顧四周，朦朧看不分明，只能由宮女們攙扶著，跨過一道道門檻，又走進了一間大殿。宮女們替她除下紗帽，幫她再理了理鬢髮，施禮退出。

那小宦官站在門檻外，向杜小曼一揖，殿門闔上。

這是關門放大招，單獨料理她的節奏？

杜小曼努力鎮定著猛跳的小心臟，環顧四周。

大殿開闊華美，層疊帷幔上繪著祥雲龍紋，落地烏金台上，螭首爐中升騰出裊裊煙霧。

帷幔之後，緩緩走出了一個年輕的男人。

姿容俊逸，氣息冷冽。墨黑的雙瞳盯著杜小曼，居高臨下，毫無感情。

玄紗袍上，繡的是……祥雲，龍紋。

杜小曼一看清楚，趕緊跪倒：「叩見皇上。吾皇萬歲萬歲萬萬歲。」

皇帝啊，居然是皇帝！

竟然見到皇帝了！沒白來皇宮一趟！

杜小曼的小心臟又怦怦地跳著，緩緩的腳步聲，一步、一步逼近。

「妳與慕雲瀟和離之事，朕已准了。」

杜小曼驚訝，趁此機會抬頭，與皇帝的視線剛好對上，她不由得暗暗打了個寒戰。好冰冷好犀利的眼神。

「好大的膽子，竟敢直視朕。」帶著磁性的聲音，亦冷冽無比。

杜小曼趕緊又低頭：「失儀唐突聖駕，請皇上恕罪。」

皇帝和秦羽言長得並不很像，倒與秦蘭璪的臉型有些相似。影帝的皮相身量更勝一籌，但皇帝勝在高高在上的逼人氣勢。

「朕，眞的不知該拿妳如何是好。皇叔之事，已成天下笑柄，妳一個女子，竟能鬧出如此動靜。」

杜小曼只能繼續低著頭，不吭聲。

皇帝衣襬就在她眼前不遠處。

「先平身罷。」

杜小曼趕緊站起，一隻手猝不及防地出現在眼前，抬起了她的下巴。

杜小曼愕然睜大眼，皇帝的手修長冰冷，她的下巴被捏得生疼，那雙盯著她的雙眸仍寒如冰潭。

「這樣的一張臉，竟能連寧景徽都爲妳著迷，朕眞是百思不得其解。」

杜小曼又忍不住打了個寒戰，寒毛根根豎起。皇帝周身散發著陰森的氣場，彷彿她是他腳邊的一隻小強。

而且不知怎地，杜小曼總覺得，「連寧景徽都爲妳著迷」這句話，寒氣格外濃重。

好像，還帶著……酸。

杜小曼張了張嘴。

皇帝的雙目微微一瞇：「事已至此，必得尋一個解決之道。妳既然這麼愛位高權重的男人，朕便成全妳。」

那冰冷到極致的面孔忽而逼近，近到杜小曼能感受到皇帝的吐息。

「進宮來，做朕的嬪妃。」

第二章・順勢而為

轟——

轟隆隆——

杜小曼被劈焦了。

這是甚麼發展？這是甚麼劇情？

這、這是不是幻聽？這是不是作夢？

皇上沒病吧？還是我病了？

「萬……萬歲……臣妾是嫁過人又和離過的女子，皇上這麼做實在不合適。」

那寒冷的雙目再一瞇。

杜小曼趕緊加快語速：「皇上是天下之主，又這麼年輕英俊，舉國的少女都盼望進您的後宮。您幹嗎要跟自己過不去娶個二婚的，這太有損皇上的光輝形象了，皇上千萬三思，此事萬萬不可！」

「怎麼，妳竟不願意進後宮？」捏著她下巴的力度又重了幾分，「難道妳對裕王動了真情？或是，妳捨不得寧景徽？」

杜小曼憑著野獸般的本能脫口而出：「皇上，我和寧右相是清白的，甚麼都沒有！真的！」

皇帝薄薄的雙唇微挑：「那就是裕王了。妳覺得，朕不如他？」

這……這哪兒跟哪兒啊！

「皇上當然無人可比。只是我這麼一個又土又俗又二婚的女人，真的不能玷污皇上啊！」

皇帝突然輕笑了一聲。

「朕之意，汝竟多言？」

「臣妾只是……」

這又是北嶽帝君發的大招麼？見一直沒有進展，索性將她弄入後宮，不是怨婦，也得做怨婦。

杜小曼的身體一傾，突然被肩臂處一股勁力猛扯向前。

龍紋玄紗幾乎能摩擦到她的下巴，冰冷言語攜帶的氣息撫在她的臉頰：「兩日之後，便是個吉日，妳便正式入宮。」

皇帝的手指再度扣住她下頷，將她的臉抬起。

「朕會封妳妃銜，令妳受眾人艷羨。」

杜小曼又怔怔看向那雙寒冷入骨的眼眸。

此情此景，她應該慌亂無比。皇帝的鼻尖距離她的鼻尖不到一韭菜葉的寬度，姿勢也曖昧無比。她的寒毛下是密密冒出的雞皮疙瘩，卻不是因為尷尬和慌張。

杜小曼的腦中嗡嗡作響。

直覺眞是神奇，不可思議。

皇帝很有氣魄，霸道十足，威嚴無比。

聲音、外形、舉止、眼神，一切的一切，都無可挑剔。

但是，緊貼觸碰的時刻，一個女人，一個自然界的雌性動物天然的本能，明白地告訴杜小曼——和她距離如斯近的這個人，不是異性。

孤于箬兒說過的一段話，自杜小曼的識海深淵角落中漂升起，浮於閃爍金光中——

「我不知道他是朝廷的大官，看他為了自己的夫人不惜跋山涉水，誠心懇求，就……」

「那個女子不是右相的夫人？我下山，到那棟大宅子裡診了脈，告訴他，他夫人的病我也沒辦法，只能延緩，但治不了。他的臉色就和死人一樣，差點要暈過去了……扶著桌子都站不穩，渾身虛汗，我幫他扎了兩針他才緩過來。」

「我用了懸絲診脈，沒見到那個女子的模樣。」

……

相爺命我轉告姑娘，看出那個人。

……

呵。

呵呵。

哦呵呵。

這個玄妙神奇的世界！

寧景徽，你……

你們這個朝廷裡面的官員，都是傻子嗎？

那些後宮嬪妃們，全是白痴嗎？

居然沒有別人看出來過!?

皇帝，是個女人。

杜小曼的腦袋猶如一個裝滿各類煙花爆竹的巨箱被丟進了火堆，劈里啪啦一陣亂轟，無數顏色一同炸開。

皇帝盯著她，又冰冷地淺笑：「妳此時的模樣，是喜不自勝，還是不願進朕的後宮？」

要……對著皇帝唱那支鮮菇認親歌嗎？

杜小曼猶在目瞪口呆地想著，皇帝突然抬手抽出了她的髮簪。

幾縷頭髮跟著髮簪一起被猛扯，杜小曼吃疼，倒抽一口冷氣，身體被一甩，繼而一空，摔趴在地。

杜小曼掙扎著撐起身，頭髮亂七八糟全散開了。

皇帝又瞇起雙目：「妳這海棠春睡般的模樣，倒有幾分媚態，怪不得能惹來那麼多人痴迷。」

杜小曼透過亂髮縫隙向上看了看，如果不是顧忌場景身分，恐怕皇帝妹子已經一腳踩在她臉上了。

果然還是女人啊，端起再高的身分，動起手來，仍舊是扯頭髮、推搡之類張牙舞爪的招數。

「皇上……」杜小曼剛張了張嘴，皇帝已轉過身：「退下罷。和離的旨意朕已經下了，最遲明日，冊封的詔書便會由禮部送至德安王府。」

杜小曼覺得現在回甚麼話都不太合適，索性就做瑟瑟愣怔狀，仍僵在地上。

皇帝拂袖離去，杜小曼再待了一時，攏了攏頭髮，爬起身。

她走到大殿門口，自己推開門，院中小宦官和宮娥急急迎上台階，又往她頭上扣了個紗帽，攙她上了輦車。

神啊，誰能把整個事件的來龍去脈告訴我？皇帝怎麼會是個女女女女女女人!?

就算腦子已經混沌成泥漿，杜小曼也能猜到，寧景徽的算盤到底是甚麼。

看出那個人。

看出那個坐在皇位上的女人。

然後呢？

哦，很不幸，她又想到了。

「呵呵，妳看出來了？那就好，本閣將揪出我朝最大的一頭鮮菇的重任交給妳了！」

玄女娘娘，帝君殿下，讓我回天庭吧！

這是個甚麼地方啊，這是個甚麼見鬼的朝代！

杜小曼突然好欽佩月聖門，眞是個偉大又酷炫的組織，要不要乾脆就跟她們混算了？

不過，看來是不能夠了……

眞正的月聖門聖姑，絕對是皇帝，沒錯了。

看剛才的行徑，皇帝妹子很明顯瞧她超級不順眼。至於原因麼，十有八九，是寧景徽。

聖菇皇帝深深地愛著滅菇戰士領袖寧景徽，這眞是一個虐戀情深蕩氣迴腸百轉千回淒美獵奇的愛情故事。

她杜小曼，就在這個愛情故事的主人公們相愛相殺的巔峰情節中，飾演了一回死小三。

慕王府的棄婦，裕王殿下與後宮妹子們的小三百零一，謝況弈和孤于箬兒的小三，寧景徽和皇帝妹子的小三……

回顧了一下自己一路走來的累累碩果，杜小曼一陣寂寥。

也算……輝煌吧。

輦車停下，車外是皇城的一道側門。

杜小曼下轎，發現等待自己的又是一盆狗血。

前方一頂車轎，頂覆長紗，風中搖曳。

車邊，一個男子騎在馬上，凝眸望著她，薄唇間抿著淡淡的愛和恨，雙眉裡鐫刻輕輕的情與愁。

慕雲瀟，你搞出這樣一個畫面，又是爲甚麼？

天地一時寂靜，杜小曼能感受到連守門的兵卒都格外炙熱的視線。

慕雲瀟的唇中逸出一聲輕嘆：「郡主，可願隨本王最後回一次妳我的家中？」

杜小曼被這句台詞激得髮根一緊。

憑藉這句台詞，這個造型，慕雲瀟頓時化作一朵隱忍淒苦的男子，頭頂綠帽終無怨，只想顧全最後的夫妻情義，在她爬進後宮之前。

杜小曼想要回一句：「王爺說的是您和阮姑娘的府邸麼？原來還有我的位置啊。」但這句話不能幫她贏回局面，只能顯得她沒有胸襟，愛吃醋罷了。

杜小曼只是笑了笑：「當然。」

唉，做出這樣的回應，是否代表著，她已經被這個時代改變了呢？

杜小曼正要向那輛車走去，視線忽被遠處吸引。一個模糊的小點，正迅速向此而來，漸漸分明。

狂奔的馬，飛揚的衣袂。

杜小曼的心和眼皮一起突突狂跳。

是……秦蘭璪。

他來和慕雲瀟搶著拿獎？

慕雲瀟轉首望去，神色亦變。雪白駿馬捲著塵土，瞬間已至近前。韁繩一勒，白馬前蹄抬起。

杜小曼一臉無奈：「你不是在廟裡參禪麼？」

秦蘭璪一本正經道：「入定時偶得天機，引我前來此處。」朝杜小曼伸出手臂，「走？」

慕雲瀟臉色鐵青，策馬迎上：「裕王殿下，望成全臣一絲顏面，著郡主隨臣回府。」

秦蘭璪挑起嘴角：「慕卿，唐郡主既已與你和離，再多牽扯無宜。」

杜小曼聳聳肩：「慕王爺，的確如此，散了就算了，所謂當斷則斷，好聚好散。我只是順勢而為，就此別過吧。」轉身走到秦蘭璪的馬旁，翻身上馬。

她沒再回頭看慕雲瀟的臉色，肯定不好看，絕對貨眞價實的不好看。

秦蘭璪再一頓韁繩，白馬輕嘶一聲，調轉方向，撒蹄奔馳。

還別說，他此時此刻，眞有幾分皇叔的氣質了。

杜小曼抓著他的衣服，不由得輕笑出聲。

秦蘭璪開口問：「笑甚麼？」

杜小曼說：「開心啊。」

秦蘭璪亦冒出一個笑的音節：「抓緊一些。」

杜小曼道：「嗯，放心，我坐過好多次謝況弈的馬，很有經驗的。」

馬顚簸了一下。

「掌櫃的，以後妳再坐男人的馬，可別這麼說話了，會嫁不出去。」

杜小曼道：「都和離過一回了，何愁無嫁。」

秦蘭璪沉默，像被她打敗了。

杜小曼又笑出聲：「對了，告訴你一件事。」

「嗯？」

「你騎馬，挺帥的。」

「唔。」秦蘭璪只發出了這一個音。馬飛奔得更輕快了，層疊的屋宇、樹木、街道的招牌旗簾迅速後退。

「話說，爲甚麼大街上都空空的，一個人都沒有？」

「當然是孤命這些街道全部清空了。」璪璪的聲音悠然得很。

您不是被抄家軟禁了麼？

杜小曼沒問出這句話，只由衷讚歎：「你眞是太酷炫了。」

「呵呵——」

白馬一路奔到一座超級華麗的大門前，四蹄不停闖將進去，吙一聲在空曠花磚地上停住。

斜陽金紅，杜小曼下馬，環視周圍：「這是？」

秦蘭璪亦下了馬，庭院一片寂靜，彷彿這綿延開闊的府邸中，只有他們兩個人。

「裕王府，本來門檻挺高，剛讓人拆了。」

就爲了策馬入府這麼一個灑脫的姿態。

杜小曼咋舌：「大手筆，豪邁。」

秦蘭璪眨眨眼：「所以，不再多讚一句？」俯身湊近，「方才那句我眞甚麼的，再說一遍？」

杜小曼爽快地開口：「你騎馬眞帥，太帥了。」

秦蘭璪兩眼亮閃閃地笑起來。

杜小曼接著道：「以後就用這招泡小姑娘，一泡一個准兒。」

秦蘭璪的笑容一頓，又一揚眉：「對妳，准否？」

杜小曼點頭：「准。」

秦蘭璪唇邊的笑容頓時又如泡發了一般絢爛起來：「心動否？」

杜小曼道：「心撲通撲通，跳得很快呢。」

秦蘭璪笑得像剛喝完一缸油：「那……」

杜小曼凝視著他的雙眼：「嗯，我喜歡你。」

秦蘭璪唇邊的笑容一頓，繼而目光閃了閃：「掌櫃的，我可是會當眞。」

杜小曼確定自己此時的表情應該很鄭重：「我說的是實話，我喜歡你。我之前一直不想承認。一直試圖否認，一直試圖逃避，一直想給自己洗腦。

「但我確實是喜歡上你了，沒辦法。」

秦蘭璪的神情凝固在臉上，杜小曼望進他的眼中，口氣輕鬆。

「所以，我知道，你根本不喜歡我。」

所以，九天玄女，各位小仙子，對不起，我應該是輸定了。

「因爲我喜歡你，我更知道，眞的喜歡一個人，應該是甚麼樣子。有些事，怎麼裝，都裝不出來，就別再費勁了。裕王殿下你從來都不喜歡我。我知道你為甚麼這麼做，我只是想不明白，你幹嗎不願意當皇帝，非得和寧景徽較勁？」

呼——

杜小曼覺得說出這番話，頓時渾身輕鬆。之前她還顧慮，對著小璪璪說出自己喜歡他，真的很尷尬很沒面子，但現在的感覺，真的很爽。

秦蘭璪的臉在夕陽下是個側逆光的角度，因吃不到肉消瘦了的輪廓，因關禁閉又白了一、兩個色度的皮膚，這個垂眸凝視的姿態，這個似平淡似朦朧又似暗含深意的小表情，真是堪比柳嫩，勝過花嬌。

這廝總是能在關鍵時刻恰好卡在關鍵位置，無心卻展現出大神級水準。

杜小曼不由得嘆了口氣。

我啊……就是太喜歡臉了。

秦蘭璪的眼睛眨了一下。

杜小曼這才發現，自己把這句感嘆說出聲了。

她索性就繼續往下說：「嗯，我是……去廟裡看你那次，才確定，我喜歡上你了。」

看到南緗和那些後宮美女的時候，她的心情就有點微妙。

然後，她以為這廝被寧景徽灌了毒酒，要翹辮子，居然嚇出了淚。落荒而逃之後，她方才正視了這個驚悚的現實。

自己應該是，喜歡上了……小璪璪。

她以為自己還有救，在謝況弈潛進唐姐姐家突然出現後，她厚著臉皮拜託謝況弈帶她走。

但是，沒用。

爲甚麼會喜歡上這廝？

傾倒於他卓絕的演技？打個叉叉。

沉醉於他半眞半假自我吹噓的才華與內涵？惡……再打個叉！

迷戀他風流的姿態，機智的談吐？抖……叉叉叉！

拜服他的權勢、地位、奢華的小別墅，還有那小別墅裡的三百個妹子？叉叉叉叉叉叉！

那到底愛上他啥了呢？雖然愛情是盲目的，但誘其產生，總得有個因素。

「我總結了一下，又排除了一下，我看上你的理由，只剩下臉了……」

秦蘭璪的眼又眨了眨。

杜小曼苦笑一聲：「這的確，有點荒唐，有點膚淺。你不要介意，也別當作負擔。」

「我甚開心。」

「唔，謝謝，那就好。」杜小曼再嘆氣，「其實，就是這個理由，我也覺得有點牽強。謝少主，寧景徽，十七皇子，容貌都很出色，慕雲瀟也長得挺好的。」

其實，之前她看上陸巽，也是因爲陸巽斯文、儒雅、氣質……總之就是帥。

前世今生，來來回回，原來，她都是個可悲的顏控。

「但我還是比他們美。」

杜小曼抬眼看看秦蘭璪肯定的臉。

「美這個東西，不能絕對地判斷，論氣質的話……」

「論姿色，我終究勝出一籌。」

他怎麼能自信又從容地吐出這句話？杜小曼不禁脫口道：「但是你絕對殘得比他們快！」

秦蘭璪微微瞇眼。

杜小曼冷笑：「首先你好吃懶做，肚子肯定越吃越大，贅肉鬆垮。其次你愛喝酒又好色，皮膚會殘很快，毛孔越來越粗，說不定還會禿頭。等到中年之後，你就會變成一個滿臉油光、腫眼袋、大肚子、一口爛牙的禿頭大叔。」

「等我殘花敗柳時，妳便不愛我了？」

呵呵，哪可能等到那個時候，輸了賭局，很快就會被召回天上吧。

「我只是提醒你節制一點。不過，放心，你的那些妹子中，肯定有深愛你的內涵的。」

秦蘭璪的眼又眨了眨。杜小曼這才發現自己跑題了。

「回到重點上來吧。我之前，也知道你並不喜歡我，但一直想不通，你爲甚麼要做出喜歡我的樣子，還有之前的種種。直到這次進皇宮，我才徹底明白了這件事。」

「寧景徽說甚麼，妳都不必理會。」秦蘭璪的神色瞬間轉爲肅然，「此事沒有妳沾染的餘地，若有牽扯，絕無好處。」

杜小曼道：「多謝你的良心提示，但是晚了。我已經知道了，皇帝是……」

雙肩陡然一緊，她的雙唇猝不及防地被封住。

是，承認了喜歡他，他肯定覺得這招更好用了。

杜小曼僵僵站著不動，不回應，待秦蘭璪終於鬆開了她，抬袖拭了拭嘴唇，接著往下說。

「我知道了這件事之後，就明白過來，到底是怎麼一回事。」

在轎子裡，將寧景徽的計畫再次串起，整件事的來龍去脈便清晰了。

「說起來，很簡單。寧景徽發現了那件事，必須找一個代替的人，他選中了你，但是你不知道爲甚麼，就是不願意，還離京出逃。」

她很把自己當回事的時候，還以爲寧景徽到杭州，是爲了抓她。

而事實上，這一切都與她無關，右相大人駕臨杭州，既不是爲了區區一個失控的棋子唐晉媗，亦不是爲了剿滅月聖門，而是爲了抓到逃跑的未來皇帝。

她不過是誤打誤撞跟裕王殿下逃到了同一個地方，才被捲進了這件事。

如果當時，聽了徐淑心的建議，也就沒有後來這些事了。

秦蘭璪一把抓住了她的手臂，冷冷道：「莫在此處說這些話。」

杜小曼由他拉著走，秦蘭璪的臉上徹底沒了表情，眉峰唇角，都不再是拍戲狀態時他油膩的弧度，帶上了高高在上的冷然。

裕王殿下，終於露出了眞實的面孔。

遊廊綿延折轉，恢弘層疊的院落好似迷宮，杜小曼被抓著的手臂木了，兩腿發疼，方才看到開闊水面。

這些人都很喜歡在家裡挖個湖啊。

沿著短短浮橋，踏進水上亭閣，秦蘭璪一按柱上機括，浮橋嘎嘎收起。

「寧景徽讓妳做甚麼？」

杜小曼道：「讓我看出皇帝是女人。皇帝已經說了，要收我進後宮，寧景徽讓我順勢而爲，大概是想讓我進入皇帝的後宮後，找到皇帝的把柄。」

秦蘭璪面無表情：「我替妳安排車馬，過一時就離開京城。」

唉唉，這才是你本來應有的樣子嘛。

杜小曼道：「我眞不明白，皇帝一開始就是女人，還是後來變成了女人？你們都知道這件事，爲甚麼不能立刻辦了她，搞這麼多曲折。」

秦蘭璪聲音毫無溫度：「廢君之事豈可輕易而論。亦不是妳該談的，也非寧景徽所能妄作主張。」

杜小曼恍然：「原來你就是這樣和寧景徽鬧彆扭。你覺得他身爲一個臣下，卻成爲選你做皇帝候補的決策者，讓你臉上過不去。」

孤身爲裕王，怎能由一個臣子來決定孤當不當皇上！這麼想的小璪璪便傲嬌地跑掉了。

秦蘭璪竟是微微揚起了唇：「這不是能戲言的事，若認起眞來，妳有十族都不夠砍。不知寧景徽是否如妳一個女子一般無知，竟以爲他能掌控此事？」

「寧景徽可能眞是覺得你充滿了帝王氣質，覺得你威武閃亮又霸氣，由衷想讓你做皇上。」

秦蘭璪又呵地一笑：「妳啊，眞是夠無知的。若我眞想奪帝位，登基之後，必然要做的一件事，便是滅寧景徽滿門。」

杜小曼打個寒戰：「爲甚麼？寧景徽幫你當了皇帝，又是個好丞相。你嫌他權力太大？怕他光芒蓋過你？」

「並非因他功高，亦不是他權重。」秦蘭璪的口氣極輕描淡寫，「文謀之士，權臣易做，無圖大業之才。但寧氏一族，忠社稷卻不忠君。對其來說，皇帝姓甚名誰，都無所謂，只要合適就行。」

杜小曼道：「王侯將相，寧有種乎？」

秦蘭璪看看她：「妳竟然能來上兩句？可以滅十一族了。」

杜小曼無所謂地迎視他的目光：「但寧景徽現在是覺得你合適呀，還是認可你了。」

秦蘭璪揚眉：「他此時選中我，不過因爲相較而言，我還行。若有資質相似者，亦可是其他人。重帝權之主，絕不能容這樣的屬下。」

「你幹嗎不先利用他登上皇帝寶座，再做掉他？」

秦蘭璪再看看她：「掌櫃的，妳還挺毒辣，婦人心哪。」

杜小曼聳肩：「這不是配合你剛才霸道的宣言和假設劇情麼。聽你剛才這句話，你其實不想殺寧景徽吧。璪璪啊，不要彆扭啦，人來到這個世界上，計較這麼多幹嗎？甚麼別人都不行才選你的，這些都是你的猜測。我覺得寧景徽對你算眞愛了。」

秦蘭璪輕笑一聲，往欄桿上一倚：「只因孤眞的不想做皇帝。便如妳所云，人生於世間，何必追逐許多？但能看山遊水，有好酒……」

杜小曼替他接上：「美人。」

秦蘭璪再一笑，悠然望向遠方：「逍遙足矣，何必過三更睡，五更起，防這裡，算那裡，那種操不盡心的日子？」

杜小曼望著他，片刻後，忍不住讚歎：「你眞是個看得開的人哪！」

秦蘭璪淡淡笑道：「只是生性淡泊罷了。」

杜小曼點頭：「於是您淡泊地逃離京城，先大隱於市井，沒想到還是被寧景徽給發現了。你覺得你再逃他再追也不是個事兒，就想了一個讓他徹底死心的招，可著勁兒地作踐自己，讓寧景徽覺得你實在爛泥糊不上牆，不再扯你進這趟渾水。」

這些自我作踐的招數包括……

「吃霸王餐、賣身進酒樓做小夥計，混跡於市井……沒想到寧景徽仍不放棄你，可能還覺得你這麼肯接近群眾深入基層體貼百姓眞是更酷炫了。所以你再使上你一貫使用的招數……」

滿世界的小別墅，三百個妹子，不僅是他的個人喜好，亦是他假裝自己放蕩不羈的煙霧。

秦蘭璪的表情頓住，杜小曼維持著同樣的語氣繼續往下說。

「你找一個上不了檯面的女子調情，本來和那三百後宮一樣，目的是讓寧景徽覺得你荒唐好色。然而你又發現這女子居然是唐晉媗，離家逃跑在市井中開酒樓的慕王妃，簡直太適合做你的道具了……」

秦蘭璪的表情又變成了一貫的無辜模樣。

杜小曼接著往下說。

「所以，你故意把這件事鬧大，還上書讓慕雲瀟和唐晉媗和離。你帶著我回京，讓我在寧景徽面前和你坐同一輛車，把事情搞得很曖昧。甚至上書皇帝，要娶我。因爲你想要天下皆知，你想要此事成爲笑柄……」

她眞的是個很好用的道具。

「如今看來，一切都如你所願。」

秦蘭璪的神情再變了變：「我會……」

杜小曼點頭：「對，你挺有良心的，有幾次你打算放過我，才讓我跟謝況弈走，還建議我嫁給他。是我自己作死又跟你有了牽扯，怨不得別人。」

想來也有北嶽帝君的一份功勞。

「而且，你應該也打算過，唐晉媗眞的和慕雲瀟離了，你確實會娶我，讓我做第三百零一。其實，就你的地位、你的身分來說，你能這樣對我，是很好的了。」

杜小曼吸了一口氣。

「但，我希望的是有個這輩子只喜歡我的人，我這輩子也只喜歡他，我們能一直在一起。」

秦蘭璪的瞳孔微微收縮。

杜小曼笑笑：「我只是告訴你我對結婚的觀點。即便你喜歡我，也不可能做到。」

秦蘭璪的目光閃了閃，又倚上扶欄：「謝況弈不能，小十七也是。」

杜小曼認可道：「嗯，我知道，目前這個世間，我認識的男人都不能。」

而且很不幸，她在被利用做道具的時候，喜歡上了秦蘭璪。

唉，輸了就輸了吧。

秦蘭璪挑眉：「嗯？」

啊，不小心又把心裡嘀咕的話說出口了。

杜小曼趕緊笑道：「沒甚麼，謝謝你一直以來對我這個道具還挺好。」

秦蘭璪略一頷首：「不必客氣。」

叮鈴鈴——

檐角的銅鈴碎碎作響，一道人影由遠及近奔至岸邊。

秦蘭璪向岸上望去。杜小曼亦側首看，岸上那人正遙遙行禮，應是裕王府的僕從，一副有急事稟報的形容。

秦蘭璪轉動亭中機括，浮橋咯吱咯吱落下。

「我出去看看，妳在這裡等著。我一上岸，妳就將浮橋收起。看清楚機括怎麼用的了吧？」

杜小曼點點頭，她這才意識到，自從走進亭子以來，秦蘭璪站的位置，似乎都是能看得到岸上動靜的方位。

進入緊張劇情的感覺頓時澎湃在血液內，杜小曼脫口道：「你，也小心點。」

秦蘭璪看看她，笑了：「看來掌櫃的說喜歡我的話，是眞的。」

果然，不在這種事上討點便宜就不是影帝了。

杜小曼爽快回應：「嗯哼。」

秦蘭璪笑得更絢麗了：「唉，忽然覺得我罪孽深重，竟致使妳痴心至此。放心，我會負起責任。」

喂，剛才聽我說穿眞相後啞口無言的難道是小狗嗎？

「謝謝，不了。這是我的事，和你沒甚麼關係，這都是我自己的責任，你千萬不要因此產生負擔。

喂喂……」

小璪璪已經歡快地走遠了。

杜小曼悻悻地走到機括前，好想在這廝上岸前就發動機關。她理智地克制著發癢的手，腦補著他被橋板掀翻像彈射的網球一樣自轉三圈撲通入水的場景，目送其大搖大擺上了岸，方才轉動機括。

唉，我真的是喜歡他麼？

杜小曼摸摸胸口，產生了質疑。

浮橋收起，杜小曼踱到亭子中心。

岸上之人躬身向秦蘭璪說了幾句甚麼，兩人便匆匆往前方而去。

難道是慕雲瀟不甘心地到裕王府來了？

還是寧景徽的人到了？

或者是影帝從廟裡跑出來，到底還是引得別人來抓了？

或者……

嘩啦啦，水聲響動，杜小曼向水面張望，肩上忽而冰冷地一沉，她下意識回頭，啊的一聲驚叫，猛然後退一步，怔住。

謝況弈。

頭髮貼在額上，渾身滴滴答答流水的謝況弈，就站在眼前。

無數種說不出的滋味在杜小曼心中翻湧，她的眼睛發澀。

你，甚麼時候來的？

你，跟了多久？

你……

杜小曼張張嘴，一句話都說不出來。

面對著這樣的謝況弈，她只想給自己幾巴掌。

以前看小說和連續劇時，她羨慕嫉妒恨地瞅著女主角在數個男子之間猶豫不定，恨不得鑽進書裡爬進螢幕，晃著伊的肩膀狂吼一句：「作甚麼作！隨便挑一個吧，剩下的隨便分我哪個我都不介意！」

現在，如果可以有分身術，她也想分裂出一個來晃著自己的肩膀喊，妳這個作怪的女人！妳以爲妳是誰？搞清楚點情況行不行？

爲甚麼？

她的腦中不受控制地閃著十分欠抽自私自利令人唾棄的念頭——

我，如果可以喜歡謝況弈……

爲甚麼，我不喜歡謝況弈？

「你甚麼時候來的？」杜小曼終於還是說得出話了。

「有一時了，我怕水下有機關，繞到那邊潛過來的。」謝況弈的回答，好像很輕鬆隨意。

杜小曼兩耳卻嗡地一下，臉火辣辣地燃燒。

那，剛才她和秦蘭璪說的那些話，包括……喜歡甚麼的，謝況弈都……

啊啊啊——

杜小曼想一頭扎到水裡去。

謝況弈卻沒表現出甚麼，仍是用一貫的神情，吐出見到她時最常說的那個字：「走。」

多少次了。這樣的情形，發生過多少次了？

每次都是他，在最關鍵的時刻，立刻出現，向她伸出手，帶她脫離懸崖泥潭。

總是一副「我樂意，妳甚麼都別想，跟著我走就行」的滿不在乎的姿態，讓她可以一次次厚下臉皮麻煩他。

欠了他多少啊。

而此刻，那隻總是將她拖出困境、堅定有力的手，又伸到了她面前。

裕王府內院，小廳。

「皇叔。」秦羽言望著秦蘭璪，凝重的神色中帶著幾縷不解，「為何要將杜姑娘托付於我？」

「事已至此，踏出這個門，她就是死路一條。」秦蘭璪說得直接簡潔，「裕王府亦不是她久留之地。宮裡和寧景徽，應都暫時想不到我會將她托付給你。」

秦羽言蹙起雙眉：「皇叔……」

秦蘭璪截斷他話頭：「十七，其餘亂七八糟的事，皆與你無關，你亦不用插手。趁著此事，暫時離京一段時日罷。記得，不論發生甚麼，都當作沒有發生過。」

秦羽言定定看著秦蘭璪。

秦蘭璪抬手拍拍他肩膀：「放心，你小叔我，一直是這個脾氣，不會有甚麼大事。你這孩子，常常思慮過重，其實凡事都有解決之道，沒想的那麼麻煩。來，給叔笑一個。」

秦羽言將已到唇邊的話嚥進腹中，垂下眼簾，逸出一聲嘆息。

「皇叔對杜姑娘如此相護，看來是眞心所愛。」

秦蘭璪再笑了一聲：「十七啊，你的心裡終於不是都塞著經書，開始琢磨起人間情愛了，叔甚慰甚慰。這般做，只是不想讓水再渾一些罷了。至於所謂眞情……」

門外傳來聲響，秦蘭璪便將話打住，侍從推門而入。

「稟王爺，右相大人親至。」侍從抬眼瞄了瞄秦蘭璪，見其沒有因十七皇子在場而令避諱的意思，便繼續道，「宮中來的人，亦快到了。」

秦蘭璪道：「但有來客，便請入前花廳，孤更衣後便到。」

侍從應了聲喏退下，秦蘭璪向另一扇門轉身：「事不宜遲，若她還在，你即刻帶她離開。」

跟隨在後的秦羽言又微微一怔。

若她還在？

謝況弈的手就在眼前，一如以往。

杜小曼向後退了一步，搖了搖頭。

謝況弈雙眉微擰，杜小曼轉而望著他的眼，堅定地說：「多謝，抱歉，我……不能走。」

謝況弈臉上的神情解讀出來就是——妳瘋了？

對，我瘋了。杜小曼在心裡道。

不錯，現在離開是最好的選擇。

但，不能再這麼對待謝況弈了。

而且，如果要離開，她早就可以走了，何必還回京城？

「我喜歡秦蘭璪，我想留在他身邊。」

謝況弈盯著杜小曼，臉上的那句話變成了——啊，妳居然已經瘋成了這樣！

杜小曼清清喉嚨：「那甚麼，我其實是個愛慕虛榮的、浮誇的女人。璪璪他……」不好，在心裡喊慣了，一個不留神就放嘴上了。

謝況弈的目光閃爍了一下。

杜小曼一頓。也罷，此時此刻說出來，也算一種解脫吧。

她聳聳肩：「璪璪是我對秦蘭璪的愛稱，我經常在心裡這麼喊他。而後我才發現，我已經愛他這麼深了。」她下意識地抖了一下雞皮疙瘩，向岸上瞟了一眼。

很好，這裡只有她和謝況弈，秦影帝不會不科學地鑽出來。要不然，她就只能去跳湖了。

「秦蘭璪是裕王殿下，身分尊貴，有錢又有勢，機智又風趣，還長得這麼好看。雖然他有很多美女，我一邊在心裡說著不可以，一邊還是情不自禁地沉淪了。」

謝況弈的唇終於動了動：「妳方才不是這麼說的，妳說妳只喜歡他的臉。」

甚麼！少主你來得夠早啊！

杜小曼抖了一下，謝況弈接著面無表情道：「妳還說，其實我也很好，他比我殘得快。」

杜小曼正色道：「這只是嘴硬的話！我喜歡他，還跟他告白了，很明顯他不會喜歡我，所以、所以我就把話說硬點，替自己兜回面子嘍。」

謝況弈道：「妳若愛面子，為何要留下？」

這……杜小曼馬上道：「因為，跟面子比起來，我更想留在他身邊，看看有沒有日久生情的機會，哪怕死皮賴臉也無所謂。兩相權衡棄其輕。」她再正視謝況弈，「謝少主，眞的很感謝你屢次充滿俠義精神地幫助我，但……」

謝況弈打斷她的話：「若眞要謝我，就別讓我白跑一趟。」

杜小曼心裡像被針扎了一下。謝況弈的手，又伸到了她面前，衣袖上，還在滴水。

杜小曼再後退一步，搖搖頭：「抱歉，謝少主。我不能跟你走。」

謝況弈雙眉一挑，手一翻，突然閃電般一揮。杜小曼尚未來得及反應，便頸邊一麻。

「瘋得太厲害了，我帶妳去吃藥。」

朦朦朧朧聽見這句話，杜小曼便徹底陷入黑暗，栽進謝況弈的手臂。

秦蘭璪和秦羽言已來到岸邊，恰剛好目睹了杜小曼被劈暈的那一幕。

謝況弈扛著杜小曼，無法踏水上岸，瞧了瞧岸邊的秦蘭璪和秦羽言，乾脆放下浮橋機關，坦蕩得如送大米一般，大步向岸上走去。

秦羽言不禁看了看秦蘭璪。

秦蘭璪未有甚麼表示，謝況弈踏上岸，徑直向他走來，秦蘭璪側身讓開道路：「謝少主這邊請。」

謝況弈瞥他一眼，朝著他示意的那條路走去。

秦蘭璪開口道：「謝少俠，孤之所以讓你帶她走，乃是因為當下情勢。但……」

謝況弈置若罔聞，走得飛快。

秦羽言不禁又看看秦蘭璪，發現自己的小皇叔被這樣無視竟一副無所謂的模樣，居然還追了上去。

「謝少俠，孤的話尚未說完。孤未追究你擅闖王府的罪，任由你將她帶走。孤想說的幾句話，你總該聽一聽。」

謝況弈繼續矯健前進，秦蘭璪已開始小跑。

秦羽言愣了愣，亦發足追了上去。

「謝少俠，孤知道你對她確實有些興趣。但她看似不拘小節，實際常鑽牛角尖，不撞南牆不回頭。她之所求，的確是其眞心，並非玩笑。既然江湖廣闊，兒女情長事小，若你並無成全她之眞意，便莫給她指望，讓她執著。」

正跑著的秦羽言聽到這段話，不禁再次看向了秦蘭璪。

謝況弈停下了腳步，側身瞥了一眼秦蘭璪。

「我只想將她帶出此地，她與這些事無關。」

秦蘭璪笑了笑：「孤亦不想讓無干人等捲入，使水更渾。因此才屢屢相讓，由你將她帶離。」

謝況弈冷冷道：「你讓或不讓，她我都會帶走。我既做過承諾，便會保她平安。」

秦蘭璪望著他肩上的杜小曼，微微瞇起雙目：「她若執著上一事，便不肯放手，望你千萬莫讓她再回來。」

謝況弈輕嗤一聲：「若你如斯肯定她痴心愛你，何必和我說一開始的話？」扛著杜小曼又側轉過身。

趕到之後就一直不言不語在一旁站著的秦羽言忽而開口：「謝少俠且請留步。」

謝況弈又定住身形，秦羽言脫下身上外袍，遞給謝況弈：「少俠衣衫盡濕，恐怕杜姑娘亦會……請權且著此衫。」

謝況弈挑眉看了看他，秦蘭璪亦扯開外袍：「十七，你的衣袍恐怕他穿會短小，讓叔來。」

謝況弈劈手扯過秦羽言的外袍，手一抖，摺疊起來，再將肩上的杜小曼顛了一下，在杜小曼被拋起的瞬間，將外袍搭上肩頭，待杜小曼落下時，剛好墊上。向秦羽言一點頭：「多謝。」

秦羽言忙笑了笑：「不必。」又認眞地道，「望謝少俠將杜姑娘平安帶離。」

謝況弈肯定地一笑。

秦羽言目送謝況弈的身影消失在拐角，不由轉身問：「謝少俠當眞可以平安離開？」

秦蘭璪掛著一隻袖子還未脫下的外袍負起手：「不可能。」不待秦羽言再問，又淡淡道，「若一個江湖人物，單槍匹馬就能將人帶走，寧景徽便可以回山溝裡種菜了，月聖門亦不用讓朝廷操心了。只是，此時此刻，已無多餘精力與他耗費。讓他認清局面之事，交給寧景徽罷。」

秦羽言看了看秦蘭璪拖曳在地上的另一半外袍：「方才皇叔追趕謝況弈，說的那些話……」

秦蘭璪若無其事地將衣衫拎起來，沒找到袖子，索性全部脫下，雲淡風輕道：「給寧景徽拖些趕到的時間。」將外衫抖一抖，搭上秦羽言肩頭，「莫著涼了。你我亦該去外面瞧瞧。」

秦羽言猶豫了一下：「寧相不是早已在前花廳之中了麼？」

秦蘭璪點點頭：「不錯，叔正是要去見他。」

秦羽言抓住肩上的衣衫，瞪大眼看著掉轉了方向的秦蘭璪。

皇叔，你眞的還好吧？

謝況弈扛著杜小曼，橫穿裕王府層層院落，一路暢通，連一個人影都沒有見到，更不用說阻攔。

整個裕王府靜悄悄空蕩蕩的，好像眞的再沒有別人。院門、邊門、角門等等沿途遇到的所有門都大敞著。

謝況弈是個從來不想多的人，有門就過，有路就走。裕王府格局開闊簡明，非常好走。來到進入裕王府的那個牆旮旯，謝況弈從腰間的小口袋中掏出一把繩索，甩上牆邊大樹，一頭踩住，另一頭綁在杜小曼腰上，又往她睡穴處補了一指，扯拽繩子將她吊起，而後跳上牆頭，甩出飛鉤，掛上杜小曼腰間繩釦，如勾一扇晾曬的臘肉般將杜小曼向牆頭勾來。

就在杜小曼的衣角觸碰到牆頭瓦片時，不遠處驀地響起一個聲音。

「謝少莊主就打算這樣把人帶出去？」

花廳之中，茶煙裊裊，秦蘭璪端坐上首，慢條斯理拿杯蓋撥著浮葉。

「寧卿百忙之中，竟得閒到小王府邸，眞稀客也。」

寧景徽微微躬身：「王爺自宮門前將唐郡主帶回，臣便爲此事而來。唐郡主在裕王府極不妥當，望王爺將郡主放回。」

秦蘭璪自杯上抬起眼：「寧卿，你早就知道，孤喜歡這個女子，欲娶她爲妃，孤自然要將她帶回來。」

寧景徽肅然：「唐郡主乃慶南王慕雲瀟之夫人，擄掠有夫之婦，有違律法。」

秦蘭璪笑笑：「唐郡主已將與慶南王和離，寧卿不是不知道，非得和孤較這個眞麼？也罷。孤就是愛唐郡主無法自拔，願爲此情，奮不顧身。她是郡主，孤身有王銜，此事按律當宗正府處置。卿居右相之位，理外廷朝事，幾時連宗正府都成了轄下？」

寧景徽再躬身：「臣自不敢逾權干預宗正府事務。但王爺娶妃，亦爲禮部事務，臣不得不問。禮部袁尚書，隨同臣一道前來，未敢擅入，在門外聽傳。」

秦蘭璪呵了一聲：「寧卿這是準備得很充分哪。」垂下眼皮，又輕喟一聲，「到了這個份上，孤就和寧卿透個底，孤既做出這般舉動，便早將此身此生其餘一切置之度外。唐郡主，孤絕不會放手。寧卿就按照自己的打算看著辦罷。」

寧景徽一怔，繼而苦笑：「王爺執意要做情聖，臣豈有資格多言。只請王爺以大局爲重。」

秦蘭璪打斷他的話：「孤的心中只有情，紛擾俗務，律法倫常，於孤不過是浮雲。」

寧景徽也嘆了一口氣，抬起頭：「王爺，臣也就逾越說些實話了。皇上要下的那道聖旨已擬好，如今該知道的人都知道了。王爺定然不打算讓唐郡主留在府內或京城。與臣這般言語，亦不過拖延。但即便臣此時不聞不問，王爺以爲，唐郡主出了這個門，還有活路？」

秦蘭璪凝視寧景徽：「寧卿居相位，掌朝綱，竟爲一女子殫精竭慮，這是連孤都要挾上了。寧卿平日裡，都忙些甚麼哪？」

謝況弈對方才響起的聲音充耳未聞，將杜小曼扯上牆頭。幾點寒光倏忽而至，謝況弈順手將飛鉤一甩，寒光叮叮跌落。

「謝少莊主眞是好身手。」一道藍色身影掠上牆頭，嫣然一笑。

謝況弈收起飛鉤：「我一般不打女人。」

那女子噗哧一聲：「少莊主眞風趣，你壞我教之事也不是一樁兩樁了，怎說話還這般客氣？哎哎，別急著變臉，此時此地，你我並非敵人。少莊主想救唐郡主，我們也想。」

謝況弈看也不看她，正要俯身抱起杜小曼，掛趴在牆上的杜小曼突然向牆外一沉，謝況弈按住她的身體，反手向那女子的方向彈出幾塊瓦片，回掌向牆外一揮。

牆下陡然縱起又一道藍影。牆上的女子擰身避過瓦片，已極快地撲來，謝況弈攬住杜小曼，向外一推，拔出纏在腰間的軟劍，縱身躍起，劃向那兩道藍影。

杜小曼卻是又飛回了大樹，被繩索捆著的身體像個鐘擺一樣晃蕩，將她從濃重的黑暗中晃出了一絲清明，剛迷糊著欲掙扎地撐開雙眼，做拋物線運動的身體掛上了旁邊一根小樹杈，肚子一硌，發出悶悶的一聲，再度沉進黑暗。

那兩個藍衣女子卻未再與謝況弈交手，一左一右遠遠落在牆上。

先來的那個女子再笑盈盈地道：「謝少莊主是否知道，皇上在宮中召見唐郡主時，對她一見傾心，已決意要將她納入後宮？這下謝少主要對付的可不只是寧景徽，此時此刻，不知有多少忠心耿耿、爲了朝廷顏面與社稷朝綱的人要爲君除害呢。若非我們姐妹爲少主打掃屋脊，可能少主出裕王府，也不會太順暢。少莊主不妨猜猜看，你出了王府後，得對付多少人？」

謝況弈不答話，手中長劍再度揮出。

那兩個女子擰身再避開，忽又有振袖聲起，兩名女子的唇邊均浮起笑意，望向大樹時，笑容卻凍結在臉上。

幾道藍影正自樹上跌落，一道黑色身影一把撈起掛在樹杈上的杜小曼，兩個縱躍掠出牆外！

謝況弈又斬出一劍，逼得那兩個女子再退，隨即向下一躍，一輛馬車直奔而至，謝況弈正落上馬背，馬車飛馳向前。

嗖嗖嗖嗖嗖！

馬車撞出長巷的剎那，寒光如雨，箭似飛蝗，密密射向馬車，如天將羅網。謝況弈揮出繩索，甩開先至的鋒鏑，一閃身撞入車中！

鐺鐺鐺！

飛箭暗器撞上車壁，竟皆被彈開，那馬渾身黑漆漆的，亦不知裹了甚麼布，竟也箭射不穿，但被勁力打中，終究吃疼，長嘶一聲，自尋了個方向，撒蹄狂奔。

裕王府對面牆上，躍下數道身影，翻滾向前，一條條鉤索，拋向馬腿。

白練暴出車廂，謝況弈飛身而出，劍氣如流星落虹，唰唰斬斷鉤索。

箭雨再落，謝況弈身形一轉，撞回車廂。又幾道人影扯著一張大網，自樹上向馬當頭罩下！

謝況弈劍光再出！然剛一冒頭，就不得不反手自護，密密箭雨利器瘋狂落下，竟完全不顧及那些扯網絆馬腿的人。

太疾！太密！無可擋避！

謝況弈只能再撞回車廂內，扯網拋索之人轉眼已如豪豬倒下，但那張網，卻是在扯網的幾人渾身被飛箭插滿的同時，套上了馬身！

馬頂著大網繼續前衝，然大網的幾角皆牢牢固定在路旁的大樹及牆上，猛衝的馬被狠狠勒住，前蹄高高抬起，厲聲長嘶。

嗖嗖嗖！

又是箭，這次卻是一根根帶火的箭，挾著桐油的氣息，扎向車壁！

即便你是鐵打的車，銅鑄的壁，也要將你化成汁，烤成漿！

「住手！」

「住手！」

裕王府的大門處，同時響起兩聲怒喝。

「何方逆賊，竟敢在裕王府門外擅動兵戈，裕王殿下在此，還不……」

嗖嗖嗖！

數道箭矢寒光，竟循此聲，直向大門方向扎來！

幾條身影躍起，掃落飛箭，手執兵刃的護衛自門內擁出。

「住手！右相大人在此，何方逆賊竟敢行刺裕王殿下!?」

箭雨寒光陡停。

似乎剎那間，天地便寂靜了。

但瞬間之後，又爆出一聲響動，謝況弈自車廂中躍出，撲滅馬附近的火焰，斬斷網繩，輓住驚馬，側身看向大門方向：「裕王殿下果然平素沒做好事，這些該不是奉命前來送你上路的吧？在下不過偶然路過，卻被牽連如斯。」

秦蘭璪看也不看他，只瞥了一眼寧景徽道：「看來寧相的面子，遠遠大過本王。那如斯局面，便由寧相看著處理吧。」轉身走回大門內。

謝況弈露牙一笑：「那麼沒在下甚麼事了吧，算了，被牽連是我倒楣，就也不提甚麼賠償了，告辭！」翻身上馬，一抖韁繩，留下大敞車廂與一地狼藉，嘚嘚而去。

果然是調虎離山。

陰影中，幾道藍色身影無聲無息地離開。

「逆黨狂徒，喪心病狂，可留二三活口，凡欲抵抗者，一律就地正法。」

寧景徽簡單吩咐完畢，亦轉身返回裕王府內。

「寧卿竟不去緝拿亂黨？」秦蘭璪遙遙在廊下等待，「唉，眞是不將孤放在心上。」

寧景徽躬身：「王爺恕罪，臣無縛雞之力，與侍衛一般出動，徒然添亂罷了。」

秦蘭璪笑笑：「孤是同寧卿開開玩笑罷了，怎就眞的稱罪起來？」側首吩咐身邊侍從，「速備一席，孤要向寧相把盞賠罪。」

侍從應了聲喏，寧景徽再躬身：「王爺此言折煞！臣萬不敢領！行刺一事的確蹊蹺，臣須回衙門責大理寺速查。望王爺恩准臣先告退。」

秦蘭璪再一笑：「也罷，那酒便等著寧卿下次得空來時再吃。」

「下馬！出城做甚？」守城兵卒橫起手中長矛。

衛棠下馬，抱了抱拳：「娘子產後虛弱，欲送至岳母家調養。」懷中掏出文牒。

兵卒接過看了看，瞧了瞧暫被橫放在馬背上的女子的臉，一擺手：「走吧。」

衛棠道謝收起文牒，翻身上馬扶起馬上的女子，一抖韁繩，出得城門，轉而馳上小道。

樹葉沙沙作響，樹梢上一陣銀鈴般嬉笑。

「有這樣能幹的屬下，難怪謝少莊主肯以身為餌，行調虎離山之計。」

隨從打起垂簾，寧景徽踏入車轎。

早已候在車中的男子立刻單膝跪地：「稟相爺，果不出相爺所料。」

寧景徽微微頷首：「可已出京城？」

男子垂首：「尚未得回信，但請相爺放心，屬下等定將唐郡主帶回。」

樹葉紛落，藍影攜葉而至！

衛棠抬手揮出一個黑點，藍影閃身躲避，黑點陡然炸開，冒出濃濃白煙！

藍影拂袖揮開煙霧，但覺頭暈，忙屏住呼吸。

地面上衛棠韁繩再抖，馬馳如飛！

嗖——

一點紅光帶著刺耳嘯聲自樹林中起，飛入天空。

數張網凌空而降，數道撓鉤驟出草叢，斬向馬腿！

衛棠向草中甩出一把暗器，飛身而起，拔劍斬向羅網。馬無人駕馭，仍帶著又被橫置在馬背上的女子，一徑向前！

衛棠斬落飛網，格開暗器，借力往樹幹上一踏，掠向前方的奔馬。

正欲下躍，數道劍光捲著寒意自各方而來，衛棠一個翻身，劍勢如球，竟把自己裹在其中。

幾聲脆響，藍衣女子們手中的劍皆一震，有的險些脫手而出。其中一個哎呀笑了：「衛俠士好劍法，絕不在謝況弈之下，何必屈才做那乳臭未乾的小孩子的走狗呢？」

衛棠當然不會理會，身影直墜。

另一個女子吃吃一笑：「呀，好像晚啦。」

晚了？是晚了。

就在衛棠被纏在半空之時，數道身影，已撲向地上的馬。

一條綾帶，一道長鞭，幾乎在同時，各捲上了馬上女子的肩和腿。

各向一方使力！

嗯!?

唔!?

怎會如此輕？

怎會這麼空？

不待他們向對方撲去，便先後感覺到某處穴道一痲，似有幽幽微風拂過身畔。

奔馬停住，如蝶般的倩影在空中一旋，輕盈站上馬背，如瑤池的仙子，踏上蓮花。

她不可能有如斯武功！

這不是唐郡主！

少女轉眸望著她們，帶笑的容顏亦恍若來自九天：「咦，你們不是一伙的呀？」

呃，我好像……又暈過去了？

杜小曼努力地撐開眼皮，疼痛如潮水般湧來。

肚子……嗷……肚皮……是被……大象踩壓？

好痛，爲甚麼好像在被顛來顛去？

杜小曼微微動了動腦袋，輕嘶了一聲。

有一雙手抓住了她的手腕，而後立刻鬆開。

「杜……杜姑娘，妳醒了？」

嗯？這個聲音，有點陌生，又有點耳熟，是……

杜小曼再努力一運氣，徹底睜開雙眼，視線中模糊的面容漸漸清晰。

十七皇子？

杜小曼努力眨了眨眼，沒錯，是十七皇子。

那……謝況弈呢？

小di躁呢？

這又是？

顛簸的感覺很熟悉。她想撐起身體，肚皮劇痛，又倒吸一口冷氣。秦羽言不禁伸手想扶住她，但手並未觸碰到她的身體。

「杜……杜姑娘，若不適的話，就再躺一會兒吧。」

杜小曼咬緊牙關坐起來，環顧四周，嗯，沒錯，現在是在一輛馬車裡。

爲甚麼謝況弈跑到裕王府救她，一個斷片之後，她卻和十七皇子同在一輛移動的馬車裡？

杜小曼把這個疑問明晃晃地掛到了臉上，秦羽言略低一低頭：「此事，一言難盡。」

杜小曼無力靠想像來填補這段遺失劇情的空白，跳躍太大了。

就在這時，馬車忽然劇烈地顛簸，更快地飆起來。杜小曼後腦勺險些撞在車壁上，正要坐得正一些，車廂猛地一個搖晃，馬兒驚嘶一聲，馬車驟然停住。

杜小曼只覺得身體一空，一頭撞上了甚麼，等回過身，才發現自己將秦羽言撞翻在地，剛要爬開身道歉，聽見車廂外道：「何人竟敢阻攔十七殿下車駕？」

一個男子的聲音遙遙傳來：「裕王殿下遇刺，臣等奉命追查，唐突殿下尊駕，望請恕罪。天已不早，不知殿下爲何出城？」

秦羽言向杜小曼比了個噤聲的手勢，杜小曼默默挪開身，秦羽言整衣站起，動作有些僵硬，耳尖微微泛紅。

車廂外，趕車的人已回道：「大膽！殿下去何處，難道還須告知爾等!?」

秦羽言一挑車簾，緩緩出了車廂。

「孤欲往泉鳴寺聽禪，約一個時辰前自府邸中啓行，卿等可要去核對？並孤轎內，也一併清查？」

那幾人齊齊跪倒在地：「臣等萬死，求殿下賜罰。」

秦羽言一言不發，折身回車內。車夫一甩鞭子，幾匹駿馬又齊齊撒開四蹄。

杜小曼鬆了一口氣，別說，十七皇子看著柔柔弱弱的，關鍵時刻，還挺有風範的，到底是皇子啊。

她轉回身坐下，秦羽言輕聲道：「杜姑娘請放心，定會平安無事。」

杜小曼點點頭：「多謝。因為我的事，連你也被牽連上了，我實在是……」

秦羽言打斷她的話，語速略快了些許：「杜姑娘不必這麼說，不過舉手之勞，亦是我心甘情願。再者，此事其實全是皇……」

車廂忽又猝不及防地一個顛簸，馬再驚嘶！

一道黑影，自樹梢掠下。

唰唰唰！

抽兵刃聲！打鬥聲！

只是，這次遙遙傳話的，竟是女子的聲音！

月聖門的人!?

「妾身無意驚擾殿下，但車裡的那個小姑娘，我要帶走，望請恕罪。」

車外眾侍從拔出兵刃，與那女子戰成一團。

黑衣蒙面女子以一對眾，雖一時抽不開身，但頗游刃有餘，一邊打，一邊繼續喊話：「這小姑娘，本就該跟我走。皇子殿下你帶著她，也無法保她平安。快快將她交給我，大家省事。」

聲音貌似有點耳熟。

杜小曼眨眨眼。秦羽言再溫聲道：「杜姑娘放心，我一定會……」

咻——

尖銳的傳信煙火聲躥入雲霄。

數道藍色身影，穿林而來。

月聖門！

一名侍從轉頭喝道：「保護殿下先走！」躍身迎向藍衣女子們，剛衝出一截，眼前黑影一閃，卻是那黑衣蒙面女子，拋下了與她纏鬥的眾侍衛，搶在他之前撲向了月聖門眾女子，揚手撒出數點寒光。

這女人，到底是哪邊的？

眾侍衛不禁都一愣，跟著車夫瞬間回神，甩鞭驅馬狂奔。

眾侍衛亦迎向月聖門女子，風起葉落，遠處又有數道身影掠來，赫然是之前在路邊攔下他們的大理寺官差。

太亂了！

侍衛首領果斷喝道：「但凡來者，一律攔住！」

一個侍衛看了很明顯已是掃滅月聖門女子之主力的黑衣蒙面女：「頭兒，那女人也一齊打麼？」

「留意動向，她去追車便攔下！」侍衛長拋下這句話，撲向了大理寺官差。

小侍衛來不及讚歎首領英明，趕忙殺向月聖門眾女。

「頭兒說了，先不打那黑衣女的，但留神她去追車！」

軟劍長刀尚未相接，又有一道黑色身影如風般掠來。

這又是誰？

眾侍衛來不及想，先戰！

那黑影攜冷冽劍氣，衝至黑衣蒙面女子身邊。

「夫人！」

黑衣蒙面女一劍斬開幾個藍衣女子：「這裡不用你插手，快去幫少莊主把那個姓杜的小丫頭搶回來！」

黑影一點頭，如鷹般脫出戰圈，踏枝而去。

侍衛忙高聲喊：「快，追上那人，保護殿下！」

黑衣蒙面女子，當然就是謝夫人。

謝況弈一路追著杜小曼，謝夫人也一路盯著兒子。

兒子失心瘋一直不好，謝夫人氣急且恨。就在這時，謝夫人接到探子的密報——請夫人放心，少主是單戀，那女子似痴戀的另有其人。

甚麼？甚麼人能比這般對妳的我的兒子還好!?

謝夫人三昧眞火直衝九霄。

妳哪點配得上我家弈兒，竟敢弈兒對妳好，妳還瞧不上？

不過，這妮子摻和的事水太深，能不貼著弈兒自然好。謝夫人一直用這句話讓自己冷靜下來。

杜小曼被接進宮，謝況弈空手而回，終於轉頭去找了箬兒，謝夫人心懷稍慰。

回頭是岸，罷了，人生不當計較太多。

但，又一道晴天霹靂砸下，探子再報——夫人，少主去找箬兒小姐，是讓她一道去救那女子。

謝夫人拍案而起，直撲進裕王府，正要把兒子打暈了扛回去，便聽到杜小曼愛的告白。

原來如此，呵呵，這是想著做王妃呢。嫌我家弈兒沒有鳳冠給妳戴是吧？

那也得妳戴得上啊。

就算妳眞是郡主，妳一個二嫁女子，能撈得到像樣的名分？

嘖嘖，原來妳也知道裕王看不上妳。還道甚麼情不自禁，仍是惦念著高枝吧？箬兒是個寬厚孩子，妳跟了弈兒，起碼做個平妻還是有指望的，怎麼就這麼拎不清？

謝夫人縮回了手，任憑謝況弈把杜小曼扛到了牆邊，順便點翻了幾個月聖門的女子。

而後，當謝況弈躍下牆做金蟬脫殼的誘餌時，謝夫人發現，早就藏身在樹上的衛棠和孤于箬兒並未帶走杜小曼，只是把她小心地藏好在樹上。

難道箬兒長心眼了？

那她何必如此盡力救這個丫頭？

不對。謝夫人強忍著對兒子的擔心，繼續潛伏，發現幾個裕王府的人手腳麻利地將杜小曼放了下來扛走，明顯是早就安排好的。

兒啊，你怎麼這麼傻，俠之胸懷，不當用在這種事情上啊！

謝夫人咬牙先去替兒子暗中掠陣，待他平安無事，立刻調頭，追趕眞正裝著杜小曼的馬車。

俠者，當要兼濟天下，但這種事，既然出了力，動了手，就必定要摘到果！

吃不吃是另一回事，先得到手！必須到手！

車飆得杜小曼已快坐不住了，奔過一個大拐彎，幾名車夫的其中之一忽然返身撲進了車廂。馬車速度稍緩，秦羽言急促道：「就是這裡，杜姑娘，快走。」

杜小曼一怔，被那車夫一把扯離座椅，扯向車門處。

杜小曼險些一頭撞到門框，只聽秦羽言的聲音在耳邊道：「保重。」背後被猛一推，隨那車夫一道扎下了馬車，滾出道路。

天旋地轉，金星閃耀，杜小曼感覺自己的魂魄要從唐晉媗的軀殼中飛出去了，待雙耳嗡的一聲，靈魂終於還是歸回身體內。漸消的嗡嗡聲中，眼前漸漸清晰，杜小曼本能地大口喘著氣，視線中一團灰褐在不遠處的草叢中動了動，頂著草碎葉片向她爬近了些。

「掌櫃的，還好麼？」

哦，多麼熟悉的聲音。

杜小曼甩甩臉上的亂髮，看著那張憨厚、淳樸、黝黑、陌生的臉。

影帝，我好想把太陽發給你當獎杯。

杜小曼很不好。

天地一直在旋轉，小星星持續閃爍。她就像一堆爛木頭，現在誰隨便拉一下她的胳膊腿，她整個人就能稀里嘩啦地散掉。

她一下巴磕進草裡。

「好想按個退出鍵，GAME OVER算了……」

「嗯？」秦蘭璪窸窸窣窣地又向她爬近了些。

杜小曼撐起眼皮看看他，再又垂下：「我在唸咒語，召喚飛碟帶我回母星，不想在這裡耍了。」

秦蘭璪眨眨眼。

聽不懂吧？不會給你翻譯的！讓你體會一下雲山霧罩的感覺！

秦蘭璪探出前爪，在草上蹭了蹭，碰碰她額頭。

杜小曼粗聲說：「只有發燒才會額頭發熱，腦震盪不會。」

秦蘭璪縮回了爪子，再朝她挪近些，在髮際線處摳了摳，把面具揭開些許，露出一塊額頭，抵上杜小曼的腦門。

「喂，我真沒發燒！」杜小曼一抖，欲往後撤，面具的背膠黏住了她的鼻梁。杜小曼想扯開，秦蘭璪忙按住臉：「噯噯，輕點，小心，小心……啊！」

面具終於離開了杜小曼的鼻子，但是也和秦蘭璪左臉的眼窩至顴骨處分開了，帶著兩塊應是改變臉型的填充物懸空晃蕩著。

「喂喂，歪了，歪了！……呀，眼角那裡皺了！注意頭髮，頭髮……」

杜小曼忍不住出聲提醒。

「你都不隨身帶個鏡子麼？」

問出這句話，她不禁腦補璪璪摸出一面小花鏡，翹起蘭花指輕理鬢髮的情形……

呃，略獵奇。

秦蘭璪索性一把將面具扯下：「吾堂堂男子，怎能如婦人一般隨身佩鏡？」

杜小曼撇嘴：「別歧視女性哈。」

秦蘭璪一把捂住她的嘴，四處張望了一下：「此地不宜久留，能動否？」挪身將後背朝向杜小曼，沉聲道，「上來。」

杜小曼咬咬牙撐起身，實事求是地說：「不了，我覺得你揹著我跑不動。」

人的潛力真心無限，其實唐晉媗有一副好身板，關節咔嚓咔嚓響了那麼兩下，居然，也就，站起來了。

乍一站起，還是晃了一下，秦蘭璪一把攙住她：「妳啊……」

我怎麼了？鐵骨錚錚一條好漢！

杜小曼試著動了動腳踝：「我的腿沒事，能走能跑。」

秦蘭璪再無奈地看看她，抓住她手臂：「若走不動了，莫勉強，一定要說。」帶她閃向樹林深處。

夕陽由耀眼的金漸漸變成溫和的紅，越來越淺。

長草絆足，根本看不到路，前方的樹林和剛才經過的樹林瞧不出有甚麼不同。

秦蘭璪牽著杜小曼，或拐彎，或向前。

杜小曼不禁想問，你真的認識路嗎？

但是她改說了另一句話：「謝謝你啊，做了……這些。」

秦蘭璪立刻瞥了她一眼，眼神特別深邃：「我定不會讓妳有任何閃失。」

「我好感動。」杜小曼這樣說著，卻在心裡對自己嘆氣。

她的心，已經黑化了，渾濁得不成樣子。

此情此景，她明明應該內心如有一隻小萌獸般撲通撲通地亂撞著，臉熱熱地想，啊，這個男子，他這樣爲我，做了這麼多的事，他是不是其實深愛著我，而且已愛到了如斯深的地步，我該怎麼報答回應這份情感？

但是，她現在腦內想著的卻是——

秦影帝這是在安排她逃亡，還是自己也打算開溜？

她又開口問：「那個，我一直很想問，蕭白客大俠，是不是和你有甚麼特殊的關係？」

秦蘭璪：「呵呵……」

看來關係不淺。

杜小曼再問：「那我們這是去哪裡？」

秦蘭璪頭也不回道：「放心，不是把妳牽去菜市場賣了。」

暮色漸濃，林中越來越暗，秦蘭璪一手拉著杜小曼，一手拿著樹棍掃打草叢向前走，步履急促卻堅定，時而還從衣兜裡摸出個算命的給人看墳地用的那種羅盤，皺眉凝視，略一駐足，又繼續往前。

看來這條路他不單認識，還非常熟悉。

杜小曼稍稍鬆了一口氣，揮開一隻撲棱著撞到她腦門上的蛾子，接著聽到秦蘭璪歡快地道：「啊，居然到了，竟摸對了！」

杜小曼險些一頭撞到樹上。

擺那麼專業的姿態，原來這一路你都在瞎摸？

杜小曼再探頭看看，更加無語。

這條路，根本就是朝著夕陽走，怎麼都不會偏。因爲面前是一道往左往右都看不到頭的斜坡。最後一抹霞光暈染在墨藍天際與漆黑的地平線之間。

秦蘭璪指著斜坡下方：「下去就能找著歇腳的地方，掌櫃的，妳說我們滾下去是不是能更快點？」

杜小曼說：「要不，你先滾著，我在後面慢慢走？」

秦蘭璪又抓住了她的手腕：「不行，怎能讓妳一個人在後面。走下去吧，慢點就慢點。」

杜小曼連白眼都懶得翻了。

斜坡看著短，走起來卻跟到不了頭一樣，幸虧下坡路好走，摸黑終於走到底後，杜小曼吐出一口氣：「然後呢？再往哪兒？」

秦蘭璪又從兜裡掏出那個羅盤，抬頭看了看天上的星星，再低頭看了看盤：「這邊。」

畢竟是秋天了，素銀的月光，帶著清幽幽的涼意。

鑲滿熠熠星鑽的夜空像個大碗蓋，扣在起伏的丘陵與廣袤曠野之上。

杜小曼深吸了一口夜晚清新的空氣：「你是怎麼安排下這條逃走路線的？」

秦蘭璪牽著她再走了一段，方才道：「孤，畢竟是有一王銜在身。」

璪璪一開啓王爺模式，音調都不一樣了。

「嗯。」

秦蘭璪側轉頭看看她：「這般的路徑，必然得要備下一些，以待不時之需。」

很坦蕩。

杜小曼不說甚麼了。

她的腿眞的漸漸開始瘦了，就這麼一腳深一腳淺的，不知走了多久，杜小曼錯覺要繼續向前走到地老天荒時，秦蘭璪突然道：「前面就到了。」

隨著二人的移動，前方的樹影下，朦朧顯露出一抹檐角的輪廓。

這是一處土地廟，只有一間殿堂，居然外面還帶個小院。不知是不是被裕王殿下的手下日常打理著，比較乾淨，神台上竟還有蠟燭供果。

秦蘭璪點亮蠟燭，從神台上拿下兩顆橘子，杜小曼接過一個，剝開皮，嚐了一瓣，居然非常甜。蠟燭的小火苗微微搖擺跳躍，在漆黑之中暈出一小方光亮，引得小蟲飛蛾紛紛聚攏。

秦蘭璪從外面的水井中拎了一桶水進來，舀起一瓢水遞給杜小曼。杜小曼灌下幾大口，擦擦嘴角：「這地方你是不是來過？很熟悉的樣子。」

秦蘭璪接過水瓢：「初來此地。」

杜小曼由衷地說：「那你身爲一個王爺，野外生存經驗夠豐富啊。」

秦蘭璪道：「雖身囚於金玉之籠，心卻常繫在天涯。」

算了，影帝正開啓著衝擊大獎的狀態，就由他發揮吧。

秦蘭璪喝了兩口水，喃喃道：「此時，應已到子時了吧。」爬起身，從神台上摸索出三根香，在燭火上點著，插在香爐中。

杜小曼目瞪口呆地看他在蒲團上跪下。

這又換到哪個片場了？

燭光中，秦蘭璪面向神像的側顏甚是虔誠。

杜小曼看看他，再看看神像。嗯，也是，托土地公公的福，能有屋頂遮頭，是該謝謝祂老人家。

杜小曼遂也在蒲團上跪下，默默唸禱，土地公公多謝多謝。

秦蘭璪俯身叩首，杜小曼便也跟著磕了一個。

秦蘭璪起身，又轉向門外的方向，再一俯身。

這又是甚麼儀式？

哦，可能是謝完土地公公，也得謝謝老天保佑。

是得拜拜老天，大仙小仙各位神仙大人，別再折騰我啦，給個明確的方向吧！

杜小曼砰地磕了個響頭，直起身，發現秦蘭璪正看著她，雙眼亮閃閃的。杜小曼的目光被他的視線膠住，正有點懵，秦蘭璪突然向後挪了挪，看向她的膝蓋處。

杜小曼不由得也跟著看，見蒲團邊緣有個黑點一跳。

不是吧，小璪璪居然怕蟲。

杜小曼不知該做何表情，待那黑點再一跳，一掌拍下去，砰！腦袋撞上了秦蘭璪的腦袋。怕蟲你還死要面子湊甚麼熱鬧嘛，杜小曼揉揉被撞疼的額角，捏住後腿亂蹬的小黑蟲揚手：「是隻小蟋蟀而已，牠不咬人。」

秦蘭璪看了看那隻蟋蟀，輕輕捧住她的手：「嗯，就讓牠做我們婚宴的賓客吧。」

？？？？？

秦蘭璪閃亮的雙眼望著杜小曼呆滯的眼珠：「妳我拜完天地，便該請賓客入席了呀。」

杜小曼卡機了，手中的蟋蟀一蹬後腿，躍地竄逃。

咔嚓嚓，大腦自動進入回放模式。

一拜……

二拜……

第三下……

播放完畢。

鎮定，鎮定！杜小曼鎮定淡定地開口：「別開這種玩笑啊，我可還是慕王夫人呢。」

「子時一到，妳與慕雲瀟便已奉旨和離。」秦蘭璪雙眼溫情脈脈，「此時，妳是裕王妃。」

妃你個頭！

杜小曼淒涼地發現，因這一天實在太折騰，把她所有的精力都耗掉了，自己想抓狂，居然都抓不動了。

「就剛才那幾下，你算成拜堂!?啊哈哈，這玩笑好冷！」

「天地為媒，月老為證，三拜禮成。」

成？杜小曼連冷笑聲都懶得發出了。

眞正摔到頭的是璪璪吧。

「這種情況下，就不要開玩笑了。」她聳聳肩，「這叫結婚啊，能得到國家認可嗎？」

「既合禮制，便成婚姻。」

「那全天下玩過家家的小朋友都是已婚！」

秦蘭璪的目光閃了閃：「若妳嫌簡薄，來日，爲夫會設法彌補。」

「……」杜小曼著實沒力氣再和他打嘴仗了，彎腰舀起一瓢水，「來，喝口水，清醒一下。」

秦蘭璪沒有接水瓢：「妳口口聲聲說喜歡我，爲何與我拜堂，卻沒有一絲欣喜？」

哈，哈哈哈——

如果現在還有力氣，杜小曼發誓會用手裡的水瓢砸開他的頭殼。

敢情被這麼耍了，她還得痛哭流涕撲進這貨的懷中，欣喜嗚咽：裕王殿下甜心，你好壞好淘氣好機智哦，居然送給我這麼大的驚喜，我眞是太愛太愛太愛愛翻你了！

「忘記那件事吧，那是我腦水腫加神經狂亂深度發作的胡言亂語。」

喜歡上璪璪，絕對是她今生最大的一個幻覺、幻覺、幻覺！

秦蘭璪忽然不說話了，仍是直直地看著杜小曼。

大概又要換片場了吧。杜小曼不想再跟他這麼大眼瞪小眼，自己又灌了兩口水，把水瓢丟進桶中。

「遊戲結束，你要是想自己玩過家家就繼續單耍吧。我眞的很累，得睡一會兒。」

她拖著一個蒲團，挪到距離神台稍遠的地方。

地面上絕不會只有蟋蟀這一種小動物，但杜小曼也懶得管這麼多，剛坐到地上，正要躺下，秦蘭璪走到她身邊。

「你要做甚麼？」杜小曼頓生警惕。

秦蘭璪脫下外衫，一言不發地遞給她。

杜小曼立刻道：「啊，謝謝，不用啦。我身上的衣服夠厚，蓋自己的外套就行，晚上不會冷。你留著自己蓋吧。」

她失去意識的這段時間裡，身上的裝備被換了一套，布質窄袖，裙不曳地，鞋底厚實，適合跑路，杜小曼對此很滿意。要是還穿著在皇宮中的那套裙子，簡直不能想像跑路時有多狼狽。

外衫落到杜小曼身上，秦蘭璪轉身離開。

杜小曼抓著衫子望著他的背影。唔？怎麼有股晴轉霧霾的氣息？這又是怎麼了？

嗯，璪璪心，海底針，就不要妄自揣測了。

杜小曼枕著蒲團躺倒，從眼皮到四肢都無比沉重。

「晚安，對了……我的衣服……」

「是侍女爲妳更換的。」秦蘭璪背靠神台坐著，緩聲回答，「不必擔心。」

「啊，我不是這個意思，我是想說聲謝謝。還有今天，你做的這些……眞的感謝。」

秦蘭璪輕笑一聲：「不用。」

眼皮不受控制地想黏合，杜小曼的腦子卻還在轉。

有一句話，她其實很想知道眞實答案。

爲甚麼，你要爲我做這些？

經歷了這許多之後，她學到了一件事，就是，有些事，不要問爲甚麼。

得到了幫助，就道謝。

對自己有益處的，便接受。

這樣就可以了。一旦問出爲甚麼，事情就不那麼純粹了。

意識被倦意拉扯得愈來愈模糊，也讓她緊繃的神經漸漸鬆懈，她喃喃道：「時闌，要是你只是時闌就好了。」

「掌櫃的妳也不只是妳所說的那個人。妳曾道妳從很遠的地方來，妳姓杜名小曼，妳不是唐晉媗。但後來，妳又口口聲聲自稱尙是慶南王夫人，行事亦依照唐郡主的身分而爲。」

沒有回應。

「嗯。」杜小曼打個呵欠，「我現在還要告訴你，其實我是一縷魂兒，你信不信？」

「眞的啊，我眞的只是魂魄來到這裡，我是另外一個時空的人。所以我才說自己是從很遠很遠的地方來的。我因爲意外死掉了，然後又借助唐晉媗的身體活了過來，差不多就算換了個人了。所以，我雖然是杜小曼，卻不能不當唐晉媗……」

如果事情能簡單化的話，是不是眞的非常好？

沒有甚麼打賭的事，就是她被車一撞，兩眼一睜，來到另一個時空，有個小酒樓可以做買賣，勤懇經營，那個吃霸王餐的窮酸書生，也就眞的只是個書生，當個小夥計，雖然幹活喜歡偷懶，但算帳還不錯，挺愛說話的，可以讓人生不寂寞。關鍵時刻，也算可靠。

「可惜……」杜小曼在濃濃睡意中再打了個呵欠。

可惜一切從一開頭就有太多頭緒，不能怪現在太混亂。

「我信。」

夢與現實的混沌中，杜小曼隱約聽到這兩個字。

甚麼？她努力豎起耳朵，卻聽到了淺淺的樂聲。

曲調甚耳熟，空靈的女聲遙遙地唱：「都道好夢消夏涼，總把須臾做久長；轉頭一望千般盡，人生何處是歸鄉……」

夜風起，檐角鈴鐺碎碎地響，謝況弈在昏黃的燈火中走來走去。

外牆傳來細微聲動，有人躍入院來。

謝況弈身形一頓。不對，太輕盈了。是一個人的腳步聲。

房門嘎吱一響，孤于箬兒輕快地掠進屋內：「弈哥哥，放心吧，小曼姐沒事了。」

謝況弈皺眉：「她和衛棠在一起？」

孤于箬兒盈盈笑道：「不是呀，按照弈哥哥你後來的安排，還是時公子的人帶著小曼姐離開的。衛棠哥怕仍有人發現，去幫他們斷後了。」

謝況弈怔住：「我幾時做過這樣的安排？不是讓你們帶著她走麼？」

孤于箬兒微微迷惘地睜大眼：「不是弈哥哥你和時公子商量好的嗎？一旦局面緊迫，就由我扮成小曼姐，引開那些人，這樣小曼姐就能萬無一失地被救出去了。」

謝況弈一把捉住孤于箬兒的肩：「誰說的！我怎可能與那廝串通!?妳和衛棠藏身樹上等著帶她出去，怎會突生出這些事！」

孤于箬兒愕然：「但是，樹上那人是這樣和我們說的呀。」

謝況弈神情一凜：「甚麼樹？甚麼人？」

孤于箬兒茫然的雙眼睜得更大了些，望著謝況弈鐵青的臉色：「我和衛棠沒到樹上之前，那人就在那裡了。」

謝況弈慢慢鬆開了手。

孤于箬兒快要哭出來了：「弈哥哥，難道小曼姐她……我……我不知道啊……怎麼會……」

謝況弈沉默不語，忽而比個噤聲的手勢，拉著孤于箬兒閃到牆邊。

哐！門被重重踹開。

「別拔刀，是你娘我！」

謝況弈離開牆邊，沉著臉望著大步跨入的謝夫人和緊隨其後的衛棠。

謝夫人臉罩寒霜，看了看孤于箬兒，再將視線掃回謝況弈身上：「到外邊去，娘有話跟你說。」

謝況弈面無表情，站在原地未動：「娘，那樹上的人，是妳派的？」

謝夫人擰起柳眉：「甚麼樹？甚麼人？你娘我是派了人盯著你。恭喜你高風亮節，大功告成，那姓杜的小ㄚ頭被裕王府的人帶走了。我跟你爹竟生了個爲人做嫁衣的好兒子！你嫌成天沒事做麼，裕王搶女人你還主動去幫把手？竟還帶箬兒犯這種險？混帳東西！」

孤于箬兒急忙道：「蕙姨，是我自己要跟著弈哥哥的，不關他的事。」

「我並未與裕王串通。」謝況弈臉愈陰沉，「我安排的是由我作餌，讓衛棠和箬兒帶她出來。」

謝夫人與衛棠也愣住了。

謝況弈再問：「娘，妳確定她被裕王府的人帶走了？」

謝夫人點點頭，衛棠道：「屬下追過去，遇見了夫人，再一道隨車去了泉鳴寺。但到泉鳴寺的，只有十七皇子一個。應是半路另有安排。」

謝況弈再度沉默。

中計了。

好一招黃雀在後。

但，爲甚麼裕王會知道他們的救人計畫？

歌聲越來越近。

不對，好像不是夢！

心中警鈴驀地大響，將杜小曼從半夢半醒中撈出，她努力睜開雙眼，眼前卻是漆黑一片。

正要撐起身，嘴被一把捂住。

「莫出聲。」秦蘭璪的聲音極輕，呵出的氣息微微拂在她耳邊，「繞到神台後面去。」

杜小曼點點頭，輕手輕腳地站起，勉強在黑暗中辨識著神台的輪廓，盡量不弄出聲響地迅速移動。

那歌聲愈近，更近，四句詞反反覆覆，婉轉空靈。

「都道好夢消夏涼，總把須臾做久長；轉頭一望千般盡，人生何處是歸鄉……」

這支歌，杜小曼是第二回聽到，歌中這四句歌詞，她已見過了三次，兩次是聽歌聲，一次是在秦蘭璪別墅房間的那幅畫上見到。

亦因爲那次見到那幅畫，才讓她又懷疑過，秦蘭璪和月聖門有不尋常的關係。

杜小曼在神台後將呼吸聲盡力控制到最輕。

秦蘭璪並沒有跟她一道過來。

歌聲已到門外，停下。門扇吱吱咔咔打開。

杜小曼嗅到一股纏綿的幽香。

秦蘭璪輕笑一聲：「狼狽夜宿月老祠，竟幸得仙子踏歌來。」

「王爺好風趣。」女子的聲音柔媚入骨，「妾蒙棄之軀，怎配稱此二字。」

嗯？杜小曼八卦的小天線咻地豎了起來。

這句話，聽著很有深意啊。

「王爺怎不言語？」女子幽幽一嘆，「看來，是早已忘記妾這個人了。」

「孤不曾忘記夫人。」

「同紗帳，共繾綣。雨落芭蕉痕猶在。詞如刻，字如鐫，妾心似素箋。將此夜夜誦，不奢君掛念。

但不曾想，竟是在此情此景中，與王爺再相見。」

哇，聽起來，關係相當深啊。

雖然從沒指望璪璪身上存在過冰清玉潔這四個字，杜小曼此時心情仍略微妙。

記得第一次聽到這支歌的那個夜晚，夕浣仙姑告訴她，唱歌的女子是個並未加入她們聖教的女子，被男人拋棄了，一遍遍唱著這支歌。

始亂終棄了她的那頭大尾巴狼，原來就是璪璪。

當然，夕浣的話也得選擇性相信。她說這個女子不是月聖門的人，但能把歌唱得柔柔婉婉，又飄揚方圓數里，在不存在電器設備的這個時空，沒兩把刷子可做不到。

今夜，此女又邊唱歌邊遊蕩在深山老林，更倍顯不凡。是怎樣的女人呢？杜小曼不禁心癢癢的，想探頭看看。

彷彿回應她這一念頭一般，燭光亮了。

「只是王爺身邊正有佳人，顯然不想與妾相見啊。」

「夫人夤夜前來，想必不只爲了與孤王敘舊。」秦蘭璪終於又開口了，「不妨爽快賜教。」

「妾爲何而來，難道王爺還須妾明說？或是王爺不想讓郡主姐姐知道你的意圖？」

「孤從無任何意圖。」秦蘭璪的語氣從容無波。

「是嗎？」女子輕輕地笑出聲，「不如讓郡主姐姐自己來判斷，如何？姐姐已經不聲不響，看了很久了呢。」

杜小曼非常配合地踏著這句話的尾聲走出了神台背後。

當昏黃燈光下，立在秦蘭璪對面的白衣女子的臉映入眼中，杜小曼飽經考驗的頭殼內，炸開萬朵煙花。

她!?怎麼會是她！！！

阮紫霽抿起唇角，眼中盛滿對杜小曼目瞪口呆模樣的滿意。

「媗姐姐，此時此地相見，妳是否意外？看來妾與姐姐註定今生是姐妹，當要共侍一夫。」

砰，杜小曼的眼前，綻開一團白霧。阮紫霽驀地響起一聲吃痛的嬌呼。杜小曼的手臂被一把扯住。

「跑！」

險些被門檻絆了個踉蹌，杜小曼迅速穩住身形，被秦蘭璪拽著，向前狂奔。

她邊跑邊甩甩被拉住的手臂：「我自己跑得動！」雙臂甩開，才能跑得更快，一個拖一個，影響速度。

秦蘭璪的手卻箍得更緊了：「她的話皆是一派胡言，妳莫要相信！」

「我知道，我不信，你放開我啊，這樣咱倆才能跑更快。」

「真的，相信我，別信她。」

杜小曼一陣無奈，邊跑邊喊話真的很浪費體力降低移動值啊！她不得不憋著一口氣喊：「我知道我明白我真懂的我又不是真白痴！她連跟你滾過床單的事都能大大方方朗誦出來，如果知道你有甚麼邪惡的小計畫絕對會痛快爆料，繞來繞去就是故弄玄虛挑撥離間啊——唔……」

杜小曼的身體猛地頓住，跟著眼前一黑，唇上一堵。

「我與她從未有苟且之事。」秦蘭璪抬起頭，雙手像兩個老虎鉗子般箍在她肩上，「清清白白。」

杜小曼抓狂地看著他申冤鬼魂般三貞九烈的臉：「大哥，現在是計較這種小事的時候麼！跑路要緊。」

雙唇再被啃住，杜小曼只能掙扎著點頭，待秦蘭璪一撤開就趕緊喊：「我信我信！我信你清白無辜又純潔！」拔腿開跑。

其實她確實很好奇璪璪和阮表妹兩人是怎麼搞上的。

哦，突然好同情慕雲瀟。

「真的？」秦蘭璪幽怨的聲音從背後趕上，杜小曼一抖，趕緊再用力點頭：「真的！」模糊的前方，似有星星之光一閃。

錯覺嗎?總覺得這閃閃的小光點,是從自己的身畔掠過。

杜小曼來不及多想,再往前賣力跑,奔出一截後,又覺得不對,背後太空落了。

她猛回轉身。月光下,秦蘭璪已被她拉開了一段距離,奔跑的姿態有些奇怪。

杜小曼向他迎過去。秦蘭璪連連揮手,示意她快走。

「方才被草絆了一下罷了,快跑。」

「阮紫霽好像沒追過來。你真的只是絆了一下?」杜小曼皺眉,璪璪似乎在強顏歡笑。

「喂,你別來受傷了不說,口口聲聲我沒事的你快走那套啊,咱倆現在是一根繩上的螞蚱。」

她一把按住秦蘭璪,秦蘭璪突然一個搖晃,向地面栽去。

杜小曼忙想架住他,一個男人的身體終究遠沉過女人,杜小曼一個趔趄,和秦蘭璪一起摔在草叢中。

樹木蔭蔽處,一隻手不禁又欲一抬。

「君上。」一雙柔荑及時地抓住了這隻手的衣袖,「裕王尚有些用處,萬望以大局為重。」

指間寒光收回袖中。

遙遙遠處,杜小曼正在手忙腳亂地檢查秦蘭璪傷在了何處。

罷了,就讓此廢人且再得意一時。

樹影中人一揮衣袖,無聲無息沒入更遠更深的夜色。

「喂,你到底傷在了哪裡?」杜小曼著急地吼。

璪璪似乎意識有點模糊不清了，杜小曼不敢亂動，一面湊著微弱的亮光尋找他的傷處，一面警惕地抬頭四望。

奇怪，沒有追兵。

難道阮紫霽暗算得手後，就退了？

如果是在背後放的冷箭，那麼要不要翻個身？

她正欲推動秦蘭璪的身體，秦蘭璪又模糊地呻吟了一聲。

杜小曼不敢再繼續了，秦蘭璪自行回身，頭歪向一邊，一動不動。

杜小曼心中一涼：「時闌，時闌，璪璪，你別嚇我啊！你……你……」

她顫抖著伸出手指。還好，鼻子下面有氣。只是好像氣息越來越弱了，怎麼辦？

怎麼辦？到底該怎麼辦？！！

杜小曼焦躁無比，忽然，一團黑影撲棱棱從天而降，直撲向她。

杜小曼嚇得大叫一聲，揮動手臂，那黑影喳喳叫著，繞著圈兒仍欲往她身上撲。杜小曼正慌亂地揮臂捂臉，又聽到馬蹄聲響。

月光下，一人策馬直向此方馳來。

杜小曼心怦怦猛跳，一咬牙，拔腿便往另一個方向跑。

各位神仙們，保佑保佑！反正我不怕死！是追兵千萬跟著我來！

黑影撲棱棱追逐，喳喳啄著杜小曼的鬢髮，馬蹄聲越來越近。

「唐郡主，是我！」

女子的聲音。

杜小曼沒頭沒腦繼續往前奔。

馬匹越過她，馬上女子一勒轡繩，駿馬咴的一聲，前蹄揚起，橫攔在杜小曼前方。

「郡主，王爺命我前來接應。王爺在何處？」

杜小曼停下腳步。一直追著她的黑影蹲上她肩頭，原來是一隻鳥，喳喳叫了兩聲，伸喙一下下啄著杜小曼鬢上某根釵子頂端的小珠。

女子翻身下馬，向她走來。

杜小曼控制著喘氣聲，瞇起眼。

這女子依稀是影帝後宮的美人之一——南緗。

但是，眞的只是如此麼？杜小曼沉默著，她現在甚麼都不太敢輕信。

南緗亦發現了她的戒備，又開口：「王爺說要把郡主送出，命我等接應。但聞王爺與郡主一道，爲何只見郡主，不見王爺？」

杜小曼又往後退了一步：「這是南緗姑娘養的鳥？」

南緗道：「此鳥名連翠，乃番國進貢，好食草珠果。王爺因夜中不便舉火，就在姑娘的釵子上綴了草珠果，塗其汁液，以此鳥辨之。情況緊急，待回頭細說，王爺在何處？」

該相信麼？杜小曼仍沉默。

南緗冷笑：「難道郡主還怕我有意加害妳和王爺不成？」解下腰間短劍，拋給杜小曼，「郡主可拿劍架在我頸上。」

杜小曼汗顏地接住短劍。妹子，別怪我多疑，因爲最近上演的劇情太玄幻，我當眞看見一個人就肝顫一下。

「你們王爺受傷了，傷得很重。」

南緗一把揪住杜小曼：「王爺到底在哪兒!?」

杜小曼引著南緗到了秦蘭璪昏迷的所在。

南緗丟下韁繩，向草中撲了過去，杜小曼拔出短劍，她肩頭的鳥喳喳飛起，又落下。

「王爺！」南緗跪倒在秦蘭璪身邊，轉頭看杜小曼，「王爺他到底傷在何處？」

杜小曼暗暗鬆了一口氣，握短劍的手垂下：「我也不清楚，他突然就昏過去了，我沒敢亂動。」

南緗直起身，朝某個方向打了個唿哨，稍後，一小簇人影由遠處快速向此處移來。

杜小曼又握緊了手中的劍柄。

那簇人還帶著一輛小馬車，轉瞬到了近前，南緗疾聲道：「王爺受傷了，快！」

有兩條人影迅疾躍眾而出撲到秦蘭璪身邊，一人摸索著拿起他的手臂把脈。南緗道：「亮火把！」

那兩人一怔。

南緗斬釘截鐵的聲音中帶著一絲顫抖：「亮火把，王爺傷勢重要，管不了其他！」

隨後的幾人中有人應了一聲，星星火光閃起，繼而化作明亮火焰，灼灼於木柄之上。

草中秦蘭璪的臉被照亮，泛著青烏之氣，如死人一般慘白。

「王爺腿上中了暗器，淬有毒。」先到的兩人中，把脈的那位短鬚瘦削中年似是個大夫，簡短下了判斷。

「甚麼毒？」杜小曼和南緗幾乎同時發聲。

那人視線一掃她二人，仍垂下眼眸看秦蘭璪：「尚不能確定。」

南緗道：「先將王爺抬上馬車。」

那人又抬起眼，先看了一眼南緗，再看看杜小曼。

南緗硬聲道：「就這麼辦！責任我擔！王爺這樣子像還能拖麼？沒了王爺，其他人甚麼也不是！」

那人略一點頭，又有幾人上前，輕且穩地托抬起秦蘭璪的身體，送上馬車。車中亮起燈光，火把熄滅。

南緗欲跟著上車，那瘦削中年道：「夫人請且先在外等候。」

裕王府的隨從們抖開厚布，將車窗車門牢牢遮蔽。南緗退回身，看了看沉默地站在不遠處的杜小曼，向她走來。

「郡主，這些車和人手，本是王爺爲妳安排的。但，此時情形……想來不用我多說，郡主也能體諒。」

杜小曼點點頭。

南緗又道：「王爺爲郡主做這些，都是他自願的。王爺做事，從不圖人感恩，郡主不必有負擔。」

杜小曼再點點頭。

南緗再從懷中取出一個錢袋：「這些錢，郡主收下吧，本就是王爺爲妳準備的。」

杜小曼接過。

南緗發現她實在太能裝傻充愣了，居然仍站著，索性就把話徹底挑明。

「本來，當由我和薛先生送郡主，其他人護送王爺回王府及斷後。但此時，已不能這麼做了。山長水遠，郡主一路多保重。」

杜小曼道：「嗯，好。」仍然沒動。

南緗道：「郡主請即刻離開吧，免得夜長夢多。爲了送郡主，我們王爺都變成這樣了。想來郡主也不願讓王爺一番心血白費。」

杜小曼仍沒動，她知道按照南緗此時此刻的心情，這麼對她已經是客氣的了。但這妹子明顯不清楚，必要的時刻，她杜小曼臉皮的厚度可以無極限。

南緗忍了忍，又要再開口，這時車簾一挑，南緗忙轉身向車門處撲去。

杜小曼也快步跟過去。

「毒針已拔出，毒無甚大礙。萬幸傷在大腿處，否則再往上稍……」薛先生忽醒悟此情景下說出有些不妥，便收住了口。

南緗鬆了一口氣，拽住薛先生問王爺有無醒來之類，得到答案後，方才轉頭，只見方才在跟前的杜小曼已不見了。

再一轉眼，遙遙一個身影在月下走向遠方。

杜小曼踏草向前。

夜風襲來，吹透她因之前汗濕的衣服，微有寒意。杜小曼抬頭看看天想，要走到哪裡去呢？

完全沒有方向，沒有目標。廣闊天地，卻似無她容身之處。

空茫世間，彷彿只剩下了她一個。

對這個世界來說，她始終是個外人吧。

她的內心，被一種從未有過的寂寥蒼涼感攫取。

轉頭一望千般盡，人生何處是歸鄉……

方才阮紫霽唱的這支歌縈上杜小曼心頭。

唉，終於我也會觸景吟詩了麼？她不禁唏噓。

這首詩，又與璪璪和阮紫霽，各有怎樣的連繫？

璪璪一副歡快哈皮的模樣，攬三百絕色遊遍萬水千山，寧景徽膝蓋都跪腫了，追著趕著求他當皇帝，他鳥也不鳥，跟這詩有點不相稱啊。

「喳喳——」杜小曼鬢髮又動了動，她恍然發現，那隻鳥居然還尾隨著她。

「喂，你對食物眞執念啊。」

鳥兒再度蹲上她肩頭，杜小曼拔下那根釵子，鳥兒撲搧著翅膀，伸頸啄食，又蹦蹦跳跳躍到她手臂上，啾啾喳喳。

杜小曼不禁笑起來：「你跟你主人還挺像呢，話都這麼多。」

說起來，剛才那個大夫的言語，如果她沒會錯意的話，那毒針再往上一點點，璪璪就……

她的嘴角抽搐了一下，忽而想起之前看到的那點寒光。

發暗器的人不在身後，而在前方。

爲甚麼發了暗器後，便沒有其他攻擊了呢？

難道對方是只針對璪璪，的確想要他……死？

哇，這恨，不一般啊。阮紫霽和璪璪之間，到底有過怎樣的過往？

阮紫霽如此身手，定然另有來歷。是月聖門的人，還是和綠琉、碧璃一樣，是被寧景徽一黨培養的滅菇女？

璪璪是被寧景徽看好的皇帝人選，說不定月聖門也察覺了這一點。如果阮紫霽是月聖門的人，那麼接近璪璪大概是爲了刺探。若她是寧景徽那邊的，大概也是一種美人計吧。

阮紫霽如此喜歡在夜裡唱歌，不管這兩人怎麼認識的，究竟進展到哪個字母，花前月下看來是有的。

女特工和任務對象，擦出了純愛的小火焰。

或許就是在這樣一個月夜，既然璪璪說是純潔的男女關係，那麼就當只是兩人依偎著拉著小手在芭蕉旁吧——

「璪哥哥，這支歌美不美？」

「美。它美，妳更美。」

「璪哥哥你好壞哦，人家說眞的啦。就把這支歌，當成只屬於我們兩個的歌曲，好不好？」

「呵呵，好，霽妹妹妳喜歡甚麼，就是甚麼。」

「那麼，我把它題在畫上。璪哥哥你一定要把這幅畫帶在身邊哦，當我不在你身邊的時候，看到這幅畫，就當看到我了。一定一定只想著我一個人哦，不許想別人。」

「嗯，一定一定……」

呃，璪璪義正詞嚴地強調他們關係很純潔，下面的場景就不多做想像了。

然後呢，璪璪察覺到了甚麼，或是阮紫霽爲了甚麼必須回到雲瀟表哥身旁，總之兩人分開了。

直到慶南王府再相見。

四眸相對，無言勝萬言。

璪哥哥，你爲何這麼這麼冷淡、這麼這麼絕情地看著我？我雖在表哥身邊，但我的心到底屬於誰，你，難道不懂麼？

霽妹妹，那段過去，已是過去。祝你和雲瀟幸福！

璪哥哥……你……你……

唔，在這個歷史性的時刻，其實她杜小曼打醬油路過了一下下來著。

「今日孤甚是盡興，多謝雲瀟款待。有如斯佳人在側，也難怪外面傳聞說，你對那位一本正經的郡主夫人冷淡得很了。」

當時從門縫裡聽到的璪璪退場台詞應該就是這麼說的。

現在品一品，這話裡，還是含了一絲璪璪自己可能都未曾發覺的幽酸哪。

再然後呢，發現璪璪居然和「唐晉媗」攪和在了一起，阮紫霽一定怒火沖天。

不論阮紫霽是甚麼人，她對唐晉媗的惡意，杜小曼從不懷疑。

璪哥哥，你竟然，在忘記我們的種種之後，和這個女人搭上了！你居然，忘記了我們的歌，忘記了我們的誓言！

你好絕情，好殘忍！我不能忍！

好吧，既然你我今生不能化作鴛鴦比翼飛，我就讓你們這輩子只能做姐妹！

小毒針發射！BIU——

嗯嗯，很合理。用文言一點的話說，想像與眞相雖必有偏差，但差不遠矣。

我眞是個推理人才。

「喳喳——」鳥兒在杜小曼手臂上跳了跳，歪頭看她，豆豆眼在月光下亮晶晶的。

牠的顏色和牡丹鸚鵡很像，翠綠的背羽，胸脖處有一簇嫣紅，湊著光看，好像還有兩坨腮紅。

這麼花哨，不愧是裕王府的。

「你長得很美呀。」

鳥兒挺了挺胸脯：「喳喳……」小表情也頗隨主人。

杜小曼正要再拿簪子逗逗牠，鳥兒突然奓起毛，緊張地四處張望，撲搧了兩下翅膀，拋下杜小曼，扎向天空。

一簇簇火光，在前方亮起。

杜小曼看著火光中的那人，忽有種無力的空虛。

折騰了這麼多，都是爲了甚麼呢？白費力氣。

就跟繞著轂轆跑的小白鼠一樣，氣喘吁吁自以爲奔出十萬八千里時，此人伸指彈彈籠子，上帝般示意——看清現實，別作夢了。

她聳聳肩：「右相大人今晚看了場好戲吧？想來得到很多樂趣。」

裕王中毒昏迷那一段，你是不是袖手旁觀得十分心安理得？你就這麼相信他皮厚命硬，沒事死不了？

還是，死了也無所謂？

寧景徽居高臨下踞於馬上：「多謝郡主讓本閣得以賞此月色。請吧。」

杜小曼大跨步向打起簾子的馬車走去，在車前停下回身：「希望……」

寧景徽簡潔打斷她的話：「郡主離宮之後，便徑回府邸，別無他事。」

杜小曼點點頭：「多謝。」鑽進車中。

幽暗燈下，秦蘭璪的眼睫動了動。薛先生鬆了一口氣，向車外示意，南緗欣喜地撲進車中。

「王爺，王爺！」

秦蘭璪擰眉怔了片刻，欲撐起身：「妳怎會在此？她呢？孤這是身在何處？」

南緗半跪在榻旁：「唐郡主已自行離開。是奴婢自作主張，奴婢接到王爺的諭令，就趕緊與薛先生會合，趕到此處。因王爺傷得重……」

秦蘭璪臉色大變，猛地翻身而起，南緗撲住他衣襬，雙膝著地：「王爺請小心傷處。奴婢知罪，甘願領責……」

秦蘭璪一把抓住了她手臂：「妳說，接到了孤的諭令？」

南緗惶然抬頭：「是，王爺著人捎信，讓奴婢到此，說唐郡主乃女子，若護送她離開，須有女子陪伴才妥當。」

火光隨燈芯劈啪聲跳躍，秦蘭璪臉色鐵青：「孤從未下過此令。向妳傳話的，是誰？」

南緗的目光呆了一下：「是名男子。王爺的隨從奴婢原本也不是都認得……」

秦蘭璪的手又一緊：「她往哪裡去了？」

又是高牆，又是層層疊疊的庭院，又是空蕩蕩的小屋，又是在一根蠟燭的照耀下，與寧景徽對面而坐。

寧景徽的雙瞳在燭光下深不可測，充滿了一個操控全局的BOSS應有的氣場。

「姑娘與唐郡主容貌彷彿，如同一人，且從來都避諱言及來歷。此時本閣不得不再度詢問，請姑娘如實告知，妳到底是何人？」

杜小曼坦然道：「一個被你們牽連進來的路人。我說右相大人，你如果這麼好奇，這麼懷疑，何必還要用我當棋子？放我走或者滅了我不就行了？反正我不想多說甚麼，有本事你就自己查吧。」

寧景徽仍望著她，連目光都沒動搖分毫。

「只因姑娘總出乎本閣意料之外。既是合作，當須信任二字。」

杜小曼毫不客氣地說：「這算合作？相爺您就別開玩笑了。您這招欲擒故縱已經充分證明了，我逃不出你的手掌心。我也知道大人你有多厲害。放心吧，我不會再跑了。只要你遵守諾言，別牽連其他人，你讓我做啥我就做啥唄。」

寧景徽雙眉微斂：「聽來，姑娘被本閣帶回，似乎很不心甘情願。」

廢話，誰逃亡了半天命都快沒了，發現BOSS在終點彩帶前蹲著，還會心情甜得像塊糖？

「呵呵，我只對相爺的神出鬼沒料事如神欽佩不已。」

寧景徽的目光仍定在杜小曼臉上，似乎比剛才更加深不可測了。

「相爺，求您老人家就痛快給個指示吧。」杜小曼誠懇求教，「您到底打算讓我幹啥？」

寧景徽雙眉復又舒展，淡淡道：「本閣所托之事不變，仍是四個字，順勢而爲。」

「稟王爺。」隨從擎著火把，細細查看地面，「郡主應是在這裡被攔下，轉回京城去了。蹄印像是官家馬匹踏出的。」

薛先生與另一隨從左右攔住了欲下車的秦蘭璪。

「你等先回京城。」秦蘭璪打起車窗簾，面無表情向草中那隨從道，「有多快就趕多快。尋一家白麓山莊的店鋪砸了，讓謝況弈速到府中見孤。」

隨從領命，沒入夜色。

秦蘭璪摔下簾子：「返京。」

雞鳴三遍，東方見白。守城兵卒剛新換到崗，兩匹馬拉著一輛小車踏風破霧，馳至城門前。

左右兵卒剛欲攔下盤問，馬上車夫亮出信徽，兵卒忙施禮讓開道路。

馬車疾奔入城，剛轉過一條街道，一道黑影自屋脊掠下，隨著擋開護衛的暗器刀劍的脆響聲撞入車內，長劍將將擦著秦蘭璪的脖頸釘入車壁。

「這麼膿包的護衛，你能活到如今，真是命大。」謝況弈一把揪住秦蘭璪的領口，「她怎麼樣了？」

秦蘭璪盯著謝況弈近在咫尺的雙眸：「謝少莊主既然不相信孤，何必將她留下？」

謝況弈反手將撲進車內的侍衛和南緗劈出車外，拎著秦蘭璪領口的手一緊：「少賣乖！你施詐將她騙下，可真保證得了她平安!?」

秦蘭璪目光一頓：「看來，告知十七和你欲做兩道障眼法，留她由本王帶出京的，的確不是你的人。」

謝況弈一怔，繼而皺眉，手又往上一提。

車外遙遙馬蹄聲近。

秦蘭璪抬手示意掄著兵器欲護駕的侍衛停下：「來者何人？若有口信，入車稟報。」

小近侍應傳進車，見眼前情形，先愣了一下，方才低頭戰戰兢兢道：「稟王爺，寧相著人到府中轉呈，人他已帶回，請王爺安心休養。」

謝況弈鬆手收劍，秦蘭璪跌回榻上。

「我亦要去見寧景徽，你可不用下車。」

謝況弈冷冷道：「我與你這種人，從不同一路。」

秦蘭璪袖手不語，待謝況弈一下車，便向近侍道：「著寧景徽來見孤。」

車外飄來謝況弈一聲漸遠的嗤笑：「他真能聽你的？」

小近侍壯著膽子抬起眼，秦蘭璪正色道：「起駕，去寧相府。」

左右皆勸阻，薛先生與南紃入轎苦勸，連小近侍都鼓起勇氣，大膽進言：「王爺豈能輕易紆尊駕臨臣下之宅？」

秦蘭璪道：「寧相乃國之棟梁。皇上尚屢次降階親迎，孤去他家裡坐坐，有何不可？」

左右便不敢再言。

南紃跪下道：「奴婢不便再跟隨，自先回王府領罰。」

秦蘭璪頷首：「妳先回去罷。不必言及罪罰。此事另有曲折，非妳之過。」

南紃抬眼看了看秦蘭璪泛白的臉色：「奴婢逾越造次說一句，王爺如果身子有甚麼……只怕那唐郡主也不會心安。王爺只當……」話未說盡，自己苦澀一笑，「這句話，王爺必然聽不進去。我竟然也成了說這種話的人。」再一施禮，道聲告退，轉身離轎。

此情此景，左右侍從更不好再多說甚麼。薛先生只能先拿了點應急的藥丸讓秦蘭璪服下，車轎調轉方向，徑往寧相府。

寧相府門外迎者寥寥，出門迎駕的總管道，右相大人早朝未歸。

裕王府近侍不禁動怒呵斥。

總管又道，並非對裕王殿下不敬，乃是相府人本來就少，能出來的都出來迎駕了。右相大人的確尚未回來。

近侍再要怒斥，秦蘭璪挑簾道：「孤本就是簡行而來，如此相待，恰正合宜。只是孤腿腳不甚靈便，既然寧卿尚未回來，孤便先進去，仍在轎內等他。」

寧府總管再不卑不亢，到底不敢讓裕王殿下等在大門外，便跪迎車轎入府。

秦蘭璪挑著車窗簾，頗興致勃勃地張望：「寧卿府邸竟是如此素雅清幽，恰如其人。早知孤應該常來坐坐。哦，那裡，就停那邊樹下便可。」

總管算是見多識廣，卻從不曾面對如斯不像樣的局面。此情此景，若被禮部和御史台得知，彈劾的奏折必然能把自家相爺和裕王殿下各自埋了。總管只能趕緊讓人抬來軟轎，叩求裕王府的侍從們轉稟裕王殿下，請裕王殿下移駕上廳。

秦蘭璪直接透過車窗向他道：「罷了，孤的確腿疼。且孤性喜自然，這般清幽美色，正宜賞玩。」

總管戰戰兢兢道，後面花園更美更清幽，更宜賞玩。

秦蘭璪含笑道：「一日之中晨尤重，前院之於府邸庭園，便恰如清晨之於一天。晨光之中，細品前庭之景，恰恰相宜。」

總管只能無言叩首，爬去準備進獻的茶果。

秦蘭璪一邊品茶，一邊倚著車窗賞景。同行侍衛隔一時便有一個要方便，總管心知必有玄機，但又不能不讓去，就吩咐引路的小廝牢牢盯住。

裕王府的侍衛們去了又回，卻從沒拐過彎路。

日頭漸漸升高，寧景徽仍未回府。

相府的下人已進了三遍快六十道茶果。薛先生又向總管道，涼寒之物不宜多，若有溫補的粥羹更佳。

這麼多果子點心還沒吃飽，這是打算在相爺回來之前再用個早膳麼？

裕王殿下的胃口眞太好了！

薛先生像是察覺到了總管內心的驚詫一般，微微一笑：「王爺昨夜過於勞累，此時須進補些，勞煩了。」

昨夜，勞累，補養。打理清靜相府的總管不禁老臉微熱，恰好見一如廁歸來的年輕侍從未經傳報，徑直大步進了裕王的車轎中。

車轎的窗簾和門簾立刻就落下了。

「這便去吩咐廚房，就先告退了。」總管向薛先生拱手，轉頭立刻悄悄吩咐，將過來這邊服侍的人都換成年歲長些老成持重的，年少者一概不得近前。

「謝少俠竟回心轉意，願與孤這種人互通有無，甚欣甚喜。」

秦蘭璪含笑望著進入轎中的謝況弈。

謝況弈一臉少廢話的表情，簡潔道：「沒找到她，這宅子裡有沒有密室？」

秦蘭璪道：「寧景徽的府邸，我如何知道？不過依他平素行事，不像會在府中搞這些彎道。」

謝況弈瞳孔一縮：「你的意思，她被藏在了別處？」

秦蘭璪笑吟吟道：「謝少俠可去找一找。我正腿傷，行動不便，屬下亦不中用，就不拖謝少俠後腿了。」

謝況弈抱起雙臂：「看來你篤定能從寧景徽處問到結果。」

秦蘭璪靠上車壁：「看來謝少俠要相信本王了。」

謝況弈硬聲道：「昨日在你府邸水榭那裡，有些事我都聽到了。我江湖中人不問朝政之事，更不想被拖下水，我只想帶她出去，她跟這些不沾邊。」

秦蘭璪道：「寧景徽托人帶話給我，說人在他手中，那麼必然是要告知我她的下落。至於為甚麼此時仍在故意拖延，就不得而知了。」對謝況弈的後一句話絲毫不表態。

謝況弈輕哼一聲，轉身出轎，尋機去茅廁處把那名被打昏了的侍衛換回，繼續埋伏在屋檐上。

秦蘭璪喝下半碗粥時，寧景徽終於回府，即刻到轎前拜見，態度恭謙。

左右撤開粥碗，秦蘭璪向寧景徽道：「寧卿，皇上已罷朝數日，不知今日卿上的是哪個朝？」

寧景徽道：「稟殿下，府中下人無知，誤報臣行蹤，罪當重罰。敝舍廳室寒陋，斗膽請殿下紆尊移駕至廳中片刻。」

秦蘭璪要起身，到底腿傷，暫不能動，身形一晃，左右連忙攙住。

寧景徽見此情形，神色亦是一凝，忙命左右將軟轎抬來，扶秦蘭璪上轎去廳堂。又道：「謝況弈俠士是否亦在寒舍？請一同移尊到廳堂。」

秦蘭璪在軟轎上回頭向寧景徽道：「他應該是聽到了，肯不肯出來就是另一回事了。」

話未落音，一條人影從天而降，正落在他轎邊。寧府僕從中有膽小的嚇得叫了一聲。

侍衛家丁欲拔兵刃，寧景徽抬手制止，向謝況弈道：「請。」

內庭，正廳。

侍婢奉上香茶，退出門外，闔上門。廳中只剩了秦蘭璪、謝況弈和寧景徽三人。

寧景徽向秦蘭璪躬身：「王爺駕臨，謝俠士到訪，想必都是爲了唐郡主。」

秦蘭璪道：「寧卿，你知道，她並非唐郡主。」

寧景徽道：「臣僅是代指。」

謝況弈皺眉：「她跟你們這些事無關。昨天的事都是你使的詐？她到底在哪裡？」

寧景徽神色平靜道：「寧某也不知道昨天的事到底是怎麼回事。謝俠士與王爺聯手設下的這出層層疊疊的連環幌子，某未能看穿。本來某已不做打算了，豈料忽然有人傳信，告知王爺與唐郡主將要路經的地方。寧某本著寧信其有之意，親自率人前往，果然遇見了唐郡主。」

謝況弈的表情凝住了。

秦蘭璪神色亦一變：「若寧卿說的是實話，這事便蹊蹺了。」

寧景徽再躬身：「臣可拿性命爲誓，絕無虛言。」

三人互相掃視，片刻後，秦蘭璪緩緩道：「那就把這件事徹底捋一捋。首先，孤是到了皇宮門前，將她帶回裕王府，安排了一些人帶她離開。但孤知道，謝少俠可能會到王府救她，所以，當情況有變，謝少俠確實來了，並要帶她離開時，孤並未阻攔，而是到前廳絆住寧卿。然，有一人卻告知孤安排下的人說，謝少俠怕寧卿太厲害，不好脫身，因此與孤合作，設下兩道障眼法，讓她由孤這邊帶離……」

「一派胡言！」謝況弈冷冷截斷他話尾。

秦蘭璪道：「孤亦可賭咒，若有虛言，讓我此時毒傷崩發立斃。」

寧景徽嘆息：「王爺何必言重至斯。」

謝況弈輕哼：「那這回眞是鬼大了。我怎可能打算跟你這種人合作？」

寧景徽道：「望謝俠士言辭謹慎。」

秦蘭璪道：「孤不介意，寧卿莫打斷他。」

謝況弈不耐煩地掃了他二人一眼：「我只想把她帶出來，就叫其他人預先藏在樹上，我下去調虎離山，他們帶她離開。但是，在我去水榭接她時，有裕王府的人捏謊告訴他們兩個，我跟這廝合作了，我讓他倆也去行調虎離山計，把她留給這廝帶走。」

廳中一時寂靜，三人再互相掃視，片刻後，寧景徽開口道：「那這就有趣了。自稱是裕王府的報信人，讓謝俠士把唐郡主留給王爺，而後又有自稱是謝俠士所派的報信人，讓王爺帶著唐郡主離開。然後臣這裡又接到報信，告知王爺與唐郡主的所在，讓臣去攔截。」

秦蘭璪盯住寧景徽：「不知給寧卿報信的人，有沒有自稱來歷？」

寧景徽微微頷首：「有。這就是最有趣的地方。給臣報信的人，自稱是受唐郡主所托。」

嗯？這是何處？

杜小曼站在茵茵翠草中，環視四周。

鳥鳴婉轉，繁花迷眼，是誰家庭院？

一隻彩蝶蹁躚飛過，遙遙有人在喚：「媗媗……」

她循聲望去，樹蔭中，一襲淺玉色長衫踏著落葉而來。

「媗媗……」

杜小曼目瞪口呆，五雷轟頂。

神啊，慕雲瀟怎麼又鑽出來了？

還沒呆完，杜小曼又更驚悚地發現，身體居然自己動了起來。

她提起裙襬，向慕雲瀟奔了過去。

慕雲瀟望著她，唇邊掛著一抹膩死人的笑。

杜小曼心中一寒，腳下一絆，一雙手扶住了她。抬起頭，她發現自己正被慕雲瀟圈在臂彎中。

她想要掙扎，身體卻完全不聽使喚，只能與慕雲瀟直直對視。慕雲瀟輕輕鬆開了她：「妳呀，總是冒冒失失的，腳踝可有崴到？」

杜小曼簡直忍不了了，比這更忍不了的是——

她居然，低、下、了、頭！

似乎在慕渣面前摔了一跤，讓她很羞澀。

然後，她又輕輕搖了搖頭。

那手，那手是在嬌羞地捏衣襬嗎？神啊，這到底是怎麼回事？

頭頂傳來慕雲瀟如釋重負的聲音：「沒有就好。」

她的視線突然定住，慕雲瀟的左臂處似有一點紅色。

她不禁抓住了慕雲瀟的衣袖，淺玉色的薄綢上，一抹猩紅洇開。是……血？

「你受傷了？」

她一陣焦急，不顧男女之妨，掀開了慕雲瀟的袖子，不禁倒抽一口冷氣。

那手臂上，纏著厚厚布條，已被血滲透。

頸邊的寒毛陡然豎起，她心裡一驚，慕雲瀟右手輕輕撫在她的肩上，抽回左臂：「沒事，騎馬的時候擦了一下，已上過藥了。可能方才躍牆的時候又崩開了。」

「可是……」她的眼前一陣模糊，慕雲瀟舉起一塊錦帕，輕柔地擦拭她臉上的潮濕。

「莫哭，眞的沒事，尙可撫琴。我新作了一曲，彈給妳聽？」

「我不要聽了。」她又抓住了他的衣袖，「你手臂傷這麼重，還是莫要用力。」

「只是皮肉傷罷了。」他溫柔攥住她的手，「此曲今日若不讓妳聽到，怕我最近都睡不著覺了。」

她的心中一悸，有暖流湧動。

「那，只此一曲，只此一遍。」

慕雲瀟低低嗯了一聲，牽著她的手走向花叢中的涼亭。

他的手微微帶著涼意，在這樣炎熱的天氣裡，很舒適。她好想涼亭在十萬八千里外，永遠就這麼被他牽著手。

然而涼亭一下就走到了，石桌上擺著琴。

不錯，是她擺的。

以往擱置在角落，看都懶得看一眼的琴，而今被她親手一遍遍擦拭，從不讓侍婢們觸碰。還偷偷翻查古書，學習調弦和養護，常常撫著琴弦出神，被姐姐嘲笑說，光想不練這輩子都摸不著調。殊不知，她只是在想著他的手指拂過琴弦時的模樣。

他坐到石桌邊，抬袖撫上琴弦。清泉流水輕叩暖陽，蜻蜓逐絮，蝶戲百花。眞美的曲子。

她執起壺，往玉盞中斟上她親自沏的花茶。

想要一輩子就這樣待在他身邊。就算吃糠噉菜，穿粗布衣衫，能每天這麼攜手相依，撫琴飲茶便足矣。

「瀟郎，若父王不肯應允你我的親事，就算與你到天涯海角，我也願意。」

曲聲停，他側首，深深凝望著她，雙瞳如在陽光下看起來淺而清澈的池水，讓她誤以爲，下一瞬，他就會說，我帶妳走。

他抬起手，替她將鬢邊散下的髮絲掠到耳後。

「媗媗，我怎能讓妳受這般的委屈？不論用何方法，我定會以最風光盛大之禮，娶妳爲妻。」

她的心中一震。

渾身也一震。

杜小曼猛地睜開雙眼。

「怎麼可能是她？」謝況弈脫口而出。

寧景徽緩緩道：「寧某亦懷有甚大疑問。前來報信的人用飛鏢傳信，寧某並未看到形容。將唐郡主請回後，某便言語試探，發現唐郡主的確不知情。」

秦蘭璪道：「看來，這三撥報信的人，可能幕後主使都是同樣的人。」

「那拐這麼多道彎到底想做甚麼？」謝況弈眉頭緊擰，「先讓我把她留給你，然後再讓寧景徽把她帶回去，耍人玩麼？總不能只想看我等跑圈罷？」

寧景徽道：「寧某發現唐郡主不知情後，便猜測，此事不外乎兩個可能：其一，報信人不想唐郡主被裕王殿下帶走；其二，報信人希望唐郡主落到寧某手中，以便達成甚麼目的。」

謝況弈追問：「甚麼目的？」

秦蘭璪道：「先不用管這可能還是那目的，寧卿，話既已說到此處，你是不是也該說一說，她此時到底在何處？」

寧景徽雲淡風輕道：「臣正要稟明此事。報信之人究竟是何目的，尚不得知，於是臣就索性以不變應萬變，仍將唐郡主送入宮中了。」

「你──」

「你！！！」

謝況弈臉色大變，秦蘭璪手中茶碗擯下，兩人幾乎同時起身。

謝況弈抓向寧景徽領口，寧景徽後退一步。

「皇上已下旨，納唐郡主入宮承御，擬封昭容，尚未賜封。」

杜小曼面前的轎簾掀開，逆光中，宮裝少女笑臉盈盈。

杜小曼暈頭轉向地鑽出轎子，面前是高高宮牆。

「娘娘，該下轎了。」

這……她的意識尚未從方才那個晴天霹靂的綠帽瀟逆襲之夢中完全拔出，大腦努力轉動。

是了，和寧相爺談了個雲山霧罩的天之後，她被帶下去沐浴更衣，然後就被領上了一頂轎子。因爲折騰得實在太累，她連到底要讓她做甚麼都懶得問，就在轎子裡呼呼睡了過去。

再然後……

原來是再進皇宮啊！再進就再進唄，搞得玄玄乎乎的，說「仍是順勢而爲」做甚麼？

算了，以後寧景徽再說這四個字，她就能直接轉換頻道了，算是爲掌握一門特殊語種又上了一課。

宮女們左右攙住了杜小曼。一位老公公柔聲道：「娘娘請這邊行，小心著些腳下。」

杜小曼渾身直不自在：「你們直接喊我郡主就好，不必稱我娘娘。」

老公公掩口一笑：「哎呀，這可不成。娘娘以後得習慣這個稱呼。從今往後，娘娘可不只是郡主娘娘，更是侍奉皇上的娘娘。並娘娘自己的稱謂，也得改改了。」

哈啊？甚、甚麼？

幻覺嗎？

剛剛好像聽到了甚麼了不起的句子……

侍、奉、皇、上、的、娘、娘？！！！

「妳既然這麼愛位高權重的男人，朕便成全妳。進宮來，做朕的嬪妃。」

「朕會封妳妃銜，令妳受眾人艷羨。」

皇帝妹子陰森的台詞迴響在腦中。

OMG，於是我現在就是，後宮的一分子了？

娘娘，哦呵呵……

寧相爺，您眞英明果斷有效率，雖然一人做事不當牽連家人，但我眞的好想問候你祖先……

望著眼前深深宮院，層疊殿閣，迤邐飛檐，杜小曼覺得，下一秒，就會有嗶嘰嗶嘰的提示音伴著禮花彩帶花瓣響起——

哦耶哦耶！系統提示，恭喜達成支線A，深宮怨婦結局！

悠悠二胡聲中，又有深情的旁白：從此，這個女人，就在這深深的宮殿中，以一名深宮怨婦身分，度過了孤獨幽怨的一生……

伴著旁白的尾音，北嶽帝君腳踏光芒四射的「GAME OVER」，面帶微笑，華麗麗地從天而降。

哦，突然，好希望這些能眞的發生！

「她進不得宮。」秦蘭璪緊盯著寧景徽的雙眼，「今日子時，孤與她在月老祠中拜了天地。她已是裕王妃。」

本已大步流星往外走的謝況弈腳步一頓。

寧景徽神情未變，又垂下眼簾：「王爺娶妃，按禮制，當由宗正府同禮部擇吉日，定儀程，再擬……」

秦蘭璪打斷他的話：「但合周禮，即成婚姻。孤與愛妻，在京外先帝與林德妃定情的山神廟，效仿先帝故事，以天爲媒，地爲證，交拜成禮，結爲夫妻。」

寧景徽回視秦蘭璪的雙目：「王爺的意思是，並無第三人爲證？」

秦蘭璪冷笑：「孤與愛妻兩情相悅，昨日我二人在後園水榭，愛妻切切向孤陳述愛意，謝少俠可做證人。孤情難自禁，再不能等甚麼繁文縟節，就此結拜成夫妻。」

寧景徽淡淡道：「臣如何想，不重要。王爺覺得，皇上會信麼？」

謝況弈嗤地一笑。

寧景徽再道：「納清齡郡主入宮的詔書，昨日傍晚已下。郡主與慶南王和離之事，本當過了昨日子時才能生效。然王爺自皇宮門前，當著慶南王之面將郡主劫走，爲顧全慶南王顏面，不得不稱，慶南王與清齡郡主昨日之前便已和離。」

秦蘭璪神色一僵。

謝況弈轉過身，目光如寒針般扎向他，掉頭又往門外走。

「謝俠士，你乃家中獨子？」寧景徽看向他背影，「那晚在大理寺，謝俠士都未能得手，何況是皇宮大內。」

謝況弈腳步不停，不屑地輕嗤一聲。

寧景徽再輕輕一嘆：「其實此時，於唐郡主來說，宮內反倒是最安全的地方。爲何王爺與謝俠士，非得要讓她在宮外？」

謝況弈霍然回身：「進宮服侍皇帝，哪來的安全？我如何打算，不用你等知道。非同道者，無須多言。」餘音尚在，人已不見。

秦蘭璪冷冷道：「不該知道的事情，他並不知情，寧卿何必試探？」

寧景徽掩上門，走回秦蘭璪面前，整衣跪下。

「王爺，不論爲了甚麼，此刻當要做個決斷了。」

含．涼．宮。

跨進宮院門檻時，杜小曼抬頭看清了門匾上的字。

哦，多麼幽怨淒涼的名字。

宮院沒她想像的大，陳設淡雅。院中大樹葉已黃，階下開著一叢黃菊。

老公公對杜小曼道：「此宮秋景甚美，皇上特意賜給娘娘居住。」

伴著這句話，突然就起風了，頗瑟瑟。杜小曼想，這裡肯定適合半夜拉著二胡唱：「夜深深，夜長長……小風吹得心裡瓦涼瓦涼……哦，瓦涼瓦涼……」

宮娥望著她發直的雙眼嫣然道：「看來娘娘很喜歡這裡呢。」

杜小曼呵呵一聲：「喜歡，太喜歡了！」

既來之，則安之。皇帝妹子打算殺還是剮，都隨便吧。

杜小曼往椅子上一坐，問：「有早飯麼？」

宦官和宮女們道，不知她尚未用過早膳，臨時傳膳，須要稍等。杜小曼又沐浴更衣了一次，方才吃上。

宮女們戰戰兢兢地請罪，但這個「臨時」已經讓杜小曼特別滿意了。

御膳並不是她想像的那樣都是奇怪的菜餚，有幾樣麵點菜品她都見過，但一嚐便感受到滋味不同。可能比起以前嚐到的，提升只有一點點，但就這一點點，於味蕾來說，便是極致的享受。

碗碟撤下，杜小曼用絹帕掩住口，盡量用體面的儀態打了個飽嗝。

吃完御膳死，做鬼也滿足！

杜小曼又問：「皇上幾時召我或過來這邊？」

宮女們的表情都僵了一下，老宦官笑道：「娘娘莫急，皇上乃一國之君，國事爲重，皇上心中定然念著娘娘呢。」

杜小曼點點頭，又打個呵欠：「昨夜沒怎麼睡，眞是乏了。可以先去小憩片刻嗎？」

宮女們福身，扶她進寢殿。

杜小曼是眞的很睏，加上剛吃飽，腳下都有點打飄，紗帳剛掀，錦被方展，便鋪平在床上。宮女們替她掖好被子，放下帳簾，守在床邊，互相對視，眼中都寫滿稀罕。

清齡郡主的事蹟，她們自然都知道。宮內宮外，都把這位郡主形容成妲己轉世、妹喜投胎的一代妖姬。數月前裕王駕臨慶南王府時，無意瞥見，便神魂顚倒，竟連王爺也不做，攜她私逃，令慶南王府顏面無存。右相大人奉皇命前往江南解決此事，居然也被這女子迷住。皇上盛怒，召其入宮，豈料一見之後，龍心大動，便要納爲嬪妃。

能興起這麼大風浪的女子，就……這樣？

或許眞人尙未露相吧。

宮女們正要斂神靜氣，眼觀鼻，鼻觀心，忽聞外殿有傳報聲。

「快請娘娘起身，賢妃娘娘駕到。」

杜小曼在黑甜鄉中沉浮正酣，被推搡著亦不願理會，鼻端忽嗅到一股氣息，忽然耳邊的呼喊聲便清晰了。

她渾渾噩噩地睜開眼，頓時被扶起，然後被宮女們團團圍住，小宮娥們手腳極快地替她梳髮上妝更衣。

「賢妃娘娘已在外殿，拜見晚了可是大不敬。」

外面隱隱傳來一個女聲：「本宮就是順道過來看看，若是睡著了，便不必驚擾。」

跟著老宦官的聲音道：「賢妃娘娘駕臨，娘娘唯恐失儀，故入內更衣。因方才進宮，儀容不甚合體。望娘娘海涵恕罪。」

那女聲含笑道：「哪裡，是本宮唐突過來打擾。」

這是，立刻就要進入後宮勾心鬥角戲的節奏？

杜小曼匆匆趕到前殿，對著上首華裳女子施禮：「妾唐氏，拜見賢妃娘娘。」

「哎呀，怎行如此大禮，可當不得。」華裳女子站起身，杜小曼亦抬起頭，呀，好明艷的女子。眼橫秋波膚如雪，天然萬種風情。

華裳女子亦在望著她，嘴角噙笑：「海棠春睡乍醒，眞是嬌滴滴一個美人，今兒我可是看著了。」

杜小曼低頭：「謝娘娘謬讚。」

賢妃繼續笑盈盈道：「我聽聞妹妹過來的消息，一時好奇，恰好我那綺華宮離此不遠，便唐突過來了。妹妹可別嫌我冒犯啊。」

杜小曼再福身：「能得賢妃娘娘駕臨，乃妾之福分。唯恐失儀，迎駕略晚，多謝賢妃娘娘寬宏大量，恕妾之罪。」

賢妃道：「啊呀，瞧妹妹說的，太客氣了，我當不起。我虛長妳幾歲，妳只喊我姐姐便罷了。」又一掃左右，「是了，一定是旁邊這麼多人，妳拘束得慌。爾等且退下，讓我們自在說兩句話。」

左右宮娥內宦皆領命退去，殿中頓顯空曠清靜。

賢妃卻沒說話，只看著杜小曼，似在打量。

杜小曼被看得不自在，剛要找話題，賢妃檀口輕啓：「妹妹用過膳，又小憩了一時？」

杜小曼點點頭。

「可是乏了吧？」

是甚麼意思，話藏機鋒？笑嘻嘻的看似嘮著無關緊要的家常，其實在傳達「妳這個賤婢，這輩子不要妄圖和本宮搶皇上」的隱喻？

杜小曼不擅長猜測深意，就點點頭：「是有點。」

賢妃唇角一挑：「妹妹果然是個心寬氣定擔得住事的人，沒被錯看。」

杜小曼不知為何，心中微微有些觸動。

賢妃轉目看向殿外：「天色不錯，今晚的月色，應該甚好吧。」

鐺鐺鐺——

杜小曼腦中警鈴大響，彷彿能看到寧景徽伴著嘩嘰嘩嘰的提示音飄出。

「任務『後宮中的月聖門』已觸發，請繼續與第一位NPC對話。」

「呃……」杜小曼磕巴了一下，努力穩定聲音，「是啊，如果在月下划划船，唱唱歌，一定特別美好。」

賢妃回眸看她：「在宮裡頭，想清清靜靜泛舟賞月，怕是難得。說來，快到十五了。我曾發願，抄經百卷，年末供奉佛前，如今還有好些不曾抄完，不知可否請妹妹幫幫忙？」

這是要借書信傳祕密情報麼？

杜小曼忙道：「能幫賢妃娘娘抄經，妾求之不得。只是，我的字醜，真的很醜，恐怕娘娘看了得氣死。」

賢妃噗哧一笑：「妹妹說話真有趣。太自謙了，如斯可人兒，字怎麼會醜？」

杜小曼心道，姐姐，絕不誆您，是真醜啊！

現在立刻讓人上筆墨先寫給賢妃娘娘看，顯得太急躁。就等賢妃真讓抄時，用成品來向她證明吧。

杜小曼低著頭不語，進行著這一大堆心理活動。看在賢妃眼中是羞澀垂首，倒也得體。

賢妃又將話題引到別處，與她聊了一時，終於又看了看門外道：「不知不覺說了這麼久的話，我跟妹妹真是太投緣了，妹妹剛進宮，正體乏，聊了這麼久，該又累著了。我也該回去了。」攜起杜小曼的手，「大家以後都是姐妹，閒了多上我那裡坐坐，若有甚麼需要，千萬別客氣，只管和我說便是。」

杜小曼行禮恭送賢妃離開，估摸著賢妃儀仗已行遠，方才向左右道：「賢妃娘娘真是人美心善，我還沒去拜見她，她就先來看我，實在不好意思。是了，我是不是該去拜見皇后娘娘和其他娘娘？」

宮女們忙道：「娘娘方才入宮，倒是不急著這些事。先歇乏調養吧。」唐郡主這麼進宮，尚未有名分，不上不下，正是尷尬的時候。賢妃娘娘特意跑來，恐怕也是帶著醋意。

杜小曼點點頭，那暫時沒有機會辨識一下後宮裡到底有幾頭鮮菇了。

她又問：「其他娘娘，都像賢妃娘娘這麼和藹可親麼？」

宮女道：「各宮娘娘都端莊賢淑，要不怎能進得這後宮？娘娘見了就知道了。」

杜小曼再道：「賢妃娘娘這麼好，必定很得皇上寵愛吧？」

這……話也忒露骨了吧，宮女們都預備把這句話含糊過去，只有一個剛入宮不久，想向娘娘的心腹努力的小宮女立刻接道：「是呀。賢妃娘娘是近來最得皇上寵愛的娘娘了。」

果然，皇帝妹子爲了防止穿幫，必然要有幾個「寵妃」來做障眼法。

那麼，查明皇帝寵愛過哪些妃子，就是摸清月聖門勢力布置的一大關鍵！

杜小曼其實一點都不想給寧景徽當槍，但是人都進來了，諜戰劇情一展開，感受到那份刺激，情不自禁就進入了狀態。

不過她剛來，問太多，那些宮女也不會告訴她。

唉，只能用寧景徽的那句台詞，「順勢而爲」了。

宮女們看著杜小曼精光閃爍的眼，心中皆暗道，看來唐郡主確實是個能興風作浪的角色。

狀態一進入，杜小曼就好像被打入一管雞血，睏倦稍少了些。在殿中又和宮女們聊了會兒天，假裝不經意地一點點將賢妃的資料套出了些許。

賢妃姓肖，其父官職平平，有個哥哥在做知府。在後宮中不算背景深厚，但也是確確實實的名門千金，怎麼會進了月聖門？是被洗腦加入，還是被調了包？

後宮的水，很深哪。

一天過得很快，杜小曼下午補了個覺，萬幸無人打擾，御廚精心打造的午膳和晚膳，眞是好吃得不知用甚麼話來形容。

杜小曼提起筷子，就不禁想到，不知謝況弈怎麼樣了？在水榭暈倒後就沒再見過他。

璪璪的傷又如何了？他該不會還當她跑掉了吧，還是已經收到了她被寧景徽送入後宮的消息？

杜小曼嚥下一口燕窩。

璪璪的話，現在十有八九是被後宮團呵護著養傷呢。

有點噎得慌，杜小曼喝了口湯。

說來，不知道阮紫霽敢不敢唱著歌爬進裕王府？想來是不會，畢竟慶南王府和裕王府都在京城，不比荒郊野嶺。

對……慕雲瀟。

杜小曼心裡緊了一下，終於有機會想起之前那個夢。

洗澡的時候，她又努力回顧了一下夢裡的種種。

如果這些不是夢，而是藏在唐晉媗記憶中真實發生的事，那麼唐晉媗和慕雲瀟之間的確很說不清楚啊。

「皇上駕到——」

宦官的聲音打斷杜小曼的沉思，宮女匆匆轉過屏風：「快，快，娘娘快出浴梳妝，皇上駕到了。」

杜小曼與宮女宦官們跪倒在地，口呼萬歲，迎皇帝大駕。

現在，肯定所有人都覺得皇帝對她是真愛了，在她入宮第一天就迫不及待地過來這邊。

唔，皇帝妹子做事真到位。

杜小曼在心裡嘆氣。今晚肯定不好過，皇帝妹子不會讓她好過的。

「平身。」清冷的聲音響起。

杜小曼起身。

「爾等都退下罷。」

其餘人散了。門關了。杜小曼的心頓時和這宮院的名字一樣，瓦涼瓦涼了。

杜小曼盯著前方的龍袍下襬，以不變應萬變地等著。

那衣襬一直沒動，皇帝妹子亦未出聲。杜小曼頭低得脖子都瘆了，索性心一橫，抱著死就死吧的態度，抬起了頭。

視線一上升，便遇上了皇帝的目光。

嗯？目光裡，好像沒多少戾氣，滿……平和的。

或許是對爪下逃不掉的獵物心態比較淡定吧。

該怎麼回應？笑一笑？據說，對著一個反感你的人露出笑容，會更激發反感。

說話？說甚麼好呢？

腦內活動的這段時間，杜小曼與皇帝一直在大眼瞪小眼地僵持著。

意識到已經僵了有一會兒的時候，杜小曼的大腦自動拎出了開酒樓時的經驗，對身體下達指令，讓到旁邊，福了福身：「皇上，請、請進。」

哦，蠢透了！

皇帝倒仍是很平靜的樣子，邁步向內裡走去。

杜小曼連忙跟上：「皇上請這裡稍坐。先用些茶水？是否再傳些酒菜宵夜？」

「朕聽聞妳曾開過酒樓，看來是把朕當成酒客了。」

杜小曼心顫了一下，忙道：「臣……臣妾知罪。」偷偷抬眼，卻見皇帝唇邊掛著一抹笑。

「朕已用過晚膳了。茶便好。」

杜小曼福一福身：「那臣妾這就去給您沏上。」

她轉身，還險些被裙襬絆了一下。真是蠢翻了，弱爆了。皇帝妹子今晚大概就準備用這種貓玩耗子的態度戲弄她吧。杜小曼唾棄自己，人家還沒發招，自己這邊先腿軟了。沒出息！

她平定呼吸，做鎮定狀挪動。宮女們都是貼心小天使呀，茶具就明明白白地擺在內殿的案几上，烹茶小爐中有木炭，茶盤旁有一排小罐，杜小曼一一打開，裡面是各種茶葉，亦有乾花之類。

杜小曼未用茶葉，取了些她覺得顏色挺像玫瑰的乾花碎，烹水沏了壺花茶端過去。

「夜晚飲茶影響睡眠，臣妾只沏了些花茶，安神養顏。」

皇帝看也沒看眼前的茶水，視線仍只定在杜小曼身上，杜小曼被看得發毛，動作略有僵硬。

「妳很怕朕？」

杜小曼趕緊道：「臣妾面對威嚴的皇上，情不自禁便生出敬畏之心。」

皇帝微微笑了笑，卻站起身，向寢殿走去。

杜小曼看看她的背影，再看看桌上的茶盞，略一猶豫，把茶盞挪回茶盤上，端著茶盤快步跟上。

皇帝腳步一停，身形定住，杜小曼趕緊放緩腳步，優雅跟在後面挪移。

皇帝一拉帷簾，推開寢殿的窗扇。此時已經入夜，挾著淡淡桂香的清新空氣撲入殿內，天幕上，皎潔明月嵌在璀璨星子之中。

原來皇帝妹子是要仰望一下月聖門的聖物麼？到底是月聖門的女人們眞的都愛看月亮，還是她們教派規定的一個淨化身心、吸收能量之類的儀式？

又或者，這是在和她杜小曼認親，已經得到線報說她是月聖門的好朋友了？

皇帝在窗下的軟榻上坐下，杜小曼立刻把茶奉到她手邊的小几上。

皇帝端起茶盞，打開盞蓋看了看，又抬眼看看杜小曼：「怎麼只在那裡站著？一同坐下罷。」

「遵命，謝謝皇上。」杜小曼轉身要去搬凳子，手腕突地一緊，跟著身體被一扯，跌坐在軟榻上。

杜小曼趕緊坐正，一轉目，正與皇帝的視線交會。皇帝仍然握著她的手腕，面容湊近了一些，沒有上次那種高高在上的蔑視、厭憎與凌厲，仍很柔和，甚至可以說是柔軟。寬大的衣袖抬起，微涼的指尖觸碰上杜小曼的臉頰。

杜小曼的心又不爭氣地怦怦快速跳起來，寒毛根根豎起。

皇帝妹子，妳是恨我的對吧，妳是深深地痴迷著寧景徽的對吧，妳沒有其他的特殊癖好，對吧……

「進宮來，妳很不情願？」

還好，這句台詞比較正常。

「呃，能進皇宮，對臣妾來說眞的是榮幸之極。但是如果說眞心話的話，這裡太好了，我配不上。我更喜歡自由自在無拘無束地活著。」

皇帝居然露出淡淡笑意：「其實，朕也喜歡妳所說的那種生活。」

杜小曼表示很能理解：「皇上日理萬機，一定很累吧。」

日理萬機，還要裝男人、演戲、勾心鬥角、管理月聖門，還發現喜歡的男人要扳倒自己……絕對累慘了。

「那皇上喝點花茶吧，能放鬆身體，有很好的舒緩作用。」

「這麼想讓朕喝妳沏的茶水？」皇帝笑意更深，終於收回了手，「好，朕便嚐一嚐。」

杜小曼鬆了一口氣，趁機向後挪了挪。

皇帝抿了一口茶水，不置可否地又放了回去。

杜小曼僵硬笑道：「臣妾泡茶的手藝很一般。皇上可以讓精通茶道的宮女或公公們幫您泡。其實皇上若是吃得慣奶的話，睡前喝一碗溫熱的牛奶，對安神也很有幫助。還可以用牛奶洗澡，在洗澡水裡加些玫瑰花瓣之類的。」發現皇帝的目光又定在她臉上，趕緊再笑笑，「哎呀，御醫之類的肯定比我懂得多多了，一不小心說多了，讓皇上見笑了。」

「再和朕多說一些。」皇帝雙目微微彎起，「朕喜歡聽妳說話。」

皇帝的手又覆住了杜小曼的手，杜小曼再度僵住，目瞪口呆看著皇帝的臉欺近再欺近再……

杜小曼猛地向後一閃，後腦勺哐地磕在靠背上。

妹子！我知道妳是個妹子！妳不用這麼敬業啊！啊啊啊——

皇帝鬆開了她的手腕，任她手忙腳亂向後撤，雙眼微微眯起。

「這般的不情願，妳是怕朕，還是心中仍想著他人？」

不要亂，不要亂！這是攻心術，就是要讓妳狼狽慌張！

杜小曼努力挺直脊背，站起身。

「是謝況弈？」

「不關謝少主的事！他只是個有俠義精神拔刀相助的江湖客而已，他從來不過問不喜歡也不摻和政治！」杜小曼回答得斬釘截鐵。

「那麼是秦蘭璪，還是寧……」

「我和寧右相絕對清白！」杜小曼趕緊撇清，「右相大人那種人，對我來說太高端太炫目，不敢直視。能匹配他的，一定是同樣耀眼、美貌、強大的女子！」

皇帝起身，神色冰寒，雙瞳比夜更濃重：「原來，妳眞的喜歡秦蘭璪。」

杜小曼不禁想後退，手臂再度被攫住，跟著肩上一緊，她馬上道：「沒有的事！他有那麼多個女人，跟他在一起，都不知道哪句眞哪句假，跟著他肯定沒有好結果。我怎麼可能這麼傻，喜歡上他！」

難道皇帝妹子眞正針對的是璪璪？也是啊，璪璪是寧景徽認定的皇位接班人，這事皇帝妹子怎麼可能不知情。

說不定皇帝妹子有意把她弄進後宮，就是爲了給璪璪安個「私通妃子」之罪，咔嚓掉？

杜小曼對著皇帝高深莫測的臉用力點頭：「我說的，絕對句句屬實。」

「朕的後宮，亦有許多嬪妃。」皇帝的神情又回歸了平淡，「看來，妳也不會喜歡上朕。」

杜小曼正要索性牙一咬慷慨道「沒錯，所以要殺要剮皇上您隨便吧」，皇帝卻忽然鬆開了她，走回窗邊，闔上了窗扇，拉上帷幕。

杜小曼不禁又愣了愣，這是暫時放過她，養肥以後再殺？

她試探著問：「皇上可是要擺駕回宮？」

「妳這是在趕朕？」皇帝微微挑眉。

「不敢不敢。」杜小曼再行禮，「那，請皇上……」

皇上微微揚起唇：「朕乏了。」直接走向了……床。

「那個，皇上要不要先沐浴？」

「朕已沐浴過了。」

也是，皇帝妹子洗澡，防範措施肯定是很嚴的。

宮女們居然仍一個都不進來，杜小曼只能識相地上前展被鋪床，幫皇帝寬下外袍，除下髮冠。湊近了，可以聞見皇帝妹子身上淡淡的香味，很雅致，男女皆宜。

杜小曼特意偷偷瞄了瞄皇帝的臉側髮根處，沒看出甚麼破綻。皇帝妹子用的易容產品比璪璪之前糊臉上的高端多了。

話說，皇帝妹子的頭髮保養得真不錯，黑亮如瀑，這麼長，髮尾都沒有分叉。真想和她討教一下祕方。

她的視線不由得再掃向了另一個部位……

真……平坦。

單薄的內衫下，那瘦削的身軀，一點也看不出起伏的痕跡。

寬衣完畢，皇帝坐到床邊，望了望退後許多的杜小曼。

「妳……不睡？」

杜小曼知道說「我到那邊軟榻上睡就行」肯定是不成的。

算了，大家都是女人。雖然今天皇帝妹子表現得很令人捉摸不透，跟變了個人似的，但是單憑上次皇帝妹子那氾濫宇宙的醋意和對寧景徽赤裸裸的佔有欲，杜小曼可以斷定她沒有特殊傾向。

杜小曼便放寬心，大膽地卸下釵環，寬下衣袍，又偷偷瞄了瞄皇帝的後背，綁胸的手法真高端，全然無痕，從背後也看不出來。

熄滅燈燭，從另一側爬上床，杜小曼謹慎地拽著一小截被角搭在身上，盤踞在床沿，放空大腦。托昨天高體力消耗的福，很快陷入了夢鄉。

勻長的呼吸聲中，她身邊的人坐起身，將她身上的被子蓋嚴。杜小曼在酣夢中，似乎覺得唇上軟了軟。她下意識地皺皺鼻子翻身，耳邊有溫柔的低喃。

「媗媗。」

早上，杜小曼一睜眼，發現身邊空空如也。

小宮女挑起紗簾，服侍她起身，笑得又甜又曖昧：「皇上早些時候起駕上朝去了，特意讓千萬莫驚醒娘娘。皇上真的很心疼娘娘呢。」

杜小曼對小宮女的表情選擇性無視，只思考，自己真的豬到這個地步了，身邊睡的人起床穿衣出門居然都渾然無覺？

不科學啊，皇帝妹子的動作太輕了吧。

昨天晚上，連夢都沒作，睡得真是香啊。居然能在入宮的第一天，在情緒莫測的皇帝妹子身邊坦然入睡，自己的神經真是夠茁壯啊！

杜小曼走神的表情看在宮女們的眼中，幾位宮女頓時笑得更甜了，其中一位柔聲提醒：「娘娘，香湯已備好，可要沐浴麼？」

昨晚不是剛洗過麼，怎麼大早上起來還……杜小曼又一愣，立刻想到了原因，臉情不自禁一熱，在宮女們看來就是她含羞帶怯地別開了視線，恰恰剛好。

杜小曼僵硬地起身，又洗了一遍澡，強忍著從沐浴到梳妝期間，在宮女們「娘娘今天更嬌艷了」之類蜻蜓點水般的奉承下，勉強抖擻起精神面對早膳。

正吃到開心時，又聽得匆匆的通報：「娘娘，快！快！皇上又要往這裡來了！」

杜小曼一個丸子差點哽在喉嚨裡，剛走不久，就又過來，皇帝妹子這是要幫她鍛造寵冠六宮的光圈麼？

杜小曼只得告別早飯，趕緊接駕。

皇帝踏進殿內，衣襬較昨日奢華繁複，頭戴珠冕，身著龍服，應該是剛下朝就直接過來的。

看來她這個妖妃是當定了。

左右又全部退下，還在這大清早的時段裡，又關上了門。

杜小曼只能在心裡無奈地嘆口氣，臉上掛著笑福了福身：「皇上用過早膳了麼？要不要臣妾……」

她的腹部突然受到一記重擊，身體一弓，整個人飛跌在地。

杜小曼愕然地抬起視線，想弄清楚到底怎麼回事，胸口一悶，皇帝的腳重重踩踏在她胸口上，臉上的神色分明寫著一行大字——去死吧賤人！眼睛裡瘋狂的怨毒與憎惡讓杜小曼瞬間一愣。

與昨晚的那雙眼睛天差地別，根本不像同一人。

她的腹部再一悶痛，意識就此終結。

臉上有冰冷的觸感，杜小曼從黑暗中掙扎出一絲光明。

皇帝踏在她胸口的腳挑起她的下巴，冷冷地笑：「竟昏過去了。妳倒是出乎朕意外的嬌弱，這怎麼成？」

杜小曼漸漸恢復了對身體的感知，頓時倒吸了一口冷氣，差點飆淚。渾身每一寸都疼痛難忍。她努力咬緊牙關，不能哭，絕對不能在這個精神分裂的女變態面前哭！否則這女人會更得意！

皇帝雙眉一挑：「怎麼，朕的寵幸讓妳不滿足？放心吧，這段時日朕會獨寵妳一人，日日恩澤。」

寧相爺，是不是您在上朝的時候，又刺激到這位了？

爲了讓你的臥底我工作進展順利一點，不是應該假意順著她嗎？

寧相爺，你趕緊替天行道吧！我堅定地站你這邊了！！！

杜小曼強忍疼痛，在內心痛罵，狠狠握拳砸向那隻踩踏著自己的腳，猛地屈腿向皇帝的另一條腿蹬去。

皇帝的腳猛一收，再向前用力一踢，杜小曼身體再一悶痛，翻著滾了兩滾，險些撞上牆邊，她趁機一把掄翻牆邊的細高燭台，掃向皇帝的腿。

那燭台是銅的，非常沉，杜小曼差點壓到自己的手指。

皇帝輕盈地避開：「好大的膽子，竟敢和朕動手！朕誅妳十族！」

「有本事妳誅啊！」杜小曼冷笑，「皇上，妳要是能殺了我，就絕對不會在這咬牙切齒踹我了！」

「妳想逼朕殺妳？」皇帝的聲音充滿了不屑的笑意，一隻腳又踩上杜小曼的手，用力來回踩磨，

「放心，朕還沒有好好寵幸妳，封號尚且未下，怎會殺妳？」

變態！精神分裂！

杜小曼一把拔下頭上的釵子，狠狠扎向那隻腳。

頓時，她又挨了一腳，身子一個翻滾，耳朵嗡嗡作響，眼前昏黑，口中充滿腥味。

「朕會好好憐愛妳。」

「皇上，」門外忽然傳來一個宦官的聲音，「奴才有急事轉奏。」

「朕不是吩咐了麼？不得打擾！」

皇帝的聲音低沉了很多，充滿了不耐煩。

杜小曼皺了皺眉，緊緊咬住牙。

「奴才死罪，但兵部要務，不敢不稟告。」

踩在杜小曼手上的腳收回。

「朕還需片刻，爾暫先等候。」

話音剛落，皇帝一俯身，杜小曼的身體被猛地撈起。

「趕緊滾進寢殿，爬回床上。而後該怎麼辦，妳今日清早就做得不錯，照做便是。」

話一字字從牙縫中漏出，彷彿恨不能把杜小曼撕咬成碎末。

「還不速滾!?」

杜小曼很詫異自己居然站得住。她突然想說，我不打算過去寢殿，皇上要怎麼辦？何不把那門外的公公叫進來？

，但她腦中突然冒出一個很奇怪的疑問，便住了口，努力扯一扯嘴角，大概成功扯出了一個不屑的微笑吧，因爲皇帝的表情變了一下。

杜小曼回過身，發現雙腿竟然還能挪動。

唐晉媗身體的潛力啊……

她默默感慨著，走到了床邊，爬了上去。

門開了，宮人們進來了。

杜小曼躺在床上，閉上眼。

眞奇怪，聲音好像也不對，今天的這個聲音更粗一些，沉一些，更顯得刻意。

而昨晚……

今天和昨晚的皇帝，都不只是精神分裂或又被寧景徽刺激得簡直像換了個人，而是，好像根本就是兩個人！

杜小曼又洗了一次澡，她咬緊牙關泡進熱水中，閉上眼，正好也看不到宮女們那甜蜜的笑臉和意味深長的眼神。

宮女剛用熱手巾輕輕觸碰她的背，她就情不自禁想倒抽冷氣。皇帝妹子打她的手法很陰毒，眼下除了她被踩過的手腕腫了之外，其他地方，包括同樣被踩踏的胸前都只有微紅，看不到青紫。

爲甚麼？杜小曼的頭殼中閃回著三個大字。

爲甚麼，皇帝妹子恨不得把她杜小曼碾碎，卻不下殺手？

爲甚麼，昨晚的那個皇帝和今天的似乎是兩個人？

爲甚麼爲甚麼爲甚麼，那麼多個爲甚麼，怪不得璪璪死活不願當皇帝，這皇宮水太深了。

被熱水泡活了血脈，疼的地方更疼了，杜小曼差點爬不出浴桶。她這種「侍兒扶起嬌無力」的狀態，當然被宮人們解讀到另一個方向去了。

杜小曼被攙回床上重新臥定，宮人們端來滋補的小食。

杜小曼盯著盞中的燕窩道：「有大骨湯麼？」

這個淳樸的詞彙讓宮女們怔了一下，杜小曼面無表情地抬起眼：「大骨湯或排骨湯，午飯的時候我想喝。」

必須得爲渾身劇痛的骨頭做點甚麼。

杜小曼揮退宮人，躺平到床上，忍不住在心裡吶喊，天上的神仙也好，宮外的寧大神也好，誰來給她個解釋啊，這個劇情實在是進行不下去了，太煎熬了！

杜小曼再度睜開眼時，發現自己依然渾身疼痛，且思緒混亂，狀況毫無改變。

她清醒理智地認識到，看來神仙和寧相爺都靠不住，只能靠自己了。

如果皇帝妹子真的實踐諾言，如斯頻繁地假裝「寵幸」她，她就算是鋼筋鐵骨，也扛不了幾天。

也許是剛起床，血壓偏低的原因，她心情有點低落。

幸好宮女們及時地擺好膳食，將她從低氣壓中拯救出來，特別是她發現，真的有骨頭湯。它盛在一個奢華的器皿裡，雪白的湯汁中連骨頭渣都看不見，只有切得像花朵一樣的肉和杜小曼不認識的配料。

她喝了一大口湯，不能更鮮，不能更美！本應依附在骨頭上的肉與筋並未因爲被剔下而失去了那種獨有的香與韌。

太太太太太好吃了！

太太太太太太治癒了！

杜小曼惡狠狠地咬著肉，就像狠狠地咬著那個女變態的肉一樣，心裡不斷地給自己打氣，車到山前必有路，事情肯定不會一直這樣發展下去的。

喝了一肚子的骨頭湯，好像身上的確沒那麼疼了，看來以形補形確實有效。杜小曼正在軟榻上思考那些爲甚麼到底是因爲甚麼，宮女來報，肖賢妃娘娘又駕臨了。

杜小曼給自己的推理點了個讚，果然又有一頭NPC送上門了。

肖賢妃是帶著一摞冊子來的。

「那些經文，我自個兒眞怕不能抄完，妹妹昨日答應了要幫忙，我就厚著臉皮把經卷帶來了。」

杜小曼心想，賢妃娘娘您也不用一下子拿這麼多來吧，難道裡面藏了甚麼機密文件？

她笑笑：「謝賢妃娘娘看重，但妾的字，眞的很醜。」也罷，就抄上幾頁，讓人送去給賢妃過過目，賢妃看完後肯定永遠不會再有這個念頭。

賢妃嫣然：「妹妹眞眞謙遜，妹妹肯幫忙，就是我的大福星大恩人了，別嫌我臉皮厚就成。」

杜小曼心裡忽然一驚，是了，賢妃如斯執著地讓她抄經，難道另有目的？

難道是，想要核對字跡？

她的字跡和唐晉媗絕對不一樣，月聖門會不會就想利用這點，先證明她是假的，再借此整寧景徽？

賢妃雙眉一蹙，視線定在杜小曼左手上：「妹妹，妳的手這是怎麼了？似乎有些腫。」

杜小曼含糊道：「不小心弄傷了。」

「我看看。」賢妃探手觸碰，杜小曼倒吸一口冷氣，右手情不自禁去護，賢妃再訝然，「好像這隻手也……」

杜小曼再笑笑：「不礙事，可能有些扭傷。」

賢妃的視線掃到她臉上：「妹妹，可不能不把小傷當回事。這麼細嫩的手，怎能傷到？」喚陪同過來的宮婢，「回去，取本宮妝台第二個抽屜裡的那個雲紋瓶過來。」

杜小曼忙道：「娘娘不必如此波折，眞的只是小傷。」

賢妃扶住她手臂：「妹妹莫這麼客套。」

杜小曼差點倒吸一口冷氣，趕緊控制表情：「只是……不想，這麼麻煩。」

賢妃笑吟吟道：「妹妹呀，不用這麼拘謹。今兒天色眞好，外面階下那花兒也開得好。」一把挽住杜小曼的手臂，「要不，妳我姐妹就到院子裡走走吧。」

杜小曼緊咬住牙關，嚥下痛呼聲，勉強點點頭：「好。」

賢妃卻鬆開了她的手臂：「妹妹，妳好像不大舒服？」

杜小曼道：「可能剛來有些認床，沒休息好。」

她抬眼，正與賢妃的視線相觸。賢妃立刻眼波一漾：「那我們還是屋裡坐著罷。」

不一時，服侍賢妃的宮女就取了那個瓶子過來，賢妃讓左右取水淨手，拿過玉瓶，左右宮人忙上前道：「娘娘請讓奴婢們來。」

賢妃擺擺手：「妳等都退下罷，她們都知道，本宮平常用此膏時從不讓旁人動手。」

左右只得遵命退出屋外。

杜小曼趕緊起身：「賢妃娘娘這……」

賢妃抬眼看她：「坐下，別動，只當我讓妳這麼做的。」

杜小曼只好又坐回椅子上，賢妃用小玉挑挑出一些糊狀的東西，點在她的左手腕上，再抬指輕揉，杜小曼只覺得一股清涼從肌膚直滲入骨，疼痛緩了很多。

她忙道：「多謝賢妃娘娘，我自己揉開就行。」

賢妃抿嘴道：「妳呀，不知道力道。這個藥膏乃我親手調配，塗抹的量與揉開的力度稍有差錯，便沒有那麼好用了。故而我從來都是自己動手。」

杜小曼道：「眞是太感謝賢妃娘娘了。」

「都讓妹妹妳不必這麼口口聲聲總是道謝了。」賢妃再挑了一些藥膏點在她右手上，「在宮裡，第一要緊的，是要愛惜自己。女人啊，進宮來，多是身不由己。陪伴君側，更加身不由己。即便穿綾羅，戴珠翠，看似這樣那樣的尊貴，其實不過是這深宮中的一個擺件，生也罷，死也罷，命皆不由己。若自己還不對自己好些，還有誰眞心待自己好呢？」

沒錯。

杜小曼不由得道：「所以我還是喜歡自由自在，能隨心所欲地過日子。」

賢妃低頭替她揉著手腕，沒有說話。

賢妃走後，杜小曼回顧了一下剛才的情形，不論賢妃是甚麼身分，她對她杜小曼，好像並無惡意，還有主動表示友善和照顧之意。那麼……

她的視線掃上那摞經書，賢妃臨走的時候說，因為她手腕受傷，就不能再麻煩她了。

杜小曼表示她的手腕一、兩天就能好，堅定地留下了這摞經書。

幹嗎怕連累寧景徽？他有考慮過我的死活嗎？

都被皇帝打成這樣了，還能有甚麼比這更壞的？左右猶豫，疑心病那麼重幹嗎？

秉持寧相爺的教誨，順勢而為唄。

杜小曼翻了一下午的經書，佛經中多生僻字，她一頁沒幾個眼熟的字，文字裡是不是有甚麼名堂，真的解讀不出來。暫時沒有發現經書有夾層或神祕夾帶。

杜小曼看得昏頭脹腦的，吃了飯，洗了澡，到了睡覺時，皇帝居然沒有再來。

宮女們向著忍不住瞟向門外的杜小曼道：「皇上定然是憐惜娘娘的身子，明日肯定會來的。」

杜小曼無語地睡了。

夜半沉浮在夢海裡的杜小曼感覺到臉頰微有些癢，她下意識揮揮手翻身，壓到手臂上的傷，不由得皺眉吸了吸氣。

床邊的黑影看著不斷調整想找到一個不會疼的睡姿的她，眼中閃過憐惜。

皇帝妹子自從那天發了次飆後就沒再過來，杜小曼似乎品嘗到了一點一個深宮怨婦的寂寥。

找人聊天吧，宮人們講的又都是伏低奉承的話。

看書吧，屋裡也沒幾本。有也是正經無比的，不可能有小說遊記之類。

下棋撫琴之類的她全然不會，百無聊賴想找個宮女或公公教自己一下，結果對方先磕頭，再膝行到棋桌邊，嚇得杜小曼趕緊作罷，不再折騰人了。

想出去轉轉圈，宮人們九曲十八彎地暗示她，現在身分不明不白，出這個院門不合規矩。總不能去院子裡看螞蟻上樹吧。

於是她便傳人備好筆墨紙硯台，翻開賢妃的經文，歪歪扭扭地抄了幾行。

侍候的宮女們不忍直視，亦不知該如何奉承，皆垂首不言。

杜小曼自己也知道醜得厲害，就暫且停筆，讓人把這幾行字送去給賢妃過過目。

賢妃看後，立刻就過來了，關懷地問：「妹妹的手傷是否尚未痊癒？」

「不，好了。」杜小曼活動活動手腕。

賢妃瞧了瞧手中的紙，噗哧笑了一聲：「那，妹妹的字，確實不大好看。」

杜小曼嘆氣：「賢妃娘娘說不大好看，實在是太給我留面子了。字這麼不堪，看來是幫不上賢妃娘娘的忙了。」

賢妃雙目彎起：「沒事兒。啊，是了，我忽然想起，另有一件事須拜託妹妹。看我這臉皮，厚得跟宮牆似的。」

杜小曼連忙道：「哪裡，娘娘不用客氣，妾天天閒在這裡，都快發霉了，娘娘能給我點事做，那正是幫我呢。」

賢妃掩口：「覺得懲得慌了？其實宮裡好耍的地方也挺多，待過些時日妹妹就知道了。我暫還有些事，就先回去了，待明日再來叨擾妹妹，把那些東西拿過來。」

會是甚麼？杜小曼行禮相送，充滿期待。

次日，賢妃再過來，將她說的「那些東西」遞給杜小曼，杜小曼看到時，頓時有些愣。

仍是一摞冊子，內裡一行行的字全是空心的，看內容——

……六年春。鄭人來渝平。夏五月辛酉。公會齊侯盟於艾。秋七月。冬。宋人取長葛。七年春王三月……

字都認識，好像是個歷史故事。

賢妃道：「日前隨皇上去京郊狩獵，險些墜馬，幸獲救。離圍場不遠處有一座聖廟，想是得了保佑。焚香叩首供奉，其他供品皆好置辦，唯有金字《春秋》百冊，我自己寫不過來，於是著人刻印了些這樣的冊子，讓不大好筆墨的，也能幫我一幫。這就求到妹妹這裡了。」

杜小曼道：「啊，這個我肯定能做好。娘娘放心，包在我身上啦。」

賢妃一臉開心地道：「那太好了，多謝妹妹。我常抄經，金墨甚多，所以也帶來了些，省得妹妹這裡不夠。」

就這樣？不在筆跡上發揮發揮？

好像，的確就這樣。

賢妃走後，杜小曼盯著那堆冊子愣了一時。既然如此，那麼繼續堅持寧相爺的囑咐吧，順勢而爲。

於是杜小曼描了一下午的字，竟覺得興致勃勃的。

眞是個陶冶情操、消磨時間的好方式。描得太投入，直到沐浴時，才感到手腕又微微有些痠。杜小曼下意識地揉了揉，宮女立刻柔聲道：「娘娘，奴婢在此處先熱敷一下。沐浴後，可要再用些賢妃娘娘的藥膏？」

那日賢妃幫杜小曼敷藥後，就把那瓶藥膏送給她了，還教了她揉敷的手法和力度。身上被打傷的地方現在大都不疼了，只有極個別的地方，在偶爾碰到時，還會隱隱作痛。

只怕舊傷剛好，跟著就有新傷來啊。

杜小曼剛想完這句話，便聽見催命的一聲稟報：「娘娘，且請更衣梳妝，皇上的御輦快到了。」

來的會是甚麼？

狂暴凶殘的A版，還是捉摸不透的B版？

那聲「平身」入耳時，杜小曼的小心肝顫了一下。

不好，A版。

A版今天竟情緒相對穩定。照例揮退宮人，門一關，杜小曼沉默地戒備著，A版只冷冷地問了一句：「怎地不說話？」

杜小曼便說話：「臣妾……」

皇帝立刻打斷：「是在等著朕再臨幸妳？」

杜小曼道：「臣妾……」

皇帝冷笑一聲，再度將她打斷，走向寢宮。

杜小曼跟了上去。

皇帝在床邊轉身：「怎麼，還眞等著朕臨幸妳？莫非，朕之前的寵幸，妳竟挺受用？」眯起雙眼，「賤骨頭。」

唔，總算顯露出了A版的風采。

杜小曼道：「皇上穿著龍袍，坐著龍椅，當然是高高在上。我進了這宮院，得對著穿龍袍的皇上口稱臣妾，行禮屈膝，區分高低尊卑，這是這個社會的決定。我再不情願，一個人也無法扭轉。人都是一個鼻子兩個眼睛，能直著腰誰也不願意低頭。甚麼叫貴，甚麼叫賤呢？」

反正左右是挨打，她可不想做悶聲包子了。

不料意料的風雨沒降臨，皇帝連雷都沒打一下，沉默了。

杜小曼索性抬頭直視，一個枕頭險些糊在她臉上，她趕緊側身，只砸中了肩膀，不算疼。

「窗下牆邊，即是妳今夜床鋪。如此淫賤，妳只堪睡在此處。」

皇帝自己脫下了外袍，瞥向杜小曼。

「快快滾過去！」

杜小曼聳聳肩，撿起枕頭，到牆邊躺下。耳中聽到一聲輕嗤：「賤骨頭！」

燈燭熄滅，寢殿一片漆黑，杜小曼聽著皇帝上床蓋被子的聲音。

然後，寢殿陷入寂靜。

就這樣？

不發狂，不暴躁，不咬牙，不切齒，不打，不踹，不發招？

A版，妳眞的是A版嗎？

妳確實不是B版。

但妳又太不像純粹的A版。難道是A版中勾兌了一點點B版的C版？

一夜平靜又不科學地過去了。

天還未亮時，皇帝起床，聲音很輕，但杜小曼還是醒了。

要不要也起來呢？算了，起來說不定更招嫌。杜小曼繼續閉著眼不動，腹部突然被甚麼擊中，杜小曼頓時悶哼一聲，蜷起身體。

「朕已起身，妳竟還裝睡。是想讓朕看妳海棠春臥的媚態？往日裡，妳都是這樣勾引男子的？」

好吧，這才是正常的A版。

杜小曼捂著肚子，正要等疼痛緩一緩後爬起，又一聲悶哼響起。

這一聲，卻不是杜小曼發出的。

她詫異地轉過頭，便看見皇帝半跪在床前，一手撐著床沿，一手扶著床柱，脊背彎曲，微微顫抖。

杜小曼怔了怔，連自己的肚子疼都忘記了，本能地起身向皇帝走去：「妳……」

「滾！」皇帝緊抓床柱，「妳這賤人，不要碰朕！」聲音帶著顫，明顯在忍著極大的痛楚。

這麼暴躁，難道是大姨媽來了生理痛？

杜小曼只是這麼在心裡吐槽，她也知道肯定不是這樣，皇帝的手指深深掐著床單，杜小曼猜測，若不是自己站在這裡，她可能早就癱倒在地了。

如果那時，寧景徽讓孤于箬兒看診的人的確是眼前這個皇帝妹子的話，那麼她，應該有很重的病。

而且快要……

杜小曼溫聲問：「要不要叫御醫？」

皇帝猛一回身，掄臂揮向杜小曼，杜小曼踉蹌後退險些摔倒，皇帝又悶哼一聲，徹底癱倒在地。

杜小曼眞不知該如何是好了。

皇帝妹子這種脾氣，絕對不會要別人的同情和幫助，尤其是她杜小曼的同情和幫助，開口詢問或上前攙扶，可能只會讓她發飆得更厲害而已。

於是，杜小曼選擇了沉默地觀望，這大概是最明智的選擇。

皇帝妹子恐怕都要把她自己的腿掐出血了，再痛呼一聲，竟將頭向床框上撞了兩下。

杜小曼心驚膽顫地看著，一動也不敢動。

幸而，再過了一時，皇帝妹子的痛楚似乎緩和了，深吸了兩口氣，扶著床站了起來，起身後立刻將背挺得筆直。她的身體仍在微微顫抖，看得出是在極力忍耐。站了片刻，她緩緩走了兩步，去取龍袍。

杜小曼仍然在原地站著。

龍袍沉重，皇帝抓起，手臂又垂下。

「來人，替朕更衣。」

寢殿中，目前只有杜小曼這一個另外的活人了，杜小曼試探著往前走了一步，皇帝頓時向她瞥來，眼中全是「賤人滾開」。

杜小曼於是道：「臣妾這就去喚人來。」

她說完，等待了一下，皇帝竟沒有出聲。杜小曼抬眼看看皇帝，皇帝冷著臉看也不看她。

大概是不反對這種做法吧。

杜小曼前去喚人，頓時有兩個年輕的宦官入內，服侍皇帝穿衣。

杜小曼識相地避得遠遠，宮人們捧著盆巾茶盤等入內，小宦官讓她們把東西留下，人都退下。

杜小曼正打算也跟著出去，好讓皇帝妹子降降心火，不料立刻聽見小宦官在身後道：「哎呀，娘娘怎麼能走呢。」

杜小曼只能停下，揀了個略遠、自覺不太礙眼的地方站著。

待殿內只剩了他們四個人，小宦官自袖中取出一個小瓶，拔開塞子，往茶盞倒了些甚麼，傾出些許在另一個小盞中，自己試過，方才奉給皇帝。

皇帝接過，飲罷。

小宦官又服侍她洗漱。

杜小曼在一旁看著皇帝妹子在小宦官的伺候下洗洗漱漱，心想，皇帝妹子的易容裝備眞是不錯啊，防水性眞好。

說來，皇帝妹子竟然敢讓這兩個小宦官貼身服侍，那麼，他們也是月聖門的人？又發現了黨羽兩隻！

杜小曼留神打量，兩個小宦官都相貌平凡，嗯，做特殊工作正需要這種讓人不能一眼記住的長相。其中一個小宦官似有察覺到她的目光，轉目與杜小曼的視線相遇。

杜小曼差點心虛地移開視線，那小宦官卻立刻低頭，遙遙作禮，很恭敬的樣子。

等到穿戴洗漱完畢，皇帝看起來像好了很多，神情步履都很正常了，走到門口，竟還對杜小曼沉聲說了一句：「風涼，莫出來了。」

杜小曼沒料到會有這樣的叮囑，驚出一身雞皮疙瘩。

小宦官轉過身，笑咪咪對杜小曼道：「皇上擔心娘娘著涼，娘娘快請進去吧。」

「皇上真是疼惜娘娘呢。」於是，在沐浴梳妝的時候，杜小曼理所當然地聽到了這麼一句。她只能在心中翻翻白眼。

不過，每次見到皇帝，都能發現新驚喜，真的很神奇。

用罷早膳，杜小曼去院中做消食運動，卻見一個地位稍長的宮女將另一個小宮女帶開了去。待到下午時，依然沒看到那個小宮女的蹤影。

杜小曼有些疑惑，那個宮女的名字叫楚兒，應該是貼身服侍她的宮女之一，這幾天總看到她在跟前。她到底被帶到哪兒去了呢？

她這麼顧盼，立刻有宮女問：「娘娘可是有事吩咐？」

杜小曼道：「哦，沒甚麼。怎麼沒看見楚兒？」

那位地位稍高的宮女立刻跪倒道：「回娘娘話，楚兒早起服侍娘娘時，有些不敬，奴婢已責罰她了。」

杜小曼道：「有麼？我沒看到她哪裡有不敬的地方。」

那宮女道：「楚兒侍奉時神色不恭，舉止不當。是娘娘寬厚仁慈，未與她計較。」

杜小曼愛看宮鬥戲，知道宮女這個行業水很深，所謂神色不恭，舉止不當，其實可能就是打個噴嚏，走路絆了一下之類。若眞有大錯，肯定不會用這麼含糊籠統的詞彙概括，就道：「既然妳都說我寬厚仁慈了，那就更不能計較這點小事了。妳們一天到晚做事，誰沒有個精力不支的時候。這事就算了吧。」

那宮女叩首：「奴婢替她謝過娘娘恩典。」立刻帶那個叫楚兒的宮女過來謝恩。

楚兒流淚伏地，連連謝恩。

「奴婢心念家事，服侍娘娘的時候略有恍惚，謝娘娘寬宏大量……」頭磕得砰砰作響，讓杜小曼坐都坐不住了，感覺自己就是萬惡封建社會的剝削代表，趕緊道：「快起來吧。妳家裡出了甚麼事，很嚴重麼？」

那年長宮女道：「娘娘面前，怎能提這些事情？既進宮來，怎還有這些牽扯？」

剛爬起來的楚兒立刻又跪下了。

杜小曼頓時頭大：「快起來快起來。是我好奇，所以問問。沒事的，說吧。」

楚兒再叩首：「稟娘娘，奴婢既進宮，就是宮裡的人了，侍奉娘娘，的確本不該再想家裡的事。」

杜小曼道：「怎能這樣說呢，我也牽掛爹娘，誰都有父母。妳惦記家裡，這是孝順的表現啊。快起來說吧。」

楚兒總算起身了，哽咽：「謝娘娘。奴婢上月收到家信，外祖母病逝，表舅要奪家產，奴婢的爹爹乃是入贅，前年沒了。娘無兄弟姐妹可靠，若家產被奪，只能和妹妹流落街頭。這幾日正是鬧官司的日子，表舅家有錢有勢，這場官司，多半是他贏，奴婢想來，就……」說到這裡，泣不成聲。

杜小曼心生同情：「妳家是哪裡的？」

楚兒低頭道：「奴婢西……」

「娘娘，皇后娘娘駕到。」一聲匆匆通報，打斷楚兒的話。

杜小曼立刻站起身。

這可眞是，貴客了。

皇后娘娘她是見過的，她這次見到杜小曼，一直表現得非常端莊、優雅、大氣。表情親切但不熱切，一舉手，一投足，一字一句一吐息都恰到好處，彷彿杜小曼是理所當然進了宮，她是理所當然來看看，沒有一絲一毫尷尬。

杜小曼這樣被皇后娘娘接見慰問著，居然自己都感到自己的存在合理極了。

宮人們在上首座椅上加了靠墊、坐墊、披巾等層層擺設，皇后方在椅子上坐了，視線在杜小曼面上一掃，眼神很是平和。

皇帝的祕密，皇后到底知不知情？

杜小曼正琢磨著，皇后開口道：「郡主在此，住得還好麼？」

杜小曼低頭回道：「甚好，謝皇后娘娘關愛。」

皇后更親切地道：「看氣色，卻是不如上次見時。」

廢話，被毒打過氣色能好麼？

杜小曼道：「可能是臣妾這幾日沒怎麼出去活動，白了些。」

皇后微微一笑：「郡主說話還是這麼風趣。想是這幾日都在這宮院中，有些拘束了。平時沒事，可到本宮那裡坐坐。離這含涼宮不遠，清暉閣暢思湖一處，秋景勝過御花園，更比御花園幽靜，閒雜人等到不得那裡，郡主亦可到那裡走走。」

杜小曼行禮道謝，心中納悶，難道皇后過來，就是告訴她，已經獲得了一定的自由度，可以到特定場所蹓躂？

皇后又和她閒話了幾句，道：「郡主只管寬心住在這裡，有甚麼短缺，就來找本宮。因這幾日皇上忙於政務，加上恰好裕王又要娶妃，國事家事趕在一處，有些事難免延誤。」

杜小曼不由得抬頭，視線剛好與皇后的視線相撞。

皇后用閒話的口氣道：「裕王乃皇上的皇叔，早已是當婚配的年紀，只是眼界太高，這個看不上，那個看不上。這回好不容易定了楚平公家的千金，算是滿意了。婚期又趕，禮部那裡擬的儀程，皇上與本宮都得過目。唉，本宮其實最不擅長這些事。」

這才是皇后娘娘此行的目的？有些太直白低端了吧。

皇后娘娘已把話頭扯向了別處，杜小曼趕緊跟上。

說了一時，皇后起駕離開，杜小曼仍覺得有些摸不著頭緒。

皇后娘娘特意跑來一趟，就爲說說「妳的老相好要結婚了」，試探或打擊她一把？托人傳個話也行啊。

杜小曼又背起寧景徽的四字眞言，順勢而爲，順勢而爲。

至於璪璪結婚……杜小曼表示無話可說。

這事果然還沒完，到了傍晚，有小宦官前來傳話——皇上今晚有事，不能過來了，娘娘不必等待，請早早安歇。

宮人們立刻開始賀喜杜小曼。

「皇上多麼疼惜娘娘，特地讓人過來告知。」

「後宮裡此前從未有過，娘娘於皇上，真真不一般呢。」

……

杜小曼描完幾頁《春秋》，到廊下看看遠方，休息眼睛，聽見附近柱子處小宮女們在竊竊私語。

「聽說裕王今晚入宮領宴，楚平公也來。」

「楚平公家的小姐據說身世不一般，早就和裕王認識呢。」

「啊？未嫁的姑娘怎麼會和……」

一個年歲略長宮女的聲音嚴厲打斷：「廊下怎能喧譁！」私語聲頓時停下。

杜小曼淡定地走下台階，假裝甚麼都沒聽到。

一旁的宮女偷看杜小曼的臉色，輕聲道：「天色尚早，娘娘可要出去走走？」

杜小曼道：「是哦，皇后娘娘說，我可以出去走動，那，皇后娘娘說的那個風景還不錯很幽靜的地方，離這裡遠麼？」

宮女福身：「不遠，從宮院後有條小徑可過去，一路亦無甚雜人。奴婢這便著人準備。」

杜小曼擺擺手：「準備甚麼啊，就這麼走過去吧，天天在宮院裡悶著，走走也好。」

宮女們福身領命，替杜小曼更換出門的衣服。幾個宮女隨杜小曼一道出了含涼宮。

走過長長的甬道，又折進一條更狹長的甬道，一路只遇見了寥寥幾個宮人。越走，就覺得四周越僻靜，又跨進一道門，轉過幾條曲折遊廊，再幾經折轉，宮女們向杜小曼輕聲道：「娘娘，這就到了。」說著，引她又進了一道門，轉過面前一座假山，視野頓時開闊了。

一座兩層小樓矗立在花木之中，窗扇緊閉，匾題「清暉閣」三字。小樓清秀雅緻，與皇宮裡其他的建築不太一樣。

一位宮女道：「先帝做太子時，曾在此讀書，如今不常有人過來了。」

杜小曼點點頭，一般皇宮裡這樣的地方，貌似都會有點甚麼祕辛啊、隱情啊之類，她看看那些緊閉的門扇，心裡躍躍欲試。

小樓邊，又有一座假山，宮女們引杜小曼走到近前，見假山後方有一道台階，杜小曼沿階登上假山，山頂與小樓的二層相連。

沿著圍廊轉到小樓後方，杜小曼情不自禁哇了一聲。

浩浩渺渺的湖面，在夕陽的餘暉下閃著粼粼光澤，飛霞流金。

二樓斜廊至通湖畔長廊，杜小曼迫不及待地走了下去。

美！真的太美了！

其實這座湖，沒有裕王府的湖大，但不知為甚麼，在宮殿環繞之中，卻顯得格外開闊，站在湖畔，整顆心都不由得暢快了。

杜小曼深深深深地吸了一口氣，未見有桂樹，空氣中卻含著馥郁的桂花香，與水上之風摻雜，蕩滌心竅。

「娘娘為何在此？」

一個聲音忽然響起，離杜小曼不遠的柱子後，忽然走出了一個年長的宮人。鬢髮斑白，面有皺紋，打扮與宮女不同，應該是個嬤嬤、姑姑之類的吧。

她向杜小曼微微福了福身，又問了一遍：「娘娘怎會在此？」

杜小曼道：「聽說這裡風景很美，就來看看。」

「娘娘果然對裕王殿下用情甚深。」老婦人微微一笑，雙眼如貓頭鷹般盯著杜小曼，「聽聞裕王殿下娶妃的消息，便坐不住了。」

杜小曼微微一怔，再左右一掃，發現跟著她的幾個宮女，竟然全部都不見了。

老婦人一步步向杜小曼走來：「但是，娘娘，妳得知道，皇宮大得很，即便今日裕王殿下要進宮領宴，內宮他可進不來。娘娘在這裡，根本沒指望見到他。」

杜小曼謹慎地沉默，心裡暗暗想，她沒猜錯，從皇后娘娘來訪，到那些宮女們竊竊私語，再到她被引來這個地方，所有這些，的確是一條線的。

但是，這條線，背後的持竿人是誰？

寧景徽？月聖門？

還是……

老婦人已走到了杜小曼面前：「娘娘是真心喜歡裕王殿下的吧？」

杜小曼回盯她：「為甚麼這麼問？」

老婦人繼續道：「聽見裕王殿下要娶妃的消息，娘娘是否萬念俱灰？娘娘的確是個痴心的女子，可惜……」

杜小曼剛要冷笑，呼吸陡然一窒，老婦人的手掐住了她咽喉。

「娘娘只有來生，再與裕王殿下團聚了。」

杜小曼掙扎著，雙手卻如身在夢魘般使不上力，眼前漸漸模糊，嗡嗡耳鳴中，忽隱隱聽見笛聲。

箝住杜小曼喉嚨的手一鬆，杜小曼的身體跟著一個騰空，翻過欄桿，落進湖中。

笛聲戛然而止，水湧進口鼻，杜小曼憋住氣，腿蹬手划，猛地將頭抬出水面。

岸，岸在這邊！

她蹬掉鞋子，奮力刨水，模糊的視線中，看見兩條人影從不同的方向奔來。

「皇叔？」

「十七？你怎會在此？」

杜小曼趴在岸邊，抬頭看那停步互望的兩人。

二位，先過來拉我一把好嗎？

秦蘭璪與秦羽言相視，怔了這麼一下，立刻同時轉過身，衝向杜小曼。

杜小曼已經自己撐起身體，半跪了起來，秦蘭璪蹲身扶起她，秦羽言縮回手，向後退了一步。

秦蘭璪脫下外袍，裹住杜小曼，亂七八糟揉著她的頭髮。

秦羽言低聲道：「皇叔，恐怕立刻會有人過來。」

秦蘭璪沉著臉不語，杜小曼抬眼掃視他二人，這裡是深宮內院，這兩個人怎麼會出現？又爲甚麼恰剛好在這個時候出現？

太不科學了。

秦羽言再道：「皇叔……」

秦蘭璪道：「我奉旨來清暉閣領宴，若有人要看見，必然早已看見，此時躲閃也於事無補。」

秦羽言再一怔，道：「我是自行來此，但來的時候並未……」他的話停住了，愣愣地看著秦蘭璪。

他來的這一路上，並未見有門障，無任何阻礙，亦沒有看到一個宮人。

杜小曼看看他二人：「今天皇后過來，和我提到這裡。在這不久前，伺候的宮女問我，要不要出來轉轉。」

秦蘭璪打斷她的話：「十七，這裡沒你甚麼事，快離開。你在此，只會讓水更渾，快走。」

秦羽言的視線掃過其實十分暈頭轉向，卻正在拚命想要捋清狀況的杜小曼，然後又回到秦蘭璪臉上，搖了搖頭：「我若離開，皇叔就解釋不清了。」

秦蘭璪笑了一聲：「本來就不清白。」

秦羽言神色黯淡：「皇叔莫要如此，尚有轉圜餘地。」

杜小曼已然明白，這是個大圈套，她正要再理一理情況，便聽見遙遙一聲呼喊：「尋著了，尋著了，哎呀——」

杜小曼下意識從秦蘭璪身邊撤開一步，便看見一群宮人沿著遊廊匆匆往這裡而來。

衝在最前面的正是領著杜小曼來這裡的兩個宮女。

「娘娘，這是……」宮女們倒抽一口冷氣，撲騰跪倒，「叩見裕王殿下、十七殿下。」

後續的宮人亦蜂擁到來。

一個小宦官遙遙從人群最後疾行至最前。

「裕王殿下。奴才……啊，娘娘這是……」亦跪倒在地，「奴才叩見裕王殿下、十七殿下、娘娘，方才失態，求兩位殿下與娘娘恕罪。」

這個小宦官，是今天早晨進來服侍發病皇帝的那兩個小宦官之一，還曾恭敬向她行禮來著。

眞狗血啊，杜小曼默默地想。

她正裹著璪璪的衣服，方才游泳時蹬飛了腳上的鞋子，襪子也掉了，光腳踩在草地上，頭髮不斷地往下滴水，臉上的妝肯定不防水，想來已縱橫交錯，十分精彩。

「我方才落水，幸虧有裕王殿下和十七殿下二位及時相救。」

「我到的時候妳明明已經游上來了。」秦蘭璪向她走了一步，把她身上的衣服再裹緊了些，「沒想到妳水性這麼好。」

杜小曼壓抑住想掐住他肩膀的衝動。

大哥你清醒點啊，這是眾目睽睽之下，你是在公然調戲後宮的女人啊！作死也不是這樣的！

四周一片死寂，宮人們皆俯首匍匐在地，秦羽言急得臉都白了，無措地看著杜小曼和秦蘭璪，突然轉身跪倒。

遠遠地，一襲龍袍在宮人的簇擁下緩緩向這裡行來。

杜小曼趕緊又朝旁邊閃了閃，亦跪倒。

時間瞬間好像靜止了一樣，過了許久許久，杜小曼方才聽見上方遙遙傳來一句話——「都平身罷。」

杜小曼站起身，聽見那個她認得的小宦官的聲音道：「皇上，娘娘意外落水，多虧裕王殿下與十七殿下及時相救。」

杜小曼抬起眼，與皇帝的視線相遇。

深邃，毫無感情。

是A版還是B版？

皇帝望著她，向她走來，抬起手，冰冷的手指拂過她的額頭，另一隻手按上她的肩。

「定然受驚了罷。快回去歇下，讓御醫看看，莫著涼了。」

就這樣？

不是「妳這個賤人，竟與裕王在此苟且，來人啊，把這對狗男女給朕拖下去」？

肩上的手鬆開，杜小曼身上的袍子落地。

皇帝轉而看向秦蘭璪：「多虧皇叔相救，朕立刻著人趕製錦袍十領，賜與皇叔。」

杜小曼生生打了個寒戰，秦蘭璪淡然一笑：「臣謝賞。」

那小宦官不知何時已挪到了杜小曼身邊，躬身輕聲道：「娘娘，請回宮吧，請這邊行。」

杜小曼又往秦蘭璪那邊瞄了一眼，秦蘭璪仍是那副死豬不怕開水燙的悠哉模樣。秦羽言垂眸站在他身邊，忽而又跪倒：「臣擅入此地，請皇上責罰。」

小宦官再度催促，杜小曼只好行禮：「臣妾告退。」

皇帝垂眸看向杜小曼，聲音和緩又溫柔：「速回去吧，朕著人再讓御膳房送些驅寒的湯水，喝了早些睡。」

杜小曼心頭一震，拜謝告退，走出幾步，方才聽得皇帝對秦羽言道：「十七弟雖已自有府邸，但宮中仍是你的家，在家中走動，何來擅闖之說，又何須請罪？」

宮人往杜小曼身上加了一件披風，杜小曼裹緊了匆匆前行。

璪璪接下來會怎麼樣？十七皇子又會怎麼樣？

這個圈套，到底是甚麼用意？

杜小曼不敢太過分神，回到含涼宮，宮人們見她形容，表現得都很驚訝，忙忙迎接，簇擁她進正殿。

「娘娘請暫喝口茶水，安一安神，御醫應該過一時便到。」

杜小曼這才發現，那個小宦官竟是跟隨她一道回了含涼宮。她接過水杯，喝了兩口茶水。宮女們支好屏風，取來浴桶香湯，服侍她先沐浴。

洗澡更衣過後，杜小曼發現那個小宦官居然還在，見杜小曼出來，又躬身：「御醫已在殿外等候，娘娘可要宣其入內？」

杜小曼點點頭：「好，多謝公公。」

小宦官微微抬起頭：「另外，下午帶娘娘去暢思湖的那兩個奴婢，已處置了。娘娘請安心，絕不會再有此事。」

杜小曼再一驚，看著小宦官唇邊的笑，生生壓住再打個寒戰的衝動。

小宦官躬身倒退出門。

御醫隔簾給杜小曼診了脈，開了些驅寒藥劑。御膳房又送來了熱湯，杜小曼盯著那個碗看了片刻，毅然喝下，甚鮮美，不知加了甚麼材料，滋味明明很清淡，喝下去後卻微微出了汗。

那小宦官又出現在了門檻邊。

「娘娘請早些安歇吧，皇上與裕王和十七殿下已用完御宴，今夜就不過來了。娘娘請好生休養，奴才也告退了。」

杜小曼又點點頭，平靜地說：「好。」

過不多久，御醫開的藥也煎好了，杜小曼又痛快喝掉，躺平到床上。

那小宦官傳達出的訊息，似乎是要她放寬心，別怕再被害。

那麼，今天下午的事，並不是皇帝主使？

但讓璪璪到那個地方去的，明明是皇帝。

杜小曼回憶了一下種種細節，傍晚見到的那個皇帝，應該還是A版。

雖然說話的口氣有些往B版靠攏，但是眼神、聲音，還是有微妙的差別。雖說不出來具體差別在哪兒，但她能感受到。

杜小曼總結了一下，目前的情況應該是，A版皇帝很憎惡她，卻裝作不憎惡她，B版皇帝很溫和，卻與她保持一定距離。但她可以確定的是，A版和B版皇帝暫時都不會要她的命。

那麼，下殺手的老宮女，以及被處理掉的那幾個宮女，是皇后的人？

皇后爲甚麼要這麼做？

選擇璪璪會到的場所，還有那個時機……

製造姦夫淫婦見面的場景？那就不應該下殺手啊。

還是……

杜小曼有點偏頭痛了。

她抱著被子翻個身。嗯，小宦官還說了御宴已經結束的事，那麼璪璪和十七皇子應該是沒甚麼大礙，沒被尋麻煩吧。

為甚麼皇帝對璪璪也表現得這麼寬宏大量呢？

啊，頭好疼。

杜小曼在頭疼中睡去，在腦脹中醒來。

昨晚喝了那麼苦的藥，早上仍然有感冒的跡象，一個鼻孔不甚通氣。怪不得古代的皇帝英年早逝的那麼多，御醫不怎麼可靠啊。

吃了早飯喝完藥，一直沒有聽到「裕王被皇上咔嚓了」、「十七皇子被抓了」之類的零碎言語，杜小曼的心稍安。

她身邊的宮女似乎換了不少生面孔，除開昨天和她去暢思湖的那幾個，另外又少了一些人。

被清理掉了？

杜小曼又覺得有點冷了，不是要發燒了吧……

「娘娘可是有甚麼吩咐？」

她自以爲天衣無縫地眼珠亂轉，到底還是被發現了，立刻有宮女柔聲詢問。

杜小曼道：「沒甚麼。」恰好開口詢問的是昨天那個叫楚兒的小宮女，正可以讓她岔開話題，「是了，妳家裡的事怎樣了？」

楚兒立刻跪倒在地：「承娘娘記掛問詢，奴婢亦不知怎樣了。」

杜小曼道：「妳現在著急也沒有用，我不懂宮裡的規矩，妳能和家裡自由通信麼？」

楚兒搖頭。

杜小曼道：「要不然我看找誰幫妳說說情？妳先寫信回家問問，別瞎猜。官府的人有好有壞，說不定妳家這回遇上的是個清官。如果眞有冤枉錯判，再想辦法不遲。」

楚兒叩首不迭：「多謝娘娘，多謝娘娘。」

杜小曼正要讓她起來，又有宮人通報，卻是昨天的那個小宦官與另外幾個小宦官，捧著幾個箱子盒子前來。

「皇上有話給娘娘，昨日娘娘受驚，皇上極其掛念，讓娘娘好生休息，皇上在御書房，過一時便來，娘娘不必費心接駕，只管休養便是。」

杜小曼拜領聖諭，只見那幾個小宦官行到殿內書案前，移開上面的物品，抖開錦布，鋪於案上，再從幾個盒子裡取出一疊疊長方形的冊子，再擺上筆、硯、筆架、筆洗……

當幾個小宦官將一個四方形的錦盒供放在桌頭，掀開盒蓋，杜小曼的眼直了。這是，傳說中的玉璽吧！

皇帝這是要在這裡辦公嗎？

皇帝妹子，妳到底是爲甚麼要這麼自找不自在，晚上到這裡來睡覺，白天還要在這裡寫作業。

好吧，順勢而爲，順勢而爲。

杜小曼已經懶得再想爲甚麼了，在這個神奇的皇宮裡，一個腦袋不太夠用，別用壞了，還是降低磨損消耗吧。

宮女們都很替她欣喜的樣子，委婉暗示皇上對她已情稠意濃，無法自拔。

杜小曼只能在肚子裡翻白眼，假裝路過，在書案邊走動，探看上面的東西。

哇，做皇帝眞辛苦，折子堆這麼高，大多都挺厚的。

昨天的那個小宦官正自小匣中取出朱墨錠，抬眼遇上杜小曼的目光，微微一笑，躬身爲禮。

杜小曼已知道他的名字叫保彥，便道：「昨日有勞保公公，多謝。」

保彥立刻道：「娘娘折煞奴才，不敢受，不敢受。」仍是笑咪咪的。

另外的幾個小宦官又往香爐裡添換香料，布置座椅，撣掃周圍。

皇帝駕到的通報傳來，杜小曼出門迎駕。

來的還是A版。

杜小曼一看那張臉，感受到氣氛，立刻就下了判斷。

A版皇帝對來寫作業這件事也很不樂意的樣子，臉色很莊嚴肅穆，不過卻用非常憐惜的口吻對杜小曼道：「怎麼還是出來了，莫再受了風寒。」攜她的手一同進門，指甲在袖中狠狠挖進杜小曼的皮肉。

是非常明白地示意了不情願，卻不得不來。

杜小曼內心不禁又翻騰起這兩天新產生的一個大疑問——

皇帝妹子，真的是月聖門的聖姑嗎？

有很多事，皇帝妹子很明顯是不情願又不得不爲之。

小宦官保彥更是奇怪。他貼身伺候皇帝，難道他知道皇帝的祕密？那麼他在月聖門中，又會是……

杜小曼沉吟著，轉過眼，竟又與保彥的視線相遇，保彥再向她微微一笑，垂下眼簾。

皇帝批奏折的過程，十分枯燥。

杜小曼捧著一個宮女們塞給她裝樣子的繡活，做賢淑狀在一旁陪坐。皇帝妹子面對奏折，神色凝重，眉頭越擰越緊，題批的手也越來越急躁。

杜小曼猜想，若不是左右宮人在場，恐怕皇帝妹子已經一把抓起奏折向她砸來，讓她有多遠滾多遠，不要在旁邊礙眼。

我也不想在這裡蹲著啊，大家都是身不由己。

杜小曼往布上戳了幾針，線結了大疙瘩，怎麼頓也頓不開。宮女連忙貼心捧上小剪刀，杜小曼剪斷線，皇帝擱下筆，轉首看向她，用最隱忍溫和的聲音道：「妳身子不好，不用在此陪朕，去歇息吧。」

如果現在吐出一句「臣妾不累，臣妾就想陪著皇上」，不知道皇帝妹子會做何反應。

還是不要無聊到自找麻煩爲妙，杜小曼剛要識相告退，保彥卻在她開口前含笑道：「皇上真是疼惜娘娘。批了這麼久折子，皇上是否先歇息片刻？」

皇帝冷冷道：「朕不累。國事爲重，豈能耽誤。」說著又取過一本奏折。

保彥躬身：「不然還和以往一樣，奴才爲皇上唸誦，皇上聽後批覆，至少眼睛沒那麼乏了。」

皇帝猛地抬起頭，殿中氣氛陡然一冷。

保彥佝僂著腰，仍一副溫順忠誠的模樣。

皇帝沉聲道：「朕還是親閱吧。奏折豈是兒戲，由你來唸，這殿中許多人都聞得，不甚妥。」

杜小曼站起身：「臣妾先告退了。」

皇帝擺了擺手，左右宮女亦行禮退下。

剛走到帷幔旁，杜小曼忽而聽得一聲脆響，她一回身，只見皇帝妹子以手支頭雙眼緊閉，茶盞打碎在腳邊，朱筆骨碌碌在地上滾動。

杜小曼與眾宮女趕緊疾步回去。

「皇上！」

「陛下！奴婢這就去傳御醫……」

「不必！」皇帝妹子陡然一喝，睜開雙眼，慢慢放下手，聲音回歸平緩，「朕……朕只是有些目眩，想是昨夜睡得有些少，不礙事。爾等都退下罷。嫿兒，妳留下。」

宮女們撿起地上的筆，收拾好茶杯碎片，無聲退下。

杜小曼站在原地看了皇帝片刻，慢慢走回去。

皇帝的手指掐著座椅的扶手，指甲泛出白色，察覺到杜小曼的視線，立刻鬆開了一些，重新挺直了背端坐。

「保彥，還是你來唸這奏折吧。」

保彥再躬身：「奴才遵旨。」

杜小曼走到方才的位子，猶豫了一下，道：「皇上請放心，我這人很笨，那些國家大事，聽了我也不懂。」

皇帝瞥了她一眼，嗓子裡逸出一聲輕呵：「妳坐吧。」

杜小曼在軟榻上坐下，保彥捧起一本奏折，翻開，開始唸。

杜小曼又摸過那個繡活當道具，開始裝模作樣地重新穿針引線。

她已能十分肯定，月聖門的最高領導，絕對不是皇帝妹子。

這個保彥，很明顯是個監控皇帝的人物。幫皇帝唸奏折，等於是參與國事了吧。一個公公，敢這麼明白地抖擻……

杜小曼的視線不由得飄過去，難道他才是月聖門的頭目？

公公，嚴格意義上說，不能算是個男人。

唉，杜小曼的頭又隱隱作痛了。

甚麼都要猜，甚麼都稀裡糊塗的，搞得整個人都不好了。

在皇宮眞的是處處要費腦筋，一句話能讓大腦拐千百個彎兒，智商不過硬，心理建設不夠強大，絕對玩不過去。怪不得皇帝是史上最短命的職業。

保彥唸完一本奏折，放回桌上，皇帝提筆寥寥批覆幾字，便闔上了奏折。

保彥又取過一本，開始唸。自始至終沒多說過一句，好像眞的就是在唸奏折，還是皇帝在做決斷。

但這種場景，爲甚麼要留下她這個觀眾呢？

杜小曼懶得再琢磨了，索性放空大腦，拿著針來來回回在布上亂戳。

不過，這些奏折貌似沒她想像的那麼難懂，有幾個甚麼××大學士、某某侍郎的折子是又長又晦澀，裡面一堆杜小曼不太懂的名詞，聽得她略暈。但並不是所有折子都那麼文謅謅的，有些挺短挺明白的，特別是武將寫的折子，跟說白話文差不多。還有一、兩個御史參奏別人的折子也很有趣，其中一個貌似是參兵部某個官員的，大致是說他儀態不端莊，說話常爆粗口，下朝後膽敢在御階下就飆髒話，這個御史說了他一句，於是那位被參的申大人就問候了一下這位御史的祖先。

御史在折子裡含恨寫：

「……臣之先人被辱，不足舉爲聖聞，然丹陛御階安能蒙垢，國之殿宇，豈可褻瀆？……」

以下省略杜小曼基本聽不懂的N多字。

保彥一口氣唸完，杜小曼十分佩服他的肺活量。

皇帝妹子大概也覺得這個御史參的這事太無聊了，道：「先擱到一邊吧，朕回頭再批。」

保彥依言將折子放到一旁，再取一折，一讀，杜小曼頓時樂了。

這本折子正是上本被參的那位兵部司戎主事、羽林右軍副統領申堯寫的，開頭便是——

臣申堯謹奏：

臣聽聞，周御史要來參臣了。臣亦知道，他必然來參臣。昨日早朝後，臣下得階旁，有風灌鼻，抑制不住，打了一噴嚏。恰周御史在旁，便直指臣殿前無狀。臣曉得，這個噴嚏打得是十分罪過，被他斥責，亦是理所應當。然周御史喋喋不絕，臣之懺悔心意便不能純粹，臣不免煩躁，便與周御史口角幾句，的確說了「你他奶奶的操哪門子閒心」這句話。臣是粗人，舌頭早該割了，但臣敢作敢當。噴嚏確實打過，無狀言辭確實說過。臣此折但爲自請其罪，叩請聖裁。

杜小曼不禁噗哧笑了一聲。

皇帝的眉頭跳了跳，瞥向她。

杜小曼訥訥道：「呃，不好意思，這個奏折臣妾聽懂了。原來大臣間也會像小孩子般打嘴仗啊。」

皇帝面無表情淡淡道：「司空見慣。」提起筆，在這本奏折後唰唰寫了兩行字，又取過那位周御史的奏折，也唰唰寫了兩行。

杜小曼不禁向桌案上偷偷瞄了幾眼，真的很想探頭看看皇帝妹子到底是怎麼批覆這兩個折子的。她當然甚麼也沒看到。

皇帝一臉平淡地闔上了奏折，保彥把這兩本折子都放到已批覆的折子堆裡，碼好，又取過一本。

「臣寧景徽今有一折啓奏……」

剛要低頭裝作看繡活的杜小曼心中一震，不由得抬起目光，立刻自覺反應太不淡定了，索性又像剛才聽中大人和周御史掐架的奏折那樣，大大方方做聆聽狀。

寧景徽的折子非常簡潔，是爲西北旱災之地奏請撥調過冬錢糧賑濟，寥寥數言道罷所請，無贅餘之辭。杜小曼竟然也能聽懂。

皇帝妹子一直垂著眼簾聽著，表情亦無甚麼特別，聽畢，淡淡道：「傳寧景徽與戶部劉遜，申時初刻同到勤政殿。」

保彥躬身領命。

杜小曼突然覺得，妹子這個皇帝當得還是很有風範的，就批奏折的這段表現，完全是一個皇帝應有的才智和舉動。就算她傳了寧景徽，杜小曼也覺得是公事公辦，而絕非爲了藉機見見寧景徽。

唉，妹子其實在認眞地扮演著自己的角色啊。

杜小曼望著皇帝聆聽下一本奏折的側臉，心中突然有種說不清的滋味。

待辦的折子堆去了一少半，天早已是晌午，保彥問皇帝：「陛下可要傳膳？」

皇帝道：「下午要議事，朕還要換袍服，恐在這裡傳膳不甚方便，還是在乾元宮東閣用膳罷。」說著站起身。

杜小曼趕緊跟著起身。皇帝看一看她：「那朕便先回那邊了，好生吃飯，注意自己的身子。」

杜小曼謝恩，恭送皇帝離去，陪同皇帝的宮人們皆隨之離開。

杜小曼看看那張桌子，讓小宮女去問，桌上的這些該怎麼辦。

過了一時，小宮女回來道：「回稟娘娘，保公公說，皇上讓把奏折就放在這裡，傍晚皇上還過來。」

好吧。杜小曼在心中嘆口氣，我現在可是寵冠後宮的女人啊！

也沒有人來告訴她，要不要拉根繩子把這張桌子保護起來。那甚麼，就繞著走吧。

其實皇帝走了，的確算是一種體貼，因爲還沒有人詳細告訴杜小曼如果陪皇帝吃飯需要甚麼樣的禮節，但肯定不輕鬆。說不定她全程都得跪著，皇帝吃剩下的菜她才能吃兩口。

用午膳的時候，杜小曼做了個比較大膽的決定——把寧景徽的教訓暫時丟到一邊。

順勢而爲，順勢而爲，說不定就順便沒命了。

她在這裡爲了劇情走鋼索，右相大人跟沒事人一樣一派忠心和皇上談政事，連個接頭的都沒給過她這個臥底，這是上峰對待特工應有的態度麼？

虧她還豎直了耳朵，把右相大人的奏折當密碼來聽，企圖聽出甚麼門道。

但不好意思，甚麼門道都沒聽到呢，應該是甚麼都沒有吧！

昨天差點被殺，今天所有人卻都表現得好像沒那回事。

既然被當成沒事，杜小曼決定去找事。

她抹了抹嘴：「我想去拜見皇后娘娘。不知下午甚麼時辰比較合適？」

宮女們都沉默了。

昨天傍晚發生的那件事，雖然誰都不提，但誰心裡都跟明鏡一樣。

宮中關係龐雜，誰都說不好另一個人到底連帶著怎樣的關係，那兩個被處理掉的宮女是甚麼來歷，絕大部分的宮女都想不出甚麼所以然來。

皇后娘娘昨天上午到了，下午唐郡主便差點被人推下水。這其中有無關聯，更不可亂猜。

但顯然，這位唐郡主並不是個善茬，想去中宮的目的昭然若揭。

唐郡主現在正得寵幸，她不顧此時一沒名分，二無體統，硬闖中宮，應該也沒事。

她沒事就代表著，跟她走這一趟的人，肯定有事。

誰敢陪她去找死？

眾宮女都不禁瑟瑟，一個宮女大膽道：「娘娘，皇上雖說下午議政之後方才過來，但亦可能更改，萬一來時娘娘不在……」

杜小曼道：「皇上申時議政，我這會兒出去，應當沒甚麼事。進宮來了這麼久，還沒有去拜見過皇后娘娘，反倒是皇后娘娘先來瞧了我，好像有些於禮不合。」

另一宮女道：「娘娘若去拜見皇后娘娘，上午最宜。皇后娘娘好佛法，下午常靜坐讀經。」

娘娘妳冷靜一下吧，冷靜一個下午加晚上，應該就沒這麼亢奮了。

杜小曼道：「那我先過去一趟，就算不便當面拜見，起碼是個致意呀。」

一個年歲長些的大宮女不得不道：「娘娘方才進宮，衣飾輦輿都未備妥，何不待一切妥當後方才拜見皇后娘娘？奴婢愚見，娘娘恕罪。」

杜小曼笑道：「哦，也是，現在我還沒甚麼名分，貿然去拜見，好像也不合體。算了，那就再等等吧。」

眾宮女都鬆了一口氣。

杜小曼又問：「那賢妃娘娘那裡，我是不是也不好去呀？」

方才那位大宮女忙道：「賢妃娘娘與娘娘相處得如姐妹一般，見到娘娘過去，應很歡喜。只是不知賢妃娘娘此時是否在綺華宮中。」

杜小曼道：「反正我先過去一趟看看罷。不知怎地，就想出去轉轉。」

宮女們對她不去中宮已在心裡燒高香了，料想往賢妃那邊一趟也沒甚麼事，立刻幫她梳妝更衣。

其實杜小曼本來就沒打算眞去找皇后，她知道自己現在根本見不了皇后，但她能肯定，折騰這一下，絕對會有人向皇后娘娘打小報告的。

皇后身爲一個高端的後宮陰謀家，會因此這樣那樣考慮一大堆吧。

嘿嘿，就讓皇后娘娘多死幾個腦細胞吧，晚上睡不著，吃再多燕窩也阻擋不了臉上的褶子！

最好寧景徽、皇帝等其他相關人物都收到這個小報告。

右相大人，我現在很不爽，很沉不住氣，我不能保證再過一時會做出甚麼事情喲……

杜小曼昂首闊步走出了含涼宮，前往綺華宮。

綺華宮早就是杜小曼打算探一探的地方。因為一直以來，賢妃的種種舉動，太讓她想不透。賢妃很明顯對她很好，很友善，讓杜小曼很感激，但善意中，究竟藏著甚麼深意？

她是月聖門的人，還是寧景徽的人？

綺華宮離含涼宮真的不算遠，大門與杜小曼途經的其他宮院不太相同，看起來很新。在皇宮這個地方，一切東西的樣式都必須合乎規格，賢妃的宮殿能如此特別，看來她有一段時間專寵於後宮，絕非虛傳。

綺華宮的三個大字，字體亦與其他宮殿不太一樣，更大，更瀟脫。

宮女見杜小曼的眼睛直往上瞟，真的不合體統，忙悄聲假意講八卦：「這三字宮名，乃皇上御筆親題。」

杜小曼落下視線聽完，眼睛又往上瞄了一下，好在一下之後立刻收回了，宮女們的身上則險些出了一身冷汗。

層層通報之後，杜小曼終於可以進去了。

轉過影壁，宮院異常開闊，已是深秋，院中卻有鮮花開放，簇擁著殿閣，真是綺麗繁華。這些花，杜小曼基本都叫不上名字。

宮女們未引杜小曼到正殿，而是繞到後方。

後面宮院更加開闊，花香馥郁。一經對比，杜小曼暫住的那個含涼宮眞是寒酸簡陋。

宮人們引杜小曼進了一間殿閣，賢妃自上首榻椅上起身，笑道：「我正在琢磨，今兒要不要再過去打擾打擾妹妹，不想妹妹竟然過來了，快坐快坐。」

杜小曼斂身行禮，她第一次來見賢妃，按規矩當有敬獻。杜小曼兩爪空空進宮，沒有甚麼私人物品。宮女們因她沒有再鬧著去中宮，心生感激，主動提示，皇帝在賜她暫住含涼宮時，還賜了一堆的東西，算是杜小曼私有。幫著杜小曼挑了一柄如意作禮物。

賢妃看到那禮盒，也只是道：「哎呀，妹妹怎麼還如此客套，下回千萬不要如此了，我到妳那裡可沒帶甚麼，還讓妳幫我的忙。妹妹這樣，讓我以後怎麼好上門呢？」

杜小曼做誠摯狀道：「賢妃娘娘萬萬莫要這麼說，太折煞妾了。娘娘肯去看妾，便是妾最大的福分。」

賢妃親自攙起杜小曼：「妳呀，總是這麼小心翼翼的。」一瞥左右，「妳們先都下去罷，讓我們姐妹自在說會兒話。」

宮人們依言退下。

杜小曼先起話頭道：「娘娘前日托付的那些《春秋》經卷，妾描了一些，但還不很多。」

賢妃道：「那個不急，妳慢慢描便是。」笑容斂去，「其實，昨日傍晚的事，我聽說了。」

杜小曼暗暗一振奮，卻假裝一怔。

賢妃道：「看我這人，就是嘴快。望沒有冒犯到妹妹。」

杜小曼道：「怎麼能是冒犯呢。」

這個時候，應該做出怎樣的表情？低垂下眼，皺眉，準沒錯吧。

「賢妃娘娘肯這樣關懷，讓妾心裡……其實妾……真不知道該怎麼辦好，想要找人談心，才冒昧前來打擾……我……」

賢妃嘆了口氣，在她手上拍了拍：「我懂。聽說昨日跟著妳的宮女已經被處置了，處置之前可有審問過？」

杜小曼垂首搖頭：「沒有。當時那幾個宮女突然就不見了，然後出來了一個老宮女，想要掐死我，幸虧有人過來，我才被推進水中。」

賢妃握住了她的手：「好妹妹，該嚇壞了吧？」

杜小曼道：「還好，我會游泳。」

賢妃的手似乎微微頓了一下，也像是杜小曼的錯覺。

杜小曼抬起視線看向賢妃的臉，那張臉上只有關切。

「妹妹，這話，我也只對妳說。宮中，說不清的事多得是。第一要緊的，是愛惜自己。妹妹心善，吉神自隨。」

神仙倒是真有，但是貌似撒手不管很久了。

杜小曼道：「我對神仙，不抱甚麼指望。凡事，還得靠自己。」

賢妃再拍拍杜小曼的手，又嘆了口氣：「我剛進宮來時，雖不曾有妹妹這般的遭遇，但也遇到過許多事。那時也是想不開，偷偷哭了很多次。後來，就慢慢習慣了。時常讀讀經文書籍，亦可緩解心境。

我看書不多，但這綺華宮裡倒有不少書冊，儒經道書佛典都收了一些，不知妹妹常讀哪些？」
杜小曼不好意思地垂下頭：「妾很沒文化，沒看過甚麼書。娘娘看我字寫成這樣就知道了。」
賢妃微微笑道：「有些書是甚乏味，說來我托妹妹抄寫《春秋》，不知妹妹可會覺得枯燥？」
杜小曼立刻道：「沒有沒有，這是娘娘帶妾做功德呀，這樣抄寫，字也能練得好一些，趁機可以學習一下。說實話，孔夫子的書，我之前只知道『學而時習之，不亦說乎』這幾句，此時用倒是挺恰當的。」
賢妃笑了笑。
杜小曼繼續和賢妃聊了一時，偶爾試探，賢妃是個談話高手，杜小曼越聊反而越不能肯定她的來頭。再聊下去也不會有更多收穫，杜小曼便起身告辭。
但對杜小曼來說，這一趟的些許收穫已經挺讓她滿意的了。
在離開前，她又儘可能地多欣賞了一番綺華宮的美景，回宮之後，做艷羨狀對宮女道：「綺華宮好漂亮啊，皇上現在仍很寵幸賢妃娘娘麼？」
左右宮人又沉默了一下，其中一個謹慎地回答：「賢妃娘娘一直深得聖眷。」
嗯，再度肯定。
賢妃，應該就是月聖門的人，而且和推她下水的人，不是一伙的。
後宮之中，到底有多少股勢力？
杜小曼的頭殼又開始疼了。

敲山震虎的小計策，迅速就見效了。

杜小曼比自己預料地更快收到了反饋。

首先給她反饋的，居然是皇帝。

「妳去了綺華宮？」

杜小曼垂下視線：「嗯，臣妾多得賢妃娘娘照顧，一直想登門拜望。」

話說，我還要去拜見皇后呢，這你怎麼不提呀？

皇帝向杜小曼走近了兩步，輕輕拂開她肩上的髮：「聞說妳十分喜愛綺華宮，朕亦可賜妳一座更好的。」

杜小曼趕緊後退一步：「多謝皇上，臣妾在這裡住得挺好的。」一抬眼卻對上皇帝的視線。

「喜歡，爲何不想得到？」皇帝的手仍流連在她頸側，「要甚麼，便和朕說，朕會給妳最好的。」

不、不對勁啊。

這個視線，這個語調，還有瞳孔的顏色及神態……

這是……

杜小曼的後背一緊，皇帝俯首，欺上了她的雙唇。

杜小曼渾身的寒毛豸起，猛地扭頭轉身。

皇帝被她一把推開，卻並不以爲意，站在原地看著杜小曼蹬蹬蹬後退幾步。

「妳仍對朕不情不願？」

廢話！杜小曼盯著皇帝，沒有回答。

皇帝笑了笑：「這就怪了，妳這樣的態度，在朕面前亦不加掩飾，爲何還要如此聽寧景徽的話？」

杜小曼心中一震。

皇帝果然甚麼都知道。

「那麼皇上究竟是誰？」

你挑明，我也把話說開。

皇帝像聽到甚麼有趣的話一樣看著她：「朕是誰？朕能是誰？」

「這兩天我所見到，自稱朕的，可不……」杜小曼的聲音突然哽住了，她張了張嘴，發現自己發不出聲音，亦無法動彈。

皇帝仍一臉好整以暇，眼中有杜小曼看不透的東西在閃爍。

「妳這樣做，是爲了裕王？妳與那寧景徽一樣，都覺得他配坐上這皇位？慕雲瀟、謝況弈權勢皆不如裕王，這就是妳選他的原因？」

杜小曼心中再一寒。

皇帝竟然連謝況弈都算上了，確實是對一切都瞭如指掌。

她的目光裡流露出了急切。

皇帝垂眸俯視著她：「莫說寧景徽那點伎倆，朕早已洞悉。便是他等能夠得逞，妳已入朕的後宮，妳覺得彼時裕王還會要妳？」

喂喂喂，皇上你不能這麼腦補劇情啊，怎麼我就成了爲操操獻身的女人，我看著像是有如此偉大情操的聖母嗎？

「啊，呃……」杜小曼喉嚨一鬆，突然又冒出了聲音，把自己嚇了一跳。她拍拍胸口，順了順氣，立刻道，「是皇上您下旨讓我進宮，寧右相才把我逮住打包送進來的。您別搞錯因果關係。爲了一個男人的宏圖大業犧牲自己進宮當臥底甚麼的，那可不是我會做的事。對不起我很自私，我其實只想知道眞相。我不明白本該很單純活著的唐晉媗身上，爲甚麼會發生這麼多說不清的事？」

皇帝的表情像個面具，對，他的臉上本來就應該有個面具。杜小曼雖然看不懂，但還是直盯著他的雙眼。

「皇上你，爲甚麼要這樣對唐晉媗呢？」

你，到底是誰？

皇帝的雙瞳陡然收縮。

杜小曼又覺得身上某個地方細微地一麻，再度發不出聲音，不能說話。

皇帝緩緩向她走近了一步，再一步，又一步，冰冷的手指撫上她鬢邊，自頰側滑到下巴，隨後唇覆蓋上她雙唇，帶著微微的涼寒。

只是輕輕一觸，便抬首，吐息呵在她的耳畔。

「媗媗，忘掉裕王，更無須理會寧景徽。我會殺了他們。妳甚麼都不須多想，只要待在這裡就好。」

龍袍的身影走出殿外，宮人們恭送皇上起駕的聲音傳來，杜小曼在原地又站了很久，宮女們進來，匆匆一瞄又立刻垂下的視線中藏滿好奇，杜小曼下意識地動了動嘴唇，這才發現自己能動又能說話了。

她生生壓抑住打一個哆嗦的慾望，假裝淡然地任宮女們服侍她卸妝就寢。

太陰森，太恐怖了！

B版皇帝才是眞的大殺器！

跟他一比，A版皇帝妹子簡直是幼兒園級別的小打小鬧。

話說右相大人，你到底有沒有安排接頭人？

假皇帝要做掉你和璪璪啦！好像他對你的動向十分明白的樣子，這對於您老來說，算個事兒了吧？

我應該怎麼傳話給你？

這些話，杜小曼生怕自己一個忍不住脫口而出，把宮女們統統趕了出去，獨自在床上翻滾。

這諜戰不像諜戰，宮鬥不像宮鬥的劇情，她眞是受夠了！

內心一陣狂躁，她翻身而起，撩開帳子，摸到桌邊端起茶杯狠狠灌了兩口，咯咯磨牙。

「裝！裝！裝！都明明白白了幹嗎還都不放眞相！痛痛快快光明正大把事情都了了唄！」

打假換皇帝，眞刀眞槍幹起來，何必捲這麼多路人下水！

杜小曼把杯子惡狠狠放回桌面，正要轉身，發現被微弱月光照耀的牆角處，黑黝黝的大花瓶動了動，下方有兩條腿站起，上升的瓶身處冒出人頭和肩，雙臂分開瓶肚，淡然將瓶殼扒下，拔出背後的孔雀毛，走向目瞪口呆大張嘴石化的杜小曼。

「女娃，老夫的這個裝扮略微粗陋。妳的眼神，卻未令我失望。」

蕭……

蕭……白……客…………

蕭大俠！

蕭大神！

您老是怎麼進來的？

您老是從甚麼時候開始蹲在那裡的!?

杜小曼雙膝一軟，險些跪了。

大神！救我！！！

話尚未來得及出聲，蕭白客又甕聲開口：「老夫上當了。那一男一女兩個毛頭後生易容手法拙劣，口技稍好一些，仍難脫不堪二字。竟被如此吹噓，今日之世人，見識竟至於此。」

淡淡語氣中，帶著幽幽唏噓。

「不過，能與小友妳一會，此行不算虛之。」

一番話，聽得杜小曼如雲山霧罩，正試圖用她那點兒可憐的智商解讀，蕭白客又道：「老夫已在此一夜一日，妳卻此時才說破，想來看出時辰應不會太早。以妳眼力，本不應這麼遲，料是因記掛妳那小情郎，亂了心緒所致。老夫平生所見後生中，妳是天分最高的一個，若承我衣缽，不出二十年，當勝於我今日。但爾須棄雜念方可達至高境地，尤其要看破兒女情長。往至境之途如逆水行舟，不進則退。」

呵……

呵呵……

蕭大俠，其實一切都是誤會，一切都是巧合。只因事情它就恰剛好那麼湊巧。

不過，只要能從這鬼地方出去，讓我拜您一千遍師父都願意。

杜小曼雙膝再一彎：「師……」

蕭白客又唏噓一嘆：「罷了，老夫不強人所難。」

「蕭大俠，求您帶我出去！」

蕭白客搖搖頭：「老夫帶不出去。」

這麼乾脆!?

這是一個大俠應該說的話麼？

「爲、爲甚麼？蕭大俠您武功如此卓絕……」

「區區皇宮，老夫進出輕而易舉，但女娃娃妳絲毫不會武功。」蕭白客答得仍然簡潔，「外面妳的另一個小情郎已經團團亂轉了數日，宮牆似也翻過幾道，老夫還和他聊了聊。他也毫無方法。」

杜小曼心口一暖，這是謝況弈吧。

不知爲甚麼，她的眼眶有點酸。

「那蕭大俠您能不能給我帶個口信？」

「帶給何人？」

「給……謝況弈，就是外面那個。還有寧景徽，當今右相，您認得吧？還有裕王秦蘭璪，他您應該認識的。」

蕭白客點點頭：「就這三個小情郎？各要帶甚麼話？」

大俠，他們不是我的小情郎啊！怎麼說得好像我男女關係很混亂的樣子！

「大神您誤會了，我和他們不是那種關係，是……」現在解釋這個，好像很浪費時間。

其實杜小曼的糾結，對蕭白客來說，完全無所謂。蕭白客一生，被數不清的女子戀慕，三、四個，還是三四十個，在他看來是塵埃一般的數目。他從不知道，庸俗的世人對這種事何等窮心耗力與糾結萬分，方才不過是隨口一說。

「大俠，我想告訴謝況弈，就是在宮牆外頭想翻進來的那個，請他不用管我了，我在這裡挺好的，沒甚麼事。」

蕭白客點點頭。

「想告訴當今右相寧景徽的話是，那人要殺他們，他的計畫那人都知道了。還有，想告訴裕王秦蘭璪的話是……」

怎麼突然覺得，此刻特別像電視劇裡的某個特定場景。

「是……」唉，她連聲音都忍不住啞了，「是……」

對啊，要跟他說甚麼？

好像，沒甚麼可說的。

「就讓他多保重吧。」這麼無關緊要的話，讓蕭大神專門跑一趟太不值得了。

「這句話，您告訴寧景徽，讓他轉告裕王就行。」

蕭白客略一頷首，變戲法一樣從帷幔角落裡拖出一個大花瓶，插進從後背薅下的孔雀毛，重新放回原位，又駐足，轉身，一沉吟。

「是了，老夫亦有一句話，托小娃妳見到他時轉告。老夫大約知道他在猜甚麼，不是，讓他休要瞎琢磨。」

他？他是……

微微涼風，灌進杜小曼張開的嘴，蕭白客的身影掠出窗縫，逆風而去。

喂，大神，您好歹把那個「他」的名字告訴我啊！

身爲一個庸俗的人類，眞的無法跟上藝術家的節奏。

杜小曼再默默灌了兩口涼茶，爬回床上。

蕭白客神一般地來去，當然沒有留下任何痕跡，宮人們更毫無察覺。

第二天早上，當宮女們仔細擦拭那個大花瓶的時候，杜小曼不禁想起，昨天，宮女們也是這樣仔細地擦拭了花瓶無數遍……

蕭大俠，您是眞的神。

杜小曼大約明白了一點，在蕭白客的世界裡，凡塵一切皆是浮雲，只有無止境的易容藝術之路，才是唯一。

突然感覺自己好渺小，這個鬥來鬥去的皇宮、這個眞眞假假紛紛亂亂的世間好齷齪。

皇宮裡面，有A版B版一男一女兩個皇帝（獲得蕭大神認證），這到底是整啥呢？

爲甚麼要把生活變得如此複雜？

下午，皇帝又過來批奏折了。

杜小曼發現了一個快速分辨A版和B版皇帝的方法。

好像A版女皇帝的身邊，總是跟著保彥和另一個小宦官忠承，而B版的男皇帝身邊不怎麼出現這兩人。

現在保彥跟皇帝一起過來了，那麼來的，大概是A版？

杜小曼恭敬接待，皇帝坐到桌邊，杜小曼親手將茶水端上。皇帝瞥了她一眼，嗯了一聲。

應該是A版沒錯。

B版昨晚帶著情緒離去，杜小曼一直猜測今天會不會有驚奇下文，但是今天劇情進展出奇地平靜，杜小曼甚至覺得A版皇帝妹子心情挺不錯。

皇帝妹子批了幾本奏折，又讓保彥誦讀，杜小曼假裝聽著，自顧自地走神思考這這那那，忽而聽見A版皇帝道：「媗兒，朕看妳聽得仔細，這個折子，妳可有見解？」

啊？杜小曼恍然回神。其實她剛剛根本沒在聽來著。

她趕緊起身，施禮道：「皇上，臣妾如此愚鈍，聽都聽不懂，哪有甚麼見解。」

皇帝似笑非笑：「哦，朕見媗兒連手裡的針線都忘了，還以爲在替朕思索分憂。」

杜小曼尷尬地張張嘴：「臣妾是努力在想，到底聽到的是甚麼意思。」

皇帝歪頭：「可想好了麼？」

杜小曼搖搖頭：「沒……沒懂。」

皇帝挑了挑眉，唇上掛著笑，提起朱筆。

杜小曼繼續假裝專注於手中的針線，總感覺，皇帝妹子的視線常常在她身上掃過，暗中打量。

批了大約一個時辰的奏折，皇帝妹子說有些睏乏，屏退左右，到床上躺了一時。

杜小曼遠遠地坐著，描《春秋》打發時間。

又半個時辰左右，保彥和忠承進來，服侍皇帝起身。皇帝站在床前，任兩人跪下整理龍袍衣襬，向杜小曼道：「朕過一時還有事，晚上可能就宿在乾元宮，不過來了，妳早些睡罷，不必等朕。」

杜小曼做領命狀。

皇帝又道：「說來，妳進宮也有幾日了，有些事，朕都記著呢，不必心急。」

杜小曼再垂首。

皇帝淡淡道：「眞是快啊，明日，就是十五了。」

十五！杜小曼的心突地快了一拍。

皇帝有意無意提了這麼一句，其中必有緣故。難道這天，宮中將發生甚麼大動盪？

杜小曼記得，月聖門一般都愛在十五殺人，月聖門的女子告訴過她，月聖門的月祭有大小之分。難道明天是大月祭的日子，B版皇帝打算在那個時候做掉寧景徽或璪璪？

結合A版皇帝妹子的態度，寧景徽應該不會有甚麼三長兩短，再淪落也不過是被A版皇帝圈禁。

如果月聖門眞的要殺個人來祭祀十五的月亮，第一順位人選大概就是——璪璪。

彷彿在肯定這個猜想一樣，杜小曼的右眼皮跟著突突跳了兩下。

蕭大神到底有沒有把口信帶給寧相大人啊！杜小曼一想到這裡，坐立難安。

宮女們發現她狀態不對，便貼心安慰：「皇上的確是有政務方才離去，今晚並未去其他娘娘那邊，亦未傳話侍寢。娘娘風寒未癒，早些睡罷。」

杜小曼也只能洗洗睡了。

「媗媗。」

「媗媗……」

低低的，又有人在耳邊喚。

她猛回神。

「媗媗，妳不開心？」

她咬唇：「你爲何每到月中，就常不來看我？」

他攥住她的手：「家母信佛，月中我得陪她上香吃齋，不好脫身。」

「但我也想和你一起賞月。」剛剛在書裡看到了一個方法，月圓之時，將兩人的名字合寫在箋上，對月祈願，可生生世世永結同心。

他低低一笑，微涼的手指撫上她的臉頰：「媗媗，我定然會請到皇上的聖旨賜婚，以後每個月的十五，妳我都共賞明月。」

似有暖暖的蜜水在心中化開，她輕輕點頭。

我等你。

我信你。

只要是你說的，我一定相信。

但，爲甚麼，心裡突然很疼呢？

這裡，這裡又是哪裡？

這湖水，這長廊，這……

「郡主，郡主，硬闖此處，不太妥當。郡主不該自折身分做此計較，先回院中去吧郡主……」

忽略耳邊的求請，她急急前行，前方一幕，霍然躍入眼簾。

月光下，他手執火折，輕輕點亮那女子手中的蓮燈，那雙無數次溫柔攥住她雙手的手，與那女子的柔荑觸碰，燈火照亮那女子嫵媚的笑容。

她怔怔站在原地，看著他和那女子一道將花燈放入水中，唇邊寵溺的笑容將她的心絞得粉碎。

身上大紅的嫁衣，在此時像個笑話。

十五啊，今天是十五。

棄了吉利的雙日子十六，擇了今日爲期，只爲了和你……

「媗媗妳呀，真是瘋了。鬧著要嫁這個人，又非得擇這麼個日子，哪有人成親是單日的？他這麼哄著妳，必然別有居心，一成親嘴臉就露出來了。別怪姐姐說喪氣話，以後有妳受的。」

「嫁出去的女兒潑出去的水，從今往後我和妳父王都不再管妳，亦不再幫妳。妳如斯任性，日後有何結果，都自己嚥下罷。」

娘，姐姐，爲何被妳們言中了。

瀟郎。雲瀟。慕雲瀟。

爲甚麼……到底爲甚麼……要如此對我？

……

杜小曼一骨碌從床上彈起來，捂住額頭。

瘋了瘋了，這是甚麼情況？

這個夢，這個夢……

慕雲瀟和唐晉媗，是在十五那天成的親？

天啊，其中必然有重大隱情。

慕雲瀟爲了逼唐晉媗進月聖門，特意挑選了這個日子，好促進她裂變？

那麼和阮紫霽一起放燈又……

上面的各位神仙，你們給我點兒劇情提示吧，有甚麼可不可以直接告訴我，別整這麼玄乎的夢了，我眞的不擅長猜謎啊！

「娘娘？」宮女關懷的聲音從帳外飄來，詢問杜小曼可有不適。

杜小曼含混過去，任宮女們服侍著起床。

她仍忍不住想，慕雲瀟，到底知不知道阮紫霽是月聖門的人？

杜小曼一想到這些，忍不住打了寒戰。

宮女們趕緊再詢問她是否風寒未好，又爲她請來御醫。

御醫懸絲診了診脈，沉吟：「娘娘的脈相，倒是……」聲音很猶豫。稍後，又召了一名醫婆，入內看了看杜小曼的氣色與舌苔。

御醫再沉吟片刻，道：「娘娘的風寒，倒是已康復，若仍覺不適，臣便寫張單子，著人交與御膳房，按此安排膳食便是。」

杜小曼隔簾道謝。

所謂按御醫的方法安排的膳食，不外乎就是煎炸燒幾乎沒了，全是蒸燉煮的清淡滋養菜品。

杜小曼心裡有事，嘴裡寡淡，飯也沒吃幾口。

耗磨了一整天，皇帝沒來，賢妃娘娘也沒來，難道大家都準備晚上開會呢？

到了晚間，杜小曼望著天上那漸漸升高的圓月，心裡的不安漸漸變濃。

宮女溫聲道：「娘娘快進殿吧，外面甚冷。皇上這幾日政務繁忙，說不定明兒一早，就來看娘娘了。」

杜小曼無語地轉身，剛要走向門檻，又掉回頭，望向西南方向：「那邊的天，是不是紅一些？」

宮女立刻含笑回道：「娘娘，那邊是乾元宮與中宮方位，平日裡就這麼亮呢，只是娘娘未曾留意。」

杜小曼回到殿內，沐浴就寢。

可能是這幾天沒事就睡，實在睡太多了，躺在床上輾轉反側，總是無法入眠。

月亮正好，月聖門的儀式，說不定正要開始吧。

難道是直接闖入裕王府，趁璪璪不備，就……

璪璪一犯懶，睡覺滿死的，說不定就在他好夢正酣時，一道影子悄悄出現在他床頭……

或者是他正和某個或某堆美人一起喝酒吃菜，一個妹子臉色一變，從懷中摸出一把刀子……

唉，不能這麼詛咒璪璪。說不定月聖門的人今晚只是純潔地唱唱歌，月莧仙姑不是說，有好多都是外人的誤解，其實她們不會那麼做麼。

杜小曼拍拍額頭，再翻個身，突然發現帳子外好像有道黑影。

宮女？

不對，輪廓不太像。

紗簾微動，那黑影一閃，杜小曼還未來得及尖叫，嘴巴便被一隻手捂住。

「噓——小曼姐，是我。」

箬……箬兒？

杜小曼差點又叫出聲，比見到鬼還震驚。

箬兒，哦不，是美少年模樣的孤于箬，悄聲道：「小曼姐，別怕，真的是我。」

「妳、妳怎麼進來的？」杜小曼的嘴巴被鬆開後，立刻問。

「那個會易容的老伯對弈哥哥說了路線，但他武功很高，我和弈哥哥還有衛棠哥加起來也比不上。本來還是進不來，還好這裡面打起來了，弈哥哥和衛棠哥得留意那些衛兵別醒來被發現，就讓我進來了。」孤于箬回答。

「打起來了？」杜小曼一把抓住了孤于箬的手臂，「哪裡打起來了？」

孤于箬努力地思考了一下：「我光顧著進來，沒太聽清楚，好像是皇帝要刺皇后，還是皇后要刺皇帝，總之是這兩個人其中一個要刺另外一個……」

杜小曼不由得揪住了孤于箬的胳膊。

「正打著呢!?」

孤于箬點點頭。

娘啊，傳說中的宮鬥，啊不，宮變大戲，此時正在進行？感覺好不眞實！

十五的月亮，果然未被這些人辜負！

「打得厲害麼？」爲甚麼這裡一點動靜都聽不到？是不是皇宮太大的緣故？

「沒有看見打，只是許多兵往那邊去，說是調兵甚麼的。放心，我們說不定可以躲過。」孤于箬反手要拉起杜小曼，「快，這裡的其他人一時半刻都不會醒來，外面有弈哥哥和衛棠哥兩個人接應……」

杜小曼站起身，但沒有挪動腳步：「箬兒，我不能和妳走。這種時候，宮裡的武裝防備絕對會加強，妳帶不走我。妳快走吧，告訴謝況弈，我沒事的，在這裡反而挺安全。」

孤于箬也搖了搖頭：「妳若不離開，我就等於白進來了。妳就當爲了弈哥哥，也要和我一起出去。」

就是因爲謝況弈，才更不能出去。

杜小曼嘆了口氣：「箬兒，我眞的很感激妳，感激謝少主，但現在的事情很複雜，關係到朝廷和政治，你們千萬別沾上。寧景徽對我安排很周全，我絕對不會有事。」

孤于箬低聲道：「弈哥哥不會聽的，他喜歡妳，難道妳不喜歡他麼？」

杜小曼一噎。

這個問題，要怎麼答？要怎麼在箬兒面前答？

孤于箬繼續道：「是啊，妳好像喜歡的是時公子。」

杜小曼張了張嘴：「我……」

砰砰砰！

窗外忽然響起砸門聲。

砰砰砰！

「有要事傳告，速速開門——」

杜小曼猛吃了這一嚇，反手推搡孤于箬：「快，藏起來！」

砰砰砰！砰砰砰！砸門聲越來越大，緊跟著是門扇霍然被砸開的聲響。

「侍奉的人何在！」

火光染紅窗紙，腳步聲、兵器聲，紛紛刺入耳膜。

杜小曼躺回床上抓緊被子。

「休要無禮，娘娘正在安歇，勞將軍帶諸位先在外面把守便可。裡面就由咱家等人進去請安通傳吧。」

一道耳熟的聲音響起，是保彥公公。

「公公還是帶些人手進去吧，無人應門，可能有詐。」

「娘娘鳳體爲重，咱家區區奴才，何足道哉？將軍請暫先在門外守護，若眞有甚麼變故，再權宜行事不遲。」

杜小曼屏息聽著，冒險壓低聲音飛快對床下說了一句：「箬兒，千萬別出來，這可能是圈套。」妳可千萬藏住，別學妳弈哥哥，衝出來看能不能把這些人擺平甚麼的。妳擺不平。

孤于箬極輕地應了一聲。

外面，那將軍終於做出讓步：「公公多小心。」聲音十分不情不願。

保彥公公應該是進來了，但杜小曼聽不到腳步聲。重新陷入寂靜的夜裡，只有她自己的心跳聲格外清晰。

含涼宮值夜的宮人，應該被箬兒都點穴或迷暈了，方才箬兒還說過，一時半刻不可能醒轉，保彥公公看到這個場面，會……

「哎喲！」夜空中，響起保彥公公一聲驚叫。

杜小曼的心又跟著猛一跳。

「哎喲，剛說沒人呢，怎麼一聲不響都冒出來了，嚇死咱家了！」

「公公，婢子們聽到動靜，一時不知何故。未能相迎，公公莫怪。」是那位最老成持重的大宮女晴照的聲音。

怎麼回事？她們爲甚麼會醒？

還是……根本沒被箬兒放倒？

杜小曼的腦袋已被問號填滿。

「一聲不響，還以爲出了甚麼事情，無事便可。其餘事情暫不能多說，快請娘娘起身，待會兒聖駕便到。」

皇帝要來！

聽著宮女們推開外殿門扇的聲音，杜小曼雞皮疙瘩紛紛冒出。

她們要進寢殿了，自己是假裝仍睡著，還是已經醒了？

這麼大動靜還假裝睡著太矯情太假了，杜小曼推被坐起，宮女們手中的燈燭照亮帳外的黑暗。

外面，遙遙又有一道聲音劃破沉寂。

「皇上駕到──」

「臣妾迎駕來遲，妝容不整，請皇上恕罪。」杜小曼雙膝著地。

「不必如斯自責，媗兒受驚了罷，快快起來。」皇帝彎腰，作勢攙扶，手指並未觸碰到她的衣服。

這個應該是A版。

杜小曼謝恩自行站起。

皇帝妹子垂眸看她：「兩更時分，逆婦李氏派一內侍企圖行刺於朕，內宮竟能生此禍端，朕驚忿自省。外面喧鬧，朕暫來媗兒這裡躲一時清靜。」

甚麼？杜小曼大大方方地任震驚出現在臉上。

皇后刺了皇帝！！！

李皇后看起來敦厚賢淑，居然是個戰鬥系的，真是人不可貌相。

那麼，皇后是早已發現了皇帝的不對？

杜小曼來不及多想，忠承公公躬身已入殿。

「陛下，禁衛統領黃欽來請皇上旨意，內侍院查得反賊同黨數人，當如何處置？」

皇帝妹子轉身：「殺。」

「稟萬歲。」皇帝尙未在軟榻坐下，又有小宦官來報，「凰儀宮中擒得數名宮人。」

皇帝淡淡道：「可留一二活口待審，其餘的，難道還讓朕的內務府耗銀子來養？殺。」

「稟皇上，中宮一帶已查，無賊蹤跡，所拿疑涉逆亂者……」

「殺。」

一個個殺字，聽得杜小曼心驚肉跳。

皇帝似笑非笑瞥向她：「媗兒難道覺得朕殺伐過重？」

杜小曼道：「臣妾不敢，只是，裡面可能有不是亂黨的人，說不定還是保護皇上的忠臣，查明再殺會不會更好些？」

皇帝嗤笑一聲：「朕的媗兒眞是個可人兒，凡涉及謀亂者，必死無赦，並非朕立下的規矩。妳既已在宮中，這些事須得習慣。故作軟善慈悲，毫無益處。」

杜小曼只能不作聲。

「稟皇上。」忠承公公再度入內，「逆后李氏，已遵旨囚於凰儀宮坤和殿內。」

皇帝哦了一聲：「這等賤人，竟掌朕內宮多年，碎她爲泥都不能解朕之恨。媗兒，妳說，朕該如何處置她？」高高在上的視線之中，帶著一絲玩味——典型的貓玩耗子姿態。

杜小曼在心裡聳聳肩，表面卻一臉認眞地回答：「皇上，皇后娘娘……」

「逆婦李氏。」皇帝淡淡糾正。

「逆后李氏，此時，不可殺。」

皇帝雙眼微微一瞇。

皇帝妹子，妳開口問我，就等於自找不痛快，要麼妳連我一起拿下，要麼妳就得聽著不順耳的話。

杜小曼緊急調動腦細胞，現湊台詞。

「逆后李氏畢竟是皇后，關乎國體。即便她做下這等令人震驚的逆天行爲，審都不審，立刻就殺了，也不太合適。最好先審明白，確定行刺皇上的人是她派的，再定罪。這樣，那些喜歡挑刺進諫的大臣也說不出甚麼來。」

皇帝定定看了她一瞬，像聽到了十分好笑的話一樣，仰面大笑：「呵呵，朕說妳是可人兒，真是說對了。妳的純善，真出朕之預料。媗兒，前日在清暉閣欲殺妳之人，經朕查得，亦是皇后所派。朕可讓保彥和忠承與妳看證據及意圖害妳之宮人的首級。」

皇后娘娘這事幹得並不撲朔迷離，我早就猜到了啊，皇上。

杜小曼配合著先做出驚詫表情，然後繼續切換成聖母模式：「皇上，不可因爲臣妾這件事衝動。皇后，畢竟是一國之母，不能隨便殺。」

皇帝一扯唇角：「媗兒的這顆心，真是水晶做的，剔透無瑕。」

杜小曼垂下眼簾：「臣妾其實是個最自私不過的人，正因如此，才不想走上與那些濫殺者同樣的路。」

這話算是帶了些眞實情感。她這麼做，一半是和皇帝妹子對嗆，一半也是出於對皇后的同情。

同情要殺自己的皇后，杜小曼也覺得自己的腦袋後面能生出個大光圈。但是，自己連寧景徽的臥底都當了，同情同情皇后，也不算離譜。

想來皇后也是看出了皇帝的不對，才做出這種行爲，算是爲了這個朝廷在努力。其實她的動機與寧景徽相同，只是策劃和行動能力的差別眞是太大了。

幫她拖些時間，說不定寧景徽這個陣營的人會出手解救她。自己當是順勢而爲地行善了。

皇帝再盯她良久，一挑眉：「好吧，既然朕的媗兒都這麼說了，那便暫將逆婦李氏繼續拘禁，待朕審之。」

忠承領命離去。

皇帝懶懶地揉了揉額角：「朕眞是心亂且乏之。」

保彥從左右手中接過一個托盤：「皇上請先用此寧心的茶水，與娘娘歇息吧。」卻將托盤送到杜小曼面前。

杜小曼只得端起茶盞，呈給皇帝。皇帝接過，稍稍抿了一口，杜小曼接回茶盞，卻感到一剎那間，皇帝妹子的目光又在自己臉上一掃。

帶著尖利的寒意。

杜小曼不由抬眼，皇帝已站起身。

杜小曼的心頓時提到了嗓子眼。

皇帝筆直地走向了大床。

箬兒就藏在床下。

「都退下吧，明日暫罷早朝。」皇帝妹子邊行邊下令，左右宮人連同保彥公公都退出寢殿。

殿裡此時只剩下杜小曼一個，眼睜睜看著皇帝走到了床邊。

皇帝妹子的手碰到了紗帳，側轉過身：「媗兒爲何站著不動？」

杜小曼假裝體貼地答道：「皇上龍體睏乏，臣妾怕打擾皇上休息，在這邊角落睡就成。」

皇帝妹子微微一笑：「媗兒怎地這樣說，朕豈能獨宿榻上？快過來替朕更衣。」

A版今天的行事很不對勁。

杜小曼捏了一把汗，卻不能不故作鎮定地走過去，皇帝妹子已自己解開了龍袍的衣帶，杜小曼幫她將龍袍從肩上除下。

皇帝妹子坐在床邊，又看著杜小曼：「方才看妳扭扭捏捏的模樣，朕還以爲這床中或有玄機，藏了甚麼人。」

杜小曼心中一跳。

皇帝妹子噗哧一笑：「看妳這慌亂模樣，朕逗妳呢。朕的媗兒怎會與那逆婦李氏一般，串通外人，來謀害朕？」展被上床，「朕今日精力不濟，便各自睡罷。」

杜小曼做領命狀，繞到另一側床邊，心跳得像打鼓一樣。

皇帝妹子發現了，她絕對發現了床下的箬兒。

但爲甚麼，她不點破？

罷了，順勢而爲。

反正老娘無所畏懼！只是，箬兒別有事就行。

杜小曼一咬牙，熄滅燈燭，爬上床，謹慎地蓋著被角在床的邊緣躺平。

皇帝並沒有發出聲音，很安靜，一直一直如此。

杜小曼的心一直揪在半空，揪心著箸兒，慶幸著離天亮應該不算遠了。

靜止之中，時間過得特別慢。當殿內的光線漸漸變亮時，杜小曼有種過了一百年的感覺。

皇帝妹子等到天色大亮，方才起身，竟是一臉愉悅。待保彥和忠承服侍她起身洗漱，左右宮人擺上早膳時，還含笑道：「不想朕昨日經歷此事，竟還能得一場好眠，媗兒眞是朕的解語花。」

侍立在一旁的杜小曼渾身一哆嗦。

皇帝妹子笑盈盈地看著碗道：「此粥甚好，媗兒亦吃一些罷。」

杜小曼在保公公的眼神示意下，跪謝賞賜。待皇帝用完膳，方才到犄角旮旯的小偏殿中吃了早飯，臨吃前還得面朝皇帝妹子目前所在的方位，跪著喝下賞的那碗剩粥。

她此刻，又哪有心情吃早飯，箸兒仍在床下，這麼久了，應該很辛苦，會不會口渴會不會餓，會不會想上廁所？

皇帝妹子到底打算在這裡待多久？是有多享受貓玩耗子的快樂？

杜小曼匆匆再塞了兩口飯菜，便又回到主殿，在廊下與匆匆奔上台階的小宦官遇上。

小宦官立刻行禮避讓，待杜小曼進殿後，方才碎步入殿。

「稟皇上，逆后李氏，已於凰儀宮中畏罪自裁。」

杜小曼心裡一涼。

前幾天才見過的、鮮活的一個人，就在這一句話中化成虛無。

皇帝妹子臉罩寒霜，雙眉緊擰。

小宦官伏地：「侍衛宮人看管不力，罪該萬死，請皇上賜罰！」

皇帝妹子冷冷道：「這個賤婦，竟得了痛快。李觥一府，可已拿下？」

小宦官再叩首：「已在天牢。」

皇帝妹子淡淡道：「著黃欽看管審訊，尤其李觥，這次若再死了，他也提頭來見朕罷。大理寺、宗正府一概不得插手，李孝知暫不可入朝。」

李孝知？杜小曼混沌的腦漿轉動，是那位和寧景徽是對頭的左相大人吧？

怎麼他也……

小宦官再領命。

皇帝神色凝重地站起身：「看來朕還得再去前頭一趟，不能在此清靜了。」

杜小曼如聞綸音，欣喜相送，門前侍衛亦跟著撤了。

杜小曼做西子捧心狀扶住柱子，嘆了兩口氣：「真是嚇死我了，從未見過如此場面。」

左右宮人都未吭聲。

杜小曼順順胸口：「我要再躺會兒，妳等都退下罷。待我獨自定定神。」

宮女們都依言退下，杜小曼趕緊摸回床邊。

她謹慎地選擇先爬回床上，放下帳子，抖開被子，發現一個很小的東西骨碌碌滾了出來。

杜小曼小心翼翼地按住，是個紙團。

她縮到被子裡，憑藉多年來躲著被窩裡刷手機看小說的經驗，一埋頭，打開紙團。

小曼姐，我會混在皇帝的侍從中出去，不要擔心。

杜小曼的心揪得更厲害了。

皇帝剛剛遇刺，絕對盤查極嚴，尤其身邊人，絕對精挑細選並嚴格防備。天黑時還好，這光天化日的，箬兒要怎麼混進去，怎能不被發現，又怎麼能混出宮牆？

簡直比飛出銀河系還難。

杜小曼急得想哭，翻到床邊，向床下一望，空空蕩蕩。緊跟著便聽見門扇開闔的聲音。

「娘娘。」

這個晴照會遁地術嗎？門剛響，人就到跟前了？

杜小曼站在床邊，努力維持鎮定表情：「不是讓妳等在外面侍候麼，怎麼進來了？」

晴照行禮：「奴婢只是想看娘娘睡了沒，是否要用些安神的湯水。宮中方出了大亂子，奴婢們不敢懈怠，逾越之處，請娘娘賜罪。」

這時候，也不能真的硬翻臉。杜小曼遂冷冷哦了一聲。

晴照再道：「娘娘可是又不想睡了？可要奴婢……」

「不是，我不過是起來如廁。」杜小曼仍冷冷道，「沒妳甚麼事，還是退下吧。」

晴照低頭，一副乖順模樣，領命退下。

杜小曼揪心了一上午，假裝關心皇帝，不斷詢問皇上回勤政殿有沒有出現狀況，是否又有刺客。宮女們都回說：「娘娘無須擔心，那些逆賊小人如何能傷到聖上龍體。娘娘請安心。」

杜小曼稍稍鬆一口氣。雖然仍很煎熬，但她午飯時總算能品嚐出美食的滋味了。

她從昨天晚上開始，吃得就不多，幾口菜下肚，反而覺得更餓了。按例，每道湯菜，她嚐兩筷之後，就會被撤下，但是某盤不知道是煎是炸還是炙烤的鹿肉條實在太美味了，還有另一道湯，杜小曼道：「這個菜和這道湯我很喜歡，留在桌上吧。」

侍奉膳食的宮女們愣了一下，而後立刻拿出專業態度，態度恭敬中飽含著自然地將那兩碟菜放回桌上，擺到杜小曼面前，彷彿剛才她們端起這一菜一湯就是爲了換位置。

杜小曼滿意地又吃了幾塊肉，將那個湯喝下去兩碗。

啊，其實這邊的雙蓉釀松菇也不錯，還有這道醉蟹臥白沙，還有……

杜小曼感到滿足要站起身時，才發現肚子鼓到站起來有點困難。她估計，如果有後宮飯量排行榜，她這一戰，絕對能拿下狀元寶座。

杜小曼吃得太撐，踱向殿外，準備散個消食步，順便再確認下皇帝擺駕回勤政殿是否真的沒出任何狀況。

剛跨出門檻，眼前的廊檐柱子扶欄及院中景致，忽然都帶上了雙影，杜小曼身子一晃。

幾雙手扶住了杜小曼。

「娘娘？」

「娘娘，怎麼了？」

杜小曼想要抬手揉揉眼，眼前卻更加模糊，一股虛冷從心口躥向天靈蓋，腳下一軟。

「娘娘！」

「快，傳御醫——」

杜小曼的口中嚐到淡淡苦味，濃黑，將喧囂與一切感知遠遠隔離。

我這是，變成了鬼？

恢復意識之後，杜小曼發現自己的視角有點奇怪。

沒錯，她好像懸浮在半空。

而且是皇宮的半空。

下方那宮牆，那飛檐，那綿延的屋脊，還有……正在走的人。

這又長又森嚴的隊伍，還有被簇擁在最中間的輦車那繡龍的頂蓋，兩把大扇子。這是皇帝的儀仗？

揣著疑惑，她又下降了一些，竟能透過帷幔，看到御輦中的皇帝。

呀，好像進入了電視劇畫面中一樣。

嗯？皇帝妹子這是……

杜小曼心念一動，視角又拉近了一些。

皇帝妹子手抓著扶手，盡力維持著端坐的姿勢，但緊緊咬著嘴唇，像在忍受極大的痛苦。

片刻後，她的一隻手鬆開，迅速從袖中取出了甚麼，放進口中，緊閉雙目。

再過了一會兒，她慢慢睜開了雙眼，杜小曼吃了一驚，忙往後縮了縮，但皇帝妹子完全沒有感知一般，整理了一下臉上的表情，繼續端坐。

妹子好像眞的病得不輕。

所以才有兩個皇帝？

爲甚麼要一個男一個女呢？乾脆一開始就都是男的不就行了？

杜小曼又開始混亂了。

忽然，她心中猛地一震。

對啊，箬兒說，她混在皇帝的儀仗中。

杜小曼的身體跟著她的念頭升高再升高，她迅速飄浮起落，一一掃視那些兵卒的臉。

不是，不是，不是！

沒有，沒有，沒有！

箬兒在哪裡!?找不到！沒有！

箬兒！還有謝況弈……

她猛轉頭，望向綿延宮牆，四周景色忽然再度模糊，身體像被一個漩渦扯住，大力後拉。

杜小曼下意識地奮力掙扎。

「娘娘……娘娘……」

手似乎被攥住，額頭濕濕的。

眼皮，好重……

混沌中又出現了一條縫，溫婉的聲音由遠及近。

「娘娘醒了，娘娘醒了。」

「娘娘休要擔心，奴婢們都在呢。」

「娘娘……」

杜小曼動了動腦袋，努力清醒意識。頭很沉，渾身無力，好像剛剛坐完N輪雲霄飛車之後的感覺。

哦，剛剛是飛起來了……

那是……夢？

三根絲線按在她的右手腕上，過了一時，一個約四十歲的女子繞過屏風進入帳中，是杜小曼見過一回的醫婆。

她向杜小曼施禮，再抬眼仔細看了看杜小曼，恭敬道：「因娘娘方才入宮，許多事體尚未記錄。奴婢冒犯，請問娘娘，上回月事是何日？」

杜小曼放空了片刻，努力思考。

這個，因爲宮內的日子過得太跌宕了，她對月事的日子記得有些模糊。

「應該是……上個月的中下旬。二十號左右？二十來號？」

醫婆再仔細端詳了片刻杜小曼的臉，又看了看舌苔，再問：「娘娘這幾日飲食起居如何？」

杜小曼道：「挺好的。」

旁邊宮女回道：「娘娘昨日胃口似不大好，但今日又好些了。」

杜小曼點點頭：「我中午吃得可多了，吃得很香。」

醫婆再點點頭，行禮退出。

片刻後，杜小曼只聽到御醫的聲音道：「臣啓稟娘娘，娘娘的身體無礙，這些時日多吃溫補膳食即可。臣會每隔兩、三日前來爲娘娘請脈。臣這裡再開一方，交由御膳房，調理娘娘的膳食。還有些起居方面須留意之處，臣亦會寫一張單……」

杜小曼打斷他：「我眞的沒事？那怎麼會暈倒？」

絕對很有事，肯定和那頓飯有關。御醫這麼說，是早就被人交代過了吧。

御醫猶豫了片刻，方道：「娘娘的脈相是有些……但臣醫術拙劣，此時不敢定論。得再過些時日，方能定論。請娘娘這段時日留意休養，以靜爲主，飲食暫忌人參鹿茸。」

杜小曼道：「我今天中午吃了很多鹿肉！」

御醫立刻道：「娘娘放心，娘娘福澤深厚，此次並無妨礙，以後就不要吃了。且萬不可碰麝香。」

麝香？這個東東好像在某些劇情裡經常出現啊。

「娘娘平日須情致開闊，心緒平緩，行走徐步慢行。若有睏倦，便多休息。彎腰站起，不宜過猛，不可提放重物。上下台階，更須留意。若有反胃，飲食不振……」

反胃？

「可食些烏梅。」

杜小曼脫口道：「怎麼整得我好像個孕婦似的。」

御醫沉默了。

一個宮女驚喜地發出顫抖的聲音：「大人，娘娘可眞是……」

御醫謹愼回答：「娘娘的脈相，確有些像喜脈，但臣不敢定論，得再察看些時日。」

一個刹那，杜小曼感覺宇宙寂滅了。

喜、喜脈？

宮女激動的聲音，穿破宇宙湮塵與碎片而來。

「娘娘，可聽見御醫的話了麼？娘娘可能……有了！」

有妳個鬼！

老娘又不是聖母瑪利亞，還能無性而孕！！！

「不可能！」杜小曼斬釘截鐵道，「這個有沒有我心裡清楚！絕對不可能！」

宮女們和太醫都噎了一下。

宮女們立刻敬業地再微笑。

「娘娘只管安心養著身子。」

「是呀，含涼宮中可怡情的物事還是太少了，奴婢們再去準備。」

……

竟是順著她不再提這事。

怎麼會跑出這麼逆天獵奇的情節，這絕對是個大陰謀！杜小曼被雷得頭正暈，暫時無暇細琢磨。棄婦、小三百零一、打賭棋子、苦逼臥底這些身分已經是她的底線了，再變成假孕婦，絕不能忍！

太醫默默寫完方子，遞給宮女，施禮告退。出了宮門，又交代宮人們道：「娘娘這段時日的性情可能會與往日略不同，就如方才一般。記得千萬不可惹娘娘動氣，一定要心緒舒緩平和，大怒大喜大悲皆爲不宜。」

宮人們皆認眞牢記。

柴太醫與醫婆退出含涼宮，醫婆詢問：「大人，當如何錄呈？」

本朝例制，皇帝與後宮嬪妃的起居記錄分屬兩支，本來，按照規矩，尚無名分的唐郡主有孕之事，當要稟告皇后，並謄錄診書藥方，歸入檔中。

但此時宮中正亂，醫婆也有些無措。

柴太醫微微沉吟：「待我直接稟明皇上便可。」

醫婆感激道：「多謝大人。」

柴太醫回到太醫院，自桌案下方的暗格中取出一方小盒。

少頃，有一在太醫院中打雜的年老宦官捧著茶水進來。柴太醫急忙退到無人的書架後，向那老宦官雙膝跪下。

老宦官微微頷首，將漆盤放在案上：「大人請用茶水。」不動聲色地，將那方小盒收進袖中。

杜小曼啜著宮女們捧上的「補身湯」，慢慢喝著，腦子裡的糨糊呼啦呼啦地攪動。

這兩天，她的頭殼裡滿滿堆的都是三個字——爲甚麼？

此時，這三個字加倍瘋狂地在她意識中無限繁殖。

太醫爲甚麼要睜著眼說瞎話，把她說成一個孕婦？

她試著把這件事不當成自己的事，慢慢剖析。

剛進宮就有了的女人，進宮之前還和別的男人勾勾搭搭的女人，最容易被人懷疑的是甚麼？

她肚裡的這個娃，是皇上的嗎？

姦夫＋淫婦＋罪證孽子＝統、統、給、朕、碎、屍、萬、段！

唯一能把位高權重的皇叔堔堔立刻做掉，而且堵得大臣們啞口無言的理由——他勾搭過朕的女人，不單送朕綠帽，還讓朕當便宜爸爸！

沒錯，之前還特意召堔堔到那個清暉閣喝酒。這是在製造證據啊。

太邪惡，太齷齪了！

能想明白的我真是在這個齷齪的地方錘鍊出了犀利的眼光與智慧啊！

杜小曼一邊在內心飆淚一邊給自己點讚。

不過，按照這個推論推導出去，把她杜小曼引去清暉閣的人，真的是皇后的人嗎？

會不會是皇帝的人？還是皇帝得知了皇后的計畫後又跟著計畫的？

杜小曼的思路繞成麻花，她惡狠狠嚥下最後一口湯。

「娘娘，要不要再喝一些？」宮女柔聲詢問。

杜小曼剛要說不用，留著肚子吃晚飯，門外有宮人稟報：「賢妃娘娘駕到。」

賢妃？

串門串得可真是風雨無阻啊。

杜小曼起身相迎。

「驚聞宮中有變故，又聞妹妹身體有恙，放心不下，便冒昧過來看看，不曾打擾妹妹休息罷？」

杜小曼盈盈一笑：「謝賢妃娘娘關愛。妾的身體沒甚麼大礙，中午多吃了兩口肉菜，就出了點小問題，應該是吃飽了撐的。可笑太醫還說我這是甚麼喜脈。真是笑話，怎麼可能！」

不繞圈子，直接丟妳關鍵詞，賢妃娘娘妳會怎麼答呢？杜小曼直視著賢妃的臉。

賢妃的神情滯了一下，立刻驚訝道：「妹妹，可不能這樣說。宮中的太醫醫術再高明不過，絕不敢誤斷。既然是喜脈，妹妹可要好好保養身子。皇上多年無嗣，宮中今又生禍端，若妹妹能爲皇上添一皇子，可謂舉國之喜。」

杜小曼道：「怎麼可能！這絕……」

啪嚓！賢妃手邊的茶盞突然翻倒，左右宮人忙跪地請罪，收拾打掃，捧住賢妃的衣袖和裙襬。

杜小曼冷不防賢妃反應這麼大，吃了一驚。

賢妃壓住衣袖：「是本宮自己拙手笨腳，不礙事的。」

杜小曼不由自主地看向了賢妃的臉。

剛剛，賢妃衣袖掀起的瞬間，她看到，賢妃的手臂有傷痕。青紫的條狀傷痕，像被甚麼抽打出的。

賢妃的視線與她相遇，閃爍了一下，迅速轉開：「瞧我，險些砸了妹妹一個杯子。」

杜小曼道：「碎碎平安，娘娘這是給我送吉祥來了。」

賢妃又彎起笑眼站起身：「妹妹眞會說話。看著妳無恙，還添了大大喜事，我就安心替妳開心了。不過，我這一身茶水，眞得回去整容更衣，就先告辭了。」攜住杜小曼的手，「萬不要相送，妳我姐妹，無須這麼客氣，身體爲重。」

杜小曼站在原地，目送賢妃離開。

就在方才，賢妃攜住她雙手的時候，她的袖中多了一個紙球。

杜小曼找了個藉口，遣開左右，打開了那個紙球。

「明日申時，暢思湖。」

又是暢思湖！

去那裡，做甚麼？

傍晚，柴太醫離開太醫院，乘轎回府。

大約行了一刻鐘左右，到達鬧市區，一陣異常的嘈雜由遠及近。

轎子行進突然快了一些，開始微微顛簸，柴太醫心中一緊，心亦跟著轎子一同搖晃。

他抬手想要掀開轎簾，頸後突然感到微微一麻。

黑暗罩頂而下。

「皇上駕到。」

杜小曼終於再度等到了這句話。

她跪倒在地，看那龍袍的下襬攏著夜色的薄寒，踏入殿內。

一雙手握住了她的手臂，將她扶起。

「太醫已告訴朕了。從今後，妳見朕無須再行大禮。」

和煦的聲音中摻雜著關愛。

杜小曼抬起眼，看向皇帝的雙眼。

「臣妾……有事想稟告皇上，可以和皇上單獨說話嗎？」

皇帝微微一笑，抬袖示意宮人退下。

門扇闔攏，偌大的殿內只有燈花偶爾劈啪的聲響。皇帝走進寢殿，含笑看著杜小曼：「要和朕說甚麼？」

杜小曼直截了當道：「我不可能懷孕，這個皇上再清楚不過，爲甚麼要這樣做？」

皇帝仍是那副從容的神色看著杜小曼：「昨夜，藏在床下的那個男子，是妳甚麼人？」

箬兒！杜小曼心中一直緊繃著的一根弦，咔嘣斷了。

「裕王、謝況弈、寧景徽，再加上此人，妳到底還有多少的男人，是朕不知道的。」

「我和他絕不是那樣的關係！她只是受別人之托進來看我，她還是個孩子。」

皇帝斜倚在軟榻上，兩根手指支著下巴，悠然地看著她。

「這段時日，太醫會每天爲妳診脈，再過月餘，便正式斷妳有孕。」

杜小曼一咬牙，直視皇帝：「如果我配合，皇上能不能放了她？」

皇帝又淡淡一笑：「妳這樣和朕講條件，還敢否認他之於妳有多重要？」

杜小曼心一橫：「是，她很重要。皇上到底要怎樣？」

皇帝像聽了一個純粹的笑話一般，笑意更濃：「一個陌生的男子，爬進朕的女人的寢宮，藏在床下。妳說，朕該怎樣？」

杜小曼沉默地站著。

皇帝緩緩站起身：「朕是殺妳，還是殺他，還是兩人一起殺？」

杜小曼道：「如果我能選，當然是殺我就行。」

皇帝一步步逼近。

杜小曼穩住呼吸。

這是心理戰，不能腿軟，不能示弱！

皇帝垂眸看著杜小曼，衣料幾乎能擦到她的鼻尖。

「妳不想假孕？眞的，朕亦可以給妳。」

微涼的雙唇，陡然封在了她的唇上。杜小曼猛一掙扎，一把推開了皇帝，卻跟著身體某處一麻，僵在原地，不能動彈。

皇帝抬起她的下巴：「聽著，朕可以暫饒他一命，但妳須記得，妳已有身孕。這是朕的第一個子嗣，妳要好好調養，愛惜身體。朕等著他十月之後，平安出生。」

杜小曼眨了一下眼，表示接受。

皇帝仍直直望著她，她從那雙清透的瞳孔中清晰地看到了自己的影子。

爲了防止皇帝沒明白，她又再用力眨了兩下眼。

皇帝轉身而去，杜小曼身體一鬆，恢復自由，生出陣陣寒意。

「大人，請醒一醒。」

一個聲音似乎從遙遠的地方傳來。柴太醫的眼皮動了動，緩緩睜開。

四周景色漸漸清晰，柴太醫撐起身，用力眨了眨眼，然後覺得自己要麼在作噩夢，要麼幻覺了。

他的對面，有三個人，兩個坐著一個站著。

靠牆站著的那個年輕人雙臂環抱，雙唇緊抿，目光像雪亮雪亮的小刀子扎向他。

但讓柴太醫雞皮疙瘩噗噗冒起的，卻是對面小案邊，端坐於左上首的裕王殿下，以及，陪坐在另一側的寧相。

裕王，右相，這二人居然坐在了一起。

柴太醫雙膝一軟，撲通跪倒在地。

「柴卿平身罷。」裕王的聲音溫和無比。

寧相上前扶住柴太醫的手臂，親自將他攙起。

柴太醫的膝蓋有點抖，勉強站定。

秦蘭璪再又開口：「孤想請問柴卿，今日你看診的那個病人，究竟有何異常？」

柴太醫哆哆嗦嗦回答：「啓稟殿下，臣竊踞於太醫院，日常請脈，乃尋常事。牽涉內闈嬪妃，更不可道與他人，望殿下體諒。」

寧景徽溫聲道：「近日內宮生變，李相不議閣事，本閣暫督宗正府。柴大人今日爲唐郡主診脈之後，便立刻讓人傳信與你家人，著他們收拾細軟離開京城。本閣因此，特請大人前來一問。」

柴太醫膝蓋再一軟，又撲通跪倒在地。

身爲太醫，過的是一種無形的刀口舐血的日子，險過上陣殺敵的兵卒所面對的刀光劍影。

因爲這世上，人的言語態度、神情行事皆能作僞，但脈相、血行、氣色，身體眞實的好與壞、強與弱，卻很難瞞過大夫。

太醫可以說是整個皇宮中，知道眞相最多的人。

所以，自踏進太醫院的那一刻起，就得做好某些準備。

太醫院中，常有些年老的宦官被差來做雜事。太醫們私下稱這些老公公爲「放生人」。他們年歲已大，不太貪戀性命，無兒無女，無牽無掛，肯在關鍵時刻，拿些銀錢，幫著他們給家人通風報信。不求全身而退，但求保全家小。

柴太醫匍匐在地：「寧相明察，下官今日，的確爲唐郡主請脈。郡主的脈相，是有些奇怪。」

「哪裡奇怪？」這回出聲問的，是裕王殿下。

柴太醫只得略挪一下方向，再叩首。

「唐郡主的脈相，是喜脈。」

謝況弈與秦蘭璪都變了顏色。

寧景徽再溫聲道：「柴大人不必顧慮，所有疑惑，盡可直言。大人的家人皆平安無事，請大人放心。」

冷汗濕透衣襟，柴太醫一閉眼，再伏地：「且，從脈相看來，唐郡主腹中的胎兒已將有三個月。」

謝況弈臉色再變，目光扎向秦蘭璪。

秦蘭璪擰著眉，瞥了一眼謝況弈，又收回視線，看向地上的柴太醫。

「只有這些？」

柴太醫額頭著地：「還……還有。學生前一日剛替唐郡主診過脈，當時郡主的脈相就有些蹊蹺，說是有喜之兆亦可。但，絕不可能已有三月左右，臣還無知無覺。」

屋中一時寂靜，柴太醫顫巍巍偷偷抬眼，發現裕王殿下和另一名男子身上的寒意竟然弱了不少，兩人的眼神都變得溫和起來。

「的確十分蹊蹺。」寧景徽仍是如常的神情語氣，「敢問柴大人，是否能用藥將脈相調成喜脈之兆？」

柴太醫猶豫了一下：「醫道藥理，博大精深，各類奇方更是浩瀚如星海。下官雖略窺醫之門徑，到底淺薄，不敢斷言。」

「就是有可能，但你不知道是甚麼藥。」謝況弈冷冷出聲。

柴太醫立刻點頭：「是、是，某正是此意。」

「眞邪了。」謝況弈緊鎖雙眉，「爲甚麼要假裝她有孕？」

爲甚麼要我假裝懷了個娃？

此時此刻，杜小曼也在反覆思考這個問題。

她翻來覆去睡不著，爬起來喝水，宮女替她斟上溫水，幫她順背。

「娘娘，皇上今日未曾留宿，應該亦是體恤娘娘。畢竟娘娘已有龍嗣。」

哦呵呵呵……杜小曼在心裡冷笑，爬回床上。

除了用這個娃，把她和璪璪打成姦夫淫婦做掉之外，難道還有其他原因？

會不會是A版和B版皇帝有了個皇寶寶，要給孩子找個娘？

A版妹子那暴躁脾氣，有點孕婦躁狂症的意思。

A版又踢又踹打完她後，立刻就不舒服，難道是動胎氣了？

吃的那藥，是保胎小藥丸？

A版對她杜小曼的憎惡亦可以有另一個解釋了——朕的皇兒要管妳叫娘？憑甚麼！踢死妳！

不過，A版和B版都有小皇子了，爲甚麼A版還要因爲寧景徽吃飛醋呢？

唉，可以是身體屬於這個男人，但心屬於另外一個男人嘛！

但是，最大的困惑也來了——如果以上假設都成立，爲甚麼這個孕婦非得唐晉媗來當呢？

大老遠，費老大勁，把一個已婚婦女名不正言不順搞進來，裝成寵幸她。需要這麼麻煩嗎？月聖門會缺女人嗎？

所以說，目的還是要做掉操操？

啊，繞回去了。

杜小曼拿被子蒙住頭，不想了，睡覺。

柴太醫暫被帶下去了。

謝況弈仍雙眉緊皺，環起雙臂：「假裝她懷胎已三月，那決計不可能是皇上的娃。這是要藉機對付誰？」目光定在秦蘭璪身上。

秦蘭璪挑眉看他：「若你是指孤，日子不甚對。」

謝況弈神色又一變。

寧景徽溫聲道：「想把此事引到慕王爺身上，應也無可能。」

謝況弈和秦蘭璪一起看了向他。

「寧卿，你我談的條件之中，第一便是她平安無恙，望你記得。」

「她被右相大人一手送進龍潭虎穴，大人此時的口氣眞是毫無愧疚。你們到底想利用她做甚麼？」

寧景徽躬身：「臣，以性命擔保。」

謝況弈冷眼再掃向他與秦蘭璪，冷哼一聲，轉身向門外走去。

暢思湖，清暉閣。

再度踏入此地，杜小曼的思緒被拉進更深的深淵。

賢妃讓她來這裡，又是要做甚麼？

這次隨行的宮女與上次不同，亦步亦趨地跟著。

自從被判斷可能是孕婦之後，宮女們更加乖順了。杜小曼說想出去走走，她們並未阻攔，只建議杜小曼乘輦，被杜小曼拒絕之後，亦未多話，僅是小心地簇擁她行走，提醒她走穩，走慢。

快到清暉閣近前，在前方的宮女詫異地咦了一聲：「這裡竟開著。」

清暉閣門窗大敞，杜小曼道：「是不是可以過去看看？」

可能會有古怪。但現在，她最喜歡的就是古怪。

有宮女先去打探，少頃匆匆回來稟告道：「未曾看見打掃的人。」

杜小曼道：「既然沒人戒嚴，想來過去看看也沒甚麼。上次在這裡受了驚嚇，我還沒好好看過這裡呢。」說著往那個方向走。

宮女們亦未攔阻，只道：「娘娘請走慢些。」

跨進清暉閣的門檻，內裡是一間寬敞的大殿，一座頂梁落地的大書架將大殿的一側做了半個隔斷。

對面牆上亦有一扇門，正對著暢思湖，湖面上金燦燦的光芒反射進殿內，湖色秋光，令人心曠神怡。

靠牆有樓梯，杜小曼提起裙襬上樓，二樓的門窗亦敞著，更加亮堂通透，杜小曼突然發現，自己身邊也很通透。

宮女們竟然都沒有跟她上樓。

有情況！

杜小曼心中警報剛響起，便聽見很輕的步伐聲。她鎮定地向著動靜發出的方向轉過身。

外堂和內室間的帷幕後，轉出了一個人。

杜小曼這時卻真的吃驚了，怎麼出來的又是十七皇子？

秦羽言看著杜小曼的目光亦帶著些意外與迷惑。

「杜……唐郡主怎會來此？」

杜小曼的反應神經已被訓練得十分發達，兩秒之內大腦分析完畢，做出回覆。

「十七殿下你怎麼會在這裡？宮中剛出了大變故。」

秦羽言的表情猶豫了一下。

杜小曼立刻接著道：「十七殿下你認識賢妃娘娘嗎？是她讓我今日到這裡來的。看來……其中有詐，十七殿下請快離開吧。」

這是個套，又是個套。

杜小曼想過賢妃會給她下個套，卻沒想到是和上次差不多的套。

她竟然蠢到兩次踏進了同樣的圈套！

秦羽言再一怔，微微搖頭：「後宮嬪妃，我怎會認得。我是前幾日……抱歉，杜姑娘，我不可詳說。」

杜小曼催促秦羽言離開，偏偏秦羽言就是不動，他像下了甚麼決心一樣，悄聲匆匆道：「杜姑娘，我想知道，皇兄他是否……」

杜小曼急得想翻白眼，她一把抓過十七皇子的手，在他的手心裡飛快地寫了兩個字——皇。假。

秦羽言整個人都像化成了石像，杜小曼後頸的寒毛唰唰豎起，她放開秦羽言的手，回過身，坦蕩蕩地面對某個鬼一般無聲無息出現在門邊的人。

「臣妾參見皇上。」

秦羽言亦跪倒在地：「陛下，是罪臣無狀，罪臣方才妄圖……」

「媗媗，妳的身子須多調養，爲何不聽御醫的話？」溫柔的聲音打斷秦羽言的話。寵溺的眼神，讓打算破罐破摔的杜小曼有點想打哆嗦。

「隨朕回宮罷。」

秦羽言低頭：「陛下，是罪臣……」

皇帝輕輕攬住杜小曼，像根本就沒秦羽言這個人一樣，走出了門檻。

杜小曼鎮定淡定地隨著皇帝走，到了樓梯處，她的身體突然騰空而起，不由得發出一聲驚呼。

皇帝居然把她打橫抱起。

杜小曼石化了，皇帝就這樣橫抱著她，一步步走下樓梯。等候在樓梯下的宮人們大驚失色，齊齊匍匐在地。

皇帝從容自若地抱著杜小曼，從她們的面前經過，走出了清暉閣。

杜小曼無語地盯著皇帝的下巴線條與淡然的唇線，默默地想，皇帝看似單薄，扛著一身膘的她，卻能走得這麼從容，果然是個練家子。武功應該起碼不輸給謝況弈。

忠承公公引著御輦遠遠而來，於平坦的道路上跪迎等候。

皇帝抱著杜小曼登上御輦，將她放在身邊。御輦徑直回含涼宮。

跨進殿內，隨侍宮人退下，門扇闔攏。

杜小曼跟著皇帝走進了寢殿，在沉默中等待。

皇帝斜倚到軟榻上，抬眼看她：「妳在秦羽言的手中寫了甚麼？」

杜小曼道：「讓他快走。」

皇帝笑了笑：「是有關朕的事吧，寧景徽讓妳找到證據的那些。那是個小傻子，寧景徽都不帶他玩。妳這麼一做，我得提早把他了結了。」

杜小曼如墜冰窟。

皇帝又輕嘆一口氣：「媗媗妳也很傻。經歷了這麼多事，我以為妳會學到一些，看清一些。但一直把妳當棋子的寧景徽，妳居然還在幫他做事。有那麼多女人的秦蘭璪，妳居然痴心地喜歡。李氏、賢妃，一模一樣的小伎倆，都能算計到妳。媗媗，妳讓我怎麼放心得下？」

杜小曼繼續沉默著。

「賢妃，朕只能暫留她活著。她會是皇后。」皇帝以手支著下頷，「沒辦法，我也沒想到李氏竟如此愚蠢。妳剛進宮，立刻就封妳做皇后對妳不利，必須得有個過渡。」

杜小曼驚恐地抬起眼。

她聽到了甚麼？

皇帝仍用那種輕鬆的口氣繼續道：「立新后之後，御醫便會斷妳有孕，然後，朕會封妳為妃。」

杜小曼張了張嘴。

皇帝又笑了笑：「朕的時間，已經不多了。」

杜小曼心中又一震。

皇帝側首看她：「媗媗這是在為朕難過麼？」

「……」

杜小曼只能定定地看著皇帝。

皇帝唇邊仍帶著笑意：「妳一直不喜歡月聖門。在妳心裡，我必然是個大惡人。我死了，妳應該很開心啊，為何會有這種神情？難道我死了，妳會心痛？」

不知怎地，杜小曼的心裡，竟真的有些像被細針刺到的感覺。

用這種表情和語氣說這種話的皇帝，讓她感到了一絲……悲傷。

皇帝眨眨眼：「逗妳的。朕知道，妳怎麼可能會爲我心痛，肯定是鬆一口氣還來不及。不過，朕也不會這麼快死。至少等妳生下那個孩子，讓妳成爲皇后，應該還綽綽有餘。但接下來，就要靠妳自己了。必然有一天，妳得自己面對這些局面。媗媗，從此刻起，妳就不能再像以前那樣了。」

杜小曼怔怔地看著皇帝，終於啞聲問：「皇上，你到底打算做甚麼？」

皇帝起身，冰涼的手指又撫上她臉頰，吻住她的唇亦帶著涼意。

杜小曼沒有動。

不知怎地，她就這麼僵硬地站著，沒躲避，沒後退，沒閃開。那涼意彷彿麻醉劑，讓她維持著固定的姿勢，做不出任何反應。

片刻後，皇帝鬆開了她，又再度撫摸她的鬢邊：「其實，就算妳會恨死我，我也想……但，我不能讓妳眞的有孕，若用藥，會與妳現在用的這些藥性相衝，那些御醫，亦有可能會察覺。」

杜小曼緊盯著他的雙瞳：「你到底打算做甚麼？爲甚麼是我？」

皇帝亦望著她的雙眸：「那個孩子，妳再不喜歡，也要先做出喜歡的模樣對他，至少在外人看來妳像個親娘。那孩子活不了太久，但到底活幾歲，妳就看著把握吧，我那時肯定幫不上妳了。妳應該明白了，奏折政務並沒有妳想像的那麼難，保彥和忠承會幫著妳。當然，也別太靠著他們。差不多的時候，該處理亦要處理。媗媗，妳唯一的弱點，就是心太軟，太純善。但如果不是這樣，妳也不是媗媗了。」

杜小曼眞的開始抖了，她覺得有一個嶄新神奇的宇宙正在自己面前炸開。

「你到底打算做甚麼？」

皇帝又微微笑起來。

「讓妳站到朕的位子上啊，媗媗。妳該在萬人之上，想要不再聽任何人的擺布，就必須至高無上。媗媗，我要將這天下給妳。」

杜小曼覺得自己要飛升了。

這是，讓我當女皇？？？

哦哦哦哦，在「不敢置信」、「別逗了」、「開玩笑吧」的內心刷屏中，居然摻雜著隱隱的興奮與激動是怎麼回事？

「雖、雖然說，人生沒甚麼不可以，但是我覺得……這個不適合我。」

皇帝微微一笑：「既已覺得人生沒甚麼不可以，何必還有後面這句話。其實這張龍椅，沒甚麼大不了，和妳打理酒樓有不少相通之處。日後學一學就明白了。」

皇帝很認眞，他的確是認眞的！

「爲甚麼？」

「我方才已經說過了。」皇帝的口氣很輕鬆，「妳想要不被任何人管束，過隨心所欲的日子，我就讓妳得到。」

杜小曼與他的雙眸對視，忽然之間，覺得這雙眼睛很熟悉。

「我們認識嗎？還是以前有過甚麼？爲甚麼要對我這麼好？」

皇帝的表情似乎僵了一下，移開視線。

「放心吧，這些安排，都無須妳領情。妳可以繼續把我當成壞人，繼續恨著我。」

皇帝抓住自己的右上臂，揉了一下。

杜小曼不禁開口問：「你，是不是受傷了？」

皇帝搖搖頭，抬眼看向杜小曼：「有點疼。」

「是不是我太沉了？」杜小曼僵硬地笑，「不好意思哈。」

「妳不沉。」皇帝的口氣很認真，「我可以抱著妳走更久。」

杜小曼又噎了一下：「咳咳，那甚麼，拿熱毛巾敷一下，會好很多。」

「嗯。」皇帝捲起袖子，又看著杜小曼。

杜小曼在那充滿期待的眼神下有些無措：「我、我這就去讓人拿來哈。」

「嗯。」

杜小曼跌跌撞撞地走到門口，拉開門，讓宮女取熱水手巾。

皇帝又回到了軟榻上，片刻後，宮女們捧著盆巾等物入內，將東西放下，施禮退下，又將杜小曼與皇帝留在殿內。

杜小曼只得拿起手巾，浸了熱水，敷上皇帝的手臂。

皇帝眞的很瘦，但因爲習武的關係，蒼白的皮膚下是緊實的肌肉。

這麼瘦，難道眞的患了絕症？

但箬兒診治的、命不久矣的應該是個女子，也就是A版皇帝，爲甚麼連B版也……

杜小曼正在思考，視線忽然定在皇帝手臂的某處。

皇帝低下頭，親了親她的額角。

杜小曼渾身一顫，布巾掉落在地，她慌忙去撿，皇帝放下衣袖：「不用再弄了，我已好很多了。」

杜小曼慢慢站起身。

皇帝的手臂上，有道傷疤。

那道疤還是傷口的時候，她曾在夢裡見過。

他……他是……

慕、雲、瀟！！！

媗媗……媗媗……

是啊，我眞蠢，怎麼沒想到呢。

皇帝打了個呵欠：「竟有些睏了。」

杜小曼後退兩步：「我不是唐晉媗。」

皇帝陡然抬眼看著她，她也不迴避地盯著他的雙眼：「皇上，我不是唐晉媗，我……」

她的話驟然卡在喉嚨裡，冰涼的手指緊緊鎖著她的咽喉，她的肩上一涼，衣服被扯開。

杜小曼猛烈一掙，身體一鬆，踉蹌後退，險些跌倒。

她趕緊扯起肩頭的衣服，努力鎮定，穩住膝蓋，直視面無表情的皇帝：「皇上，你做的這些，都是爲了唐晉媗吧。我叫杜小曼。我知道我和唐晉媗看起來一樣，可我並不是她。」

杜小曼只覺得自己雙眼將要被皇帝的目光戳瞎，但她卻像被眼鏡蛇盯上的蛤蟆一樣，移不開視線。

她拚命穩住呼吸，再要後退，身體卻被猛地扯進皇帝的懷中，接著被緊緊圈住。

箍住她身體的雙臂像兩根鐵箍，勒得杜小曼喘不上氣。皇帝像要把她按進自己身體裡一樣，杜小曼雙耳嗡嗡作響，兩眼金星閃爍。

「妳無須把自己當成誰。」

妳就是妳，媗媗。

妳已經認出我來了，不是嗎？

「妳想是誰都可以。」

不論妳把自己當成誰，忘了以前的事也罷，變得完全像另外一個人也罷，甚至連字跡都徹底不一樣了也罷。

我都能知道，是妳。

「妳可以永遠恨我，厭惡我，亦沒必要記得我。」

因爲我永遠喜歡妳。

杜小曼渾身僵直地站著，冰涼的手指又緩緩撫摸她的臉頰。

「媗媗。」

我的媗媗。

皇帝收回手，轉身離開。

門外滲進來的清冷空氣，讓杜小曼有拿床被子把自己裹起來的衝動。

媽呀，皇帝病得很重啊！

杜小曼讓宮女們沏了安神的花茶，喝下一整壺壓驚。

慕雲瀟就是B版皇帝……

天啊，這個世界，到底還有多少神奇？

她試著推理一下整個劇情——

慕雲瀟，表面上是慶南王，其實還有一個祕密身分，是月聖門的聖爺。身爲一個王爺，想當皇帝，是非常淳樸的理想。所以，慕雲瀟先是通過發展女教徒，打入皇宮內部，咔嚓掉了眞皇帝，然後再由某女教徒扮演成皇帝，自己也扮演成皇帝，時常客串。

但是慕雲瀟不想總這麼名不正言不順下去，於是他就……勾引唐晉媗，結婚後冷淡她，逼她進月聖門，然後讓唐晉媗進宮，先假懷孕，再成爲皇后，再一步步獨攬大權，再成爲女皇？

不對。

這樣就沒慕雲瀟甚麼事了啊。

按照正常的發展順序，應該是慕雲瀟開始通過皇帝的身分，給自己扒拉權力，把障礙物譬如璪璪、十七皇子、寧景徽甚麼的統統咔嚓掉，最後改朝換代，眞身閃亮登基。怎麼突然改了路線，變成唐晉媗背後的男人了？

是哦，B版說他活不長了。

在知道自己沒多少命的時候，把這個天下，送給自己最愛的女人，送她到萬人之上！

杜小曼的心口又一窒。

這麼濃烈的愛嗎？

突然感到慕渣是那麼狠絕執著又痴情的男子，好像那些電視劇裡狠辣美艷的反派大BOSS。

被這樣的一個大BOSS深愛著……

撲通撲通，是她的少女心在跳嗎？

「媗媗，我將這天下給妳，從今後，江山由妳掌控。忘了我吧，再見……」

「陛下，陛下……」

杜小曼的耳邊突然響起呼喚。她下意識地回頭，只見一群宮女太監匍匐在地，爲首的保彥公公溫聲道：「陛下，皇后之事，當要決斷了吧？」

這是……在和我說話？

杜小曼環視四周，紅漆大柱，擎出廣闊殿堂，而她高高端坐在殿堂上首，面前是龍紋御案，袍上五爪龍紋，盤踞於山河社稷之上。

「陛下，許多大臣都上了折子，說陛下既已登大寶，后位不宜空懸，請陛下快快冊封皇后。」

皇后？杜小曼結結巴巴回答：「甚麼皇后？」

保彥公公掩口一笑：「皇上是乾，皇后是坤，乾坤和睦，方可陰陽調和啊。朝臣們都覺得，寧右相才貌雙全，論出身，論脾性，坐鎮中宮，輔佐陛下，是再好不過了。」

「寧景徽？」不是吧，杜小曼一暈，「別啊，這位我可降不住。讓他進中宮，乾脆朕的龍椅直接讓給他坐好了。」

「唉。」保彥公公一嘆，「也是，寧相到底太聰慧了，還是就在相位便好。謝少俠出身江湖，身世大約會讓朝臣非議，不過性情武藝，樣樣堪稱陛下良配。」

「謝況弈？進中宮？」杜小曼眉頭跳了跳，「朕覺得他不會肯啊，再說他有箬兒，我不能當小三。」

「那……秦羽言？」忠承公公也爬了起來，「拋開身分不談，個性是不是太悶了一些？那麼軟的脾氣，身處中宮之位，恐怕會被其他娘娘拿捏。」

「十七皇子。」杜小曼再一愣，「這個不行不行，不能毒害美少年，玷污純潔的事物是不對的。」

保彥公公抬起眼，一臉心痛：「皇上，奴才知道，皇上心中，還是最愛那秦蘭璪。但奴才斗膽進言，就算不論他那身分，他進中宮，真的合適麼？」

杜小曼的心頭一跳，眼前浮起一個熟悉的油笑。

璪璪……自帶三百後宮的小璪璪。

「不行，不能夠，他要進來了，後宮到底是朕的後宮，還是他的後宮？」

整個皇宮都不一定能塞下他的那些妹子。

「朕也沒有那麼多錢讓他蓋小別墅！」

「皇上，正是這樣啊！」保彥公公涕淚橫流，「這秦蘭璪他絕對是個禍國殃民的禍水，皇上立后不能以自己為主，更要考慮到天下！」

考慮天下麼……

唉，皇帝眞不容易。朕是何等寂寞，娶個老婆，啊不，找個老公，都不能完全聽從自己的心意。還是要為了政治，為了天下！

做皇帝，真累……

「從天下的角度出發，是不是還是寧景徽比較……」

「娘娘，娘娘……」

杜小曼一凜，回頭：「哪個娘娘來了？」

「娘娘，醒一醒。」

杜小曼睜開雙眼，宮女嫣然一笑：「娘娘，沒有哪個娘娘過來，奴婢是在喚娘娘呢。在這裡睡容易著涼，還是回床上歇著吧。」

杜小曼尷尬地坐起身，擦擦嘴角潮濕處。

啊啊，是夢！

好丟臉，怎麼會作那樣的夢。

宮女扶她站起身，又道：「過一時御醫會來為娘娘請脈。屆時奴婢還會來打擾，先和娘娘告罪。」

杜小曼微微頷首。

御醫請完脈，說的是和上次差不多的內容，含糊地讓杜小曼多保重，聽聲音，卻是換了個御醫。

杜小曼就這麼聽著。

過幾個月，難道要在她的肚子上綁個枕頭嗎？

應該不會等到那一步吧。

晚上，皇帝又來過夜了。

杜小曼聽到「皇上駕到」那聲傳報，心裡便一緊。

那襲龍袍跨進門檻，杜小曼的心臟撲通撲通猛跳，聽到一聲淡淡的：「媗兒平身吧，日後無須再行大禮。」

不是那個B版皇帝，是A版妹子。

杜小曼鬆了口氣，站起身。

A版仍和之前的步驟一樣，與杜小曼不鹹不淡地說了幾句，便上床就寢。

站到床邊，A版指使道：「過來，替朕更衣。」

杜小曼便走過去，幫妹子脫下外袍。

A版又道：「替朕將鞋擺好。」

杜小曼暗暗撇撇嘴，也照做了。

A版輕嗤一聲：「眞是朕的貼心人兒。」

杜小曼不痛不癢地聽著，繞到另一邊，寬下外衣上床，仍搭著被角睡在床邊。

她剛闔眼調勻呼吸，身體突然被向內一扯，一隻手按住她的嘴。

「噓，保彥和幾個奴婢小賤人耳目極靈，妳若不想被察覺，就別出聲。」A版的聲音緊貼在耳邊。

杜小曼輕輕點了點頭。

「看來妳都知道了。朕和他，不是一個人。」

廢話，你倆除了臉，哪點像一個人。

杜小曼再輕輕點頭。

「那妳怎麼想？」A版的聲音淡淡扎進她耳中，「現在的朕，就是將來的妳，妳眞的想這樣？」

杜小曼沒有動。

A版又繼續道：「妳若繼續聽寧景徽的，他那方贏了也不可能留妳。妳就是顆註定被棄的棋子。」

杜小曼又點頭。

A版果然跟著便道：「但是，朕現在有條活路給妳。」

杜小曼在內心無奈地嘆息。

拜託，妹子，妳給人洗腦招募小夥伴的時候想想前提條件好嗎？一直以來最巴不得我死的那個人是妳啊。

其他人是利用完我再讓我死，而妳是無條件想立刻把我掐死踩死打死。前幾天剛剛拳打腳踢過，上兩分鐘還讓我幫妳整衣拿鞋，這會兒就開始洗腦遊說。妳是太看得上我，還是太看不上我？

A版充滿自信地鬆開了手。

杜小曼用最低的聲音慢慢吟道：「人生自古誰無死，是人早晚都得死。」

A版頓時掐住了杜小曼的脖子。

杜小曼仍是不動，從喉嚨中擠出冷笑：「就這點誠意？」

A版本就沒掐緊，聞言便收回手：「好死與歹死，分別卻很大。朕可以讓妳體會一下甚麼叫生不如死。朕過的就是這樣的日子。」

杜小曼低聲道：「妳病了？」

A版冷冷道：「妳不須要知道。」

杜小曼便不再吭聲，等著皇帝妹子自己爆料。

如她所料，皇帝妹子又接著道：「妳想活，只有一個辦法。」

杜小曼道：「那我會死更快吧。我不會武功，連雞都沒殺過。」

皇帝妹子淡淡道：「妳的悟性倒挺高。」

不是我悟性高，是妹子妳的台詞太經典，用意太明顯。

「朕會幫妳。」

哈哈哈，杜小曼強忍著不笑出來。她琢磨著，皇宮裡的人，心思都九曲十八彎的，而一直要假冒皇帝的妹子肯定更是。自己如果裝成呆呆傻傻地點頭答應，她必然不會全信，反倒不利於套出更多情報，就索性坦坦蕩蕩地問：「妳幹嗎不自己做？」

「朕知道妳懷疑朕的用意。」A版很平靜地回答，「朕已時日無多，妳是死是活，朕都不會多活一日，也不會少活一天。此事於朕毫無影響。朕這麼做，是有別的原因，暫時不能告訴妳。」

「那妳能不能告訴我，」杜小曼也讓自己的口氣平靜又淡然，這種超然的口吻，有著裝逼與硌硬人的雙重功效，「眞正的皇上在哪裡？」

A版冷笑一聲：「妳還想替寧景徽做事？妳要活，首先就是讓裕王和寧景徽死。別指望裕王娶妳了，沒男人眞的喜歡妳。」

身為激進女權團體月聖門的小BOSS，成功做了皇帝，攻擊起同類來仍然是拿男人當武器。唉……杜小曼覺得自己可以拿皇帝妹子為案例，寫篇小論文——《論封建社會大環境造就的女性思想侷限》。

「我只是想知道。」

「妳另有盤算？」A版再冷笑，「朕就是皇上。除了聽朕的話，妳沒有第二條活路。」

看來真皇帝凶多吉少。

A版開始了結束陳詞：「妳的心計倒出朕意料，時不待人，其中利害想必妳能自行斟酌。或妳將朕說的這些告訴他也罷……」

杜小曼打斷她的收尾：「我答應，但請妳幫我個忙。」

A版很痛快地道：「說。」

杜小曼道：「我有個朋友，十五的晚上進皇宮想救我，被他抓去了。請放了她。她不是寧景徽的人，也不懂這些那些亂七八糟的事，只是個不諳世事純粹想幫我的孩子。」

「不諳世事？混進皇宮？」A版輕輕一嗤，「好。朕並未聽說十五那晚還另抓了甚麼人，幫妳查一下吧。」

「確實抓了，他告訴我了。」杜小曼追加補充，「他以為是個少年，其實是個女扮男裝的女孩。」

算算時間，箬兒應該變回女身了。說出性別大概能增加皇帝妹子的好感度。

A版道：「哦？朕知道了。」確實像又上心了一些。

杜小曼鬆了一口氣。

箬兒被抓的事一直在煎著她的心。如果箬兒出了甚麼事……那麼好的箬兒可能正在被折磨……一想到這裡，杜小曼就急得想哭。

A版沉默地翻了個身。

杜小曼追問：「那，妳要我做甚麼？」

「不是朕要妳做甚麼。」A版翻回來，「朕只是告訴妳，怎樣可以活。不用這麼急不可耐，到時候自然會對妳說。」

杜小曼點點頭，滾向床角，忽然心裡一涼。

不好，剛才腦殘了，主動把箬兒的事告訴了皇帝妹子。皇帝妹子同樣會用箬兒做把柄來要挾自己……落進A版皇帝的手中，和在B版皇帝手中，哪個更強點，眞不好說。

啊啊，我怎麼這麼蠢！

杜小曼恨不得給自己幾巴掌，咬住被角。

她心像被亂箭穿過，一夜都沒有睡好。

天未亮，A版即起身準備早朝，坐在床沿伸出腳：「幫朕穿襪。」

這是爲了避免引起B版一黨的懷疑麼？

杜小曼只能繞到床邊，跪下之前，A版在她耳邊極低地道：「朕不會用那人要挾妳。朕不做那種事，亦無須做。」

杜小曼抬眼看見皇帝妹子似笑非笑的臉。

她是故意的。杜小曼敢肯定，皇帝妹子正因爲她一夜沒睡和臉上的黑眼圈十分開心。

喂，想籠絡別人和妳一條線可不能這樣啊。

杜小曼低垂下眼，跪下替她套上襪子。

保彥公公小碎步趕來：「娘娘，請讓奴才來吧。」

A版冷冷道：「妳退下罷，朕由保彥服侍便可。」

杜小曼施禮站起身。

A版走後，她躺回床上補覺，仍然睡不著，腦內不停琢磨。

A版與B版之間的矛盾，看來已經激化到一定程度了。

A版與寧景徽都該慶幸，她不是眞的唐晉媗。

如果她是唐晉媗，屏蔽其他一切情感，最好的選擇肯定是——相信B版。因爲她總覺得B版的感情很眞實，而且做女皇眞的很具誘惑啊。

把自己埋在被子裡的杜小曼像感應到了甚麼，突然一骨碌爬起身，向天揮了揮拳頭。

老娘一定會在混沌中維持超然，成爲點亮眞相的那束光芒！

在心裡喊完這句口號，杜小曼雙眼如剛打完雞血般閃著精光。

門外的宮女在竊竊私語，聲音她恰好能聽見。

「聽說，裕王殿下爲了迎娶王妃，將之前的姬妾都要遣散。」

「啊？其實楚平公府並無太大權勢，難道裕王對這位王妃是眞心的？據說，是有一生一世只愛一個女人的男子。裕王以前看似風流，或許是未曾遇到眞正的心上人。」

杜小曼的表情凝固了。

原來如此。

幸虧我也不是那麼毫無防備。

她一彈指，定住要出聲阻止外面碎嘴小宮女們的大宮女。

又一個宮女開口：「宮裡出了這麼大亂子，裕王還能娶妃麼？只怕禮部和宗正府也顧不上。此時遣散，以後還是會娶，男人哄女人，常常如此啦。」

「若是有人肯這麼對我，哪怕一時，我也願意呀。」起話頭的那個宮女立刻道。

「我可不喜歡這樣的男子。」插話的宮女馬上接口，「我呀，希望能找個可靠的夫婿，最好能會武藝，又英俊，就像傳奇裡的俠士那樣，帶我浪跡天涯。」

「小蹄子思春了呢。」另一個宮女掩口笑，「不是所有女子都喜歡東奔西跑。再說，聽說那些江湖客也可風流了呢。江湖上的女子比男子還放得開，都和男人進進出出，同桌吃飯，一起喝酒，毫不避諱的。這更不讓人放心吧。我就想著有人能和我攜手並肩，看花賞月，便知足了。在天願作比翼鳥，在地願爲連理枝。」

杜小曼面無表情地跨出門檻：「天長地久有時盡，此恨綿綿無絕期。」

宮女們紛紛跪地請罪。

杜小曼內心的神獸奔馳著。

璪璪，你多情能不能有個限度？有些事可不可以悄悄進行？

這不是擺明了通知皇帝，你們要開戰了麼？

寧景徽該哭死了吧。

杜小曼去了一趟綺華宮。

明人不吃暗虧，被賢妃擺那麼一道，杜小曼決定吃飽了散個步，看看她的反應。

宮門外，宮女深深福身：「稟娘娘，我們娘娘身子不適，暫不能相見了。」

杜小曼微微頷首：「原來賢妃娘娘生病了，那我眞是冒昧了。煩請轉告賢妃娘娘，多承娘娘照顧，請安心養病，過些日子，我再來拜望。」帶著宮人轉身離去。

綺華宮的宮女看著杜小曼雄赳赳的背影，不由竊竊議論。

「這陣仗，是來請安的？」

「這位娘娘還未有正式名分罷，不知稍後會不會補份禮。」

「聽說已懷了龍嗣，唉，我們娘娘以往可待她不薄呀。」

「但這位，不是進宮沒幾日麼……」

杜小曼由宮人們攙著登上輦車。

賢妃避而不見在她意料中。

心虛不敢見她，還是眞病了？抑或是，被B版皇帝打殘了？

杜小曼覺得第一種和第三種的可能性比較大。

她摸不透宮裡人的花花腸子，不過賢妃之前的作為，在她看來，是眞的心懷善意。

突然翻臉，大概還是因爲B版皇帝吧。

姐在宮裡耗盡心血臥了這麼多年，爲甚麼安排這個小賤人接班做皇帝，而不是姐？

該死的，看姐剁了她！

嗯哪，很合理的心理活動。

輦車啓行，忽而有綺華宮的宮人匆匆追來。

「請、請娘娘留步。我們賢妃娘娘方才醒了，請娘娘進去一敘。」

唔？

杜小曼扶著宮女下車：「那再好不過了。」

「相爺，有貴客，已在前廳等了很久了。」管事輕聲稟報。

寧景徽下了轎，匆匆趕向前廳。

管事小聲道：「是十七殿下。」

最近相府眞是走貴客運，裕王和十七皇子輪番前來，管事已嗅到了驟雨將來風雷將至的氣息。

但不管預料到甚麼，都要穩。

管事的穩穩地稟報，穩穩地隨在寧景徽的身後。

穩而不亂，方可讓相府在風吹浪打中定如磐石。

寧景徽跨進前廳，管事的穩穩地闔上廳門，退到階下，默默守候。

寧景徽向上首施禮：「殿下，臣下陋居，紆尊駕臨恐損清儀，若有事，傳召臣即可。」

秦羽言輕聲道：「本不當在府中打擾寧卿，但最近出了太多事。皇叔不願見我，閣部我不便踏足，別處都找不到寧卿，只能到這裡來。」

他抬眼，正視寧景徽。

「請寧卿告訴我實情，到底皇兄他……」

「殿下。」寧景徽打斷秦羽言的話，「臣有一事，想先請問殿下，請殿下恕罪。臣聽聞殿下在宮中，曾與唐郡主見面。臣冒昧，想知道原委。」

秦羽言一怔：「寧卿如何知道此事？」

寧景徽道：「李相暫不問政務，宗正府的一些事務暫由臣打理，故而知道。」

秦羽言深深看了寧景徽一眼，慢慢道：「因近來種種事，我心中有許多疑惑，想找人問詢。井全自父皇在時便在御前服侍，我想找他說說話。」

寧景徽道：「殿下本在清暉閣等井公公，不曾想卻遇見了唐郡主？」

秦羽言微微蹙眉：「第一次時，我在那裡等著，卻不曾想竟看到了唐郡主落水。而且，皇兄竟也定了那日與皇叔在清暉閣飲宴。」

「昨日，殿下又見到了唐郡主？」

秦羽言頷首：「我上次未曾見到井全，就改了日子，但不曾想，宮中突然生變。」

他知道此微妙時期過去肯定不妥，又怕井全依然前去。

「宮中逢此變故，當向皇兄問安，我便進宮……」

「殿下擔憂皇上之心切切，臣都明白。不過，此時變故，殿下呈折問安，是否更妥當些？」寧景徽一揖，「臣斗膽妄言，殿下恕罪。」

秦羽言垂下眼簾：「寧卿說得不錯，但我當時還是親自入宮了。」

寧景徽看著他：「殿下面聖之後，就去了暢思湖？」

秦羽言點頭：「是，可來的仍不是井全，而是杜姑娘。」

寧景徽微微頷首，再一揖：「謝殿下告知。臣還想斗膽再詢問，殿下與井全會面，可有讓他人傳信？」

秦羽言雙目定定地望著他：「那寧卿能否也告訴我，這些事你如何得知？特別是我第二次見唐郡主的事。我雖不問政事，但也知道，內宮言談，宗正府不可能知曉。」

寧景徽從容地回望秦羽言：「臣……」

門外忽響起腳步聲，寧景徽收住話頭，腳步聲在門邊停下。

「相爺，皇上急召，請相爺速速進宮。」

隨行的宮人們等候在綺華宮的前殿，杜小曼獨自隨綺華殿的宮人跨進賢妃寢殿的門檻。

殿內拉著厚厚的帷簾，暗沉得好像夜晚。杜小曼隱隱嗅到一股淡淡的藥香。

進入內殿，大床半挑的紗帳內，隱約可見一人半坐半躺的輪廓。

杜小曼向床帳施禮，聽得賢妃的聲音道：「是妹妹啊，抱歉，我身子不好，不能下來迎妳，請到床前說話吧。」柔婉的聲音中透著虛弱。

杜小曼走上前去。

賢妃又道：「妳們都退下吧，屋裡人多，總讓本宮覺得喘不上氣。」

左右宮人施禮退出。

殿門闔攏，殿內頓時更陰暗了，杜小曼走到床邊，莫名感到一股寒意。

賢妃又開口：「妹妹坐啊，站著多累。」

杜小曼便再行禮道謝，坐到床邊椅上。正要找一句寒暄的話，賢妃又開口：「妹妹是過來興師問罪的罷。」

啊，好直接。

杜小曼剛張嘴，賢妃又輕輕一笑：「妹妹的性格眞是直爽，不拐彎，甚麼都在明面上。愣是愣了些，其實我很喜歡。可是，妳不是唐晉媗。」

杜小曼點點頭：「對，我不是。娘娘妳看我那筆字，還有我一點文化素養也沒有，怎麼看都不可能是啊。」

賢妃再一笑：「不錯，我之前對妳多有試探。妳怎麼也不可能是，更從未遮掩過。只是，他就是不信。」

杜小曼聽了最後一句，渾身忽然有像過電的感覺，微微發麻，寒毛緩緩豎起。

賢妃苦笑著輕嘆：「我向他說過無數次，可無論如何，他都認定妳是唐晉媗。」

杜小曼接話：「所以娘娘想要乾脆殺了我？」

「不只如此。」賢妃緩緩道，「我只是沒想到去的人不是裕王。若是裕王，大概妳不會活著。」

杜小曼皺眉。

甚麼意思？

「娘娘是說，妳以爲在暢思湖那裡見我的人該是秦蘭璪，而不是十七皇子？爲甚麼是裕王我就會死？他非常想殺掉裕王？若抓到我和裕王在一起，那麼趁機就可以除掉裕王，把我一道做掉也値得？」

賢妃頷首：「我是這麼打算的。但我並不曾料到，他居然不肯相信妳根本不是唐晉媗。或者，妳有這張臉，即便不是唐晉媗，他也無所謂。不過，他不殺妳，其他人也會殺妳。」

「其他人，是哪些人？」杜小曼再次直接地問。

賢妃望著她，扯了扯嘴角：「裕王，寧景徽。」

「啊？」杜小曼看著賢妃，做出驚訝的表情。原來是來這一手啊，挑撥她和寧景徽及璪璪的關係。

杜小曼用迷惘的口氣問：「爲甚麼？」

賢妃平靜地道：「因爲裕王不會讓妳擋了他的路。他要皇位，寧景徽亦要他坐上皇位。」

杜小曼的頭殼裡刷滿了無語的省略號。

賢妃看向她的雙眼：「該不會，裕王曾許諾，等他登上皇位，便與妳逍遙山水，雙宿雙飛吧。」

杜小曼道：「沒有，他說了我也不信啊。」

賢妃憐憫地望著她，輕嘆一口氣：「但願如此。這二人心機之深沉，謀劃之高遠，連滿朝大臣都騙過，還以爲他二人不和。妹妹呀，恕我直言，妳不可能看穿他們表象之萬一。妳幫著寧景徽，大約是覺得，我等居了這皇位不當不正，他乃匡扶正義。但妳不知，秦蘭璪和寧景徽著意滅我聖教，不是因爲此事，而是因爲我們知道一個祕密。」

哦？杜小曼又眨了一下眼。

她對甚麼祕密、陰謀、疑點之類的關鍵詞已經麻木了，就算現在賢妃告訴她，璪璪和寧景徽是兩個ET，代表外星人滲透進地球，準備挖取地底神器一統宇宙，她都不會驚訝。

賢妃將她的淡然解讀爲了震驚，緩緩道：「其實裕王，不該姓秦。他並非本朝太祖的血脈。」

哦，天……

這眞是個驚天八卦！

省略號又堆滿了杜小曼的大腦。

賢妃轉而看向床帳的方向。

「當年，端淑太妃初侍太祖，德慧公主殿下憐她年紀尚小便入深宮，常去與她敘話開解……」

杜小曼在心裡自動翻譯，也就是當年月聖門的創始人覺得璪璪的母妃小小年紀，就去陪伴一個快掛的老頭子，肯定心有不甘，是個發展入教的好苗子，於是常常去找她聊天，準備先試探，後洗腦。

但是，德慧公主探了又探，卻發現，太妃一點都不上道。

賢妃說：「公主覺得，太妃必是生性貞靜聰慧，自然豁達。」

杜小曼覺得，眞實情況肯定是，德慧公主琢磨，一個妙齡少女眞的會愛上我爹？太不科學了，其中必有內情。便暗暗觀察。

「太祖皇帝駕崩後，太妃之父又因故被寧景徽的叔父彈劾，公主殿下唯恐太妃孕中悲傷過度，傷及胎氣，便去探望。卻正看見，太妃與一男子在一起。」

杜小曼道：「當時太妃都有孕了，不能因此判斷那男子才是親爹吧。」

賢妃淡淡道：「公主聽見，太妃喚那男子爲『時郎』。」

時郎。

時闌。

「裕王一直疑心我聖教知道此事，他意在皇位，絕不容眞相敗露，便與寧景徽合謀，一直污我教名聲。後又故意用時闌爲名，到杭州引聖教出面。妳以爲在杭州時，妳遇見他乃是偶然，其實早在他謀算之中。」賢妃扯起唇角，「從妳前往杭州時，這個局便已布好。」

杜小曼立刻道：「去杭州是我臨時起意，妳說的這個不可能。」

賢妃微微一笑：「話不可說死。」

杜小曼聳聳肩，不多糾纏：「那麼娘娘妳，爲甚麼要告訴我這麼多？」

賢妃再輕嘆一口氣：「其實，妹妹坐在這裡，一直在擔心我會再害妳，是麼？」

杜小曼道：「我既然坐這兒，就不怕娘娘妳害我。」我做任務呢，有神仙罩著，最不怕的就是死。

賢妃又看向她雙目：「妹妹的確有豪氣有魄力，可能還強過眞正的唐晉媗。難怪他會……這也是我告訴妳這些實話的原因。如今我殺不了妳，亦不能殺妳。那麼我想讓妹妹知道，到底妳該選哪邊。」

賢妃苦笑一聲。

「我再掏心窩和妹妹說句實話，君上這般待妳，已讓聖教中許多姐妹不解甚至反對。我，也在其內。但，或許君上自有君上的理由。而他待妳的這番心意，眼下妳並不領情。」

杜小曼問：「君上，就是聖教的最高領導人？」

賢妃淡淡道：「聖教中人一般平等，君上乃月神之子，舉動代表月神之意。」

杜小曼覺得，這句洗腦詞，恐怕賢妃自己也不信。不過算是側面肯定地回答了她。

賢妃一抬睫毛，雙目鋒利地看向杜小曼。

「妳不單不領情，恐怕仍把君上和聖教與寧景徽之流相提並論。就算妳這麼想，裕王與寧景徽也打算過不久便將妳當成棄子殺之，而君上卻為妳做了這許多安排。到底哪邊對妳是真心，妳該明白吧？」

杜小曼未言語。

賢妃又補上一句：「此時，妳也無第三條路可走了。」

離開綺華宮，杜小曼在輦中揉揉發痛的額角。

賢妃最後和她說的話還是滿地道的。

「我和妳說這些話的確是想說服妳。既然此時不能殺妳，那麼我希望，妳能真的站在聖教這邊。」

「如果我不能呢？」杜小曼問。

賢妃又看了杜小曼一眼。

這一眼裡明明白白寫著——絕對會讓妳死。

「我聖教，從不勉強他人。」

都把我看成了渺小的爬蟲啊。杜小曼無奈。

皇宮出大亂子了，裕王府又有新情況了。

這兩天，京城的老百姓都很興奮。

身在京城，一朝雲端一朝泥，昨日紫袍牙笏，明天滿門做鬼的事都見慣不怪，但是皇后娘娘要行刺皇上，這種事平生還是頭一回見。

本朝果然是個陰氣過盛的朝代。

牽扯到宮裡的頭兒的事，不能明著議論，所以老百姓們略有些不能四處八卦的寂寥。恰剛好此時，從不讓人失望的裕王府再出新戲碼——裕王殿下遣散三千美人，洗心革面娶正妃。

一乘乘車轎，絡繹從裕王府後角門中出來。

暗暗在附近圍觀的閒漢們心都隨著微晃的轎穗搖盪。

不知轎中的美人，此時是怎樣的梨花帶雨，玉容淒切。

喔，可憐啊，可嘆……

裕王府的高牆內，確實不負眾望地不平靜。

「妾如蘆草，幸栽紫苑，自知無長久，不敢怨，只謝這些年恩澤，更不求來世緣……」

「夫人，夫人妳怎麼了，來人啊，夫人吞藥了！！」

「願王爺攜新抱，日日如十五，無缺永團圓。」

「大夫，快，快些去落雲院，快……」

……

裕王的寢殿緊閉，在滿府清淚之中，昭示著恩斷義絕的冷酷。

「眞該讓她來看看。」謝況弈靠在樹杈上，面無表情地俯視下方。

秦蘭璪坐在他旁邊的枝椏上，一臉不痛不癢，亦盯著下面。

「若是用這種手段引出月聖門，未免下作。」謝況弈冷冷抱起雙臂，「這些女子，還有那甚麼公的小姐，都是無辜女子。」

「弈哥哥。」一隻柔荑輕輕扯了扯謝況弈的袖口，「時公子肯定有他的理由。大概，也是爲了救小曼姐，必須要做給那些人看的戲吧。」

秦蘭璪笑咪咪轉過頭：「箬兒小姐眞是蕙質蘭心。對了，我還想問妳一事，她的身體，應沒甚麼大礙吧？」

孤于箬兒認眞地想了想，搖搖頭：「應該沒有，小曼姐的身體不像有病。只是我剛進去，那些兵就來了，我一直躲在床下，沒來得及幫小曼姐把脈。」

御書房中，寧景徽與皇帝隔著御案，兩兩相望。

「今日讓寧卿前來，乃爲裕王之事。」皇帝似笑非笑，開門見山，「皇叔遣散宅中姬妾之事，相信寧卿必然知道。」

寧景徽躬身：「裕王蓄養或遣散姬妾，都乃私事，臣不便多言。」

皇帝點頭：「的確是私事。但有人上報，裕王皇叔多情，凡離開的姬妾都得了一大筆安置錢財，或還有宅邸相贈。裕王府封邑屬地，每年有多少進項？之前鋪張奢靡，諫臣便有非議。而今娶妃之時，又生出此事，朕確實無法袒護。寧卿這幾日多勞，朕本不忍再加重你的擔子，但不得不將此事托與你。」

闔上手中折子，輕輕一丟。

「與宗正府御史台，盤查裕王府帳目，三日之內，給朕送來。」

《再也不要做怨婦・卷參　一入宮門深似海》完

國家圖書館出版品預行編目資料
再也不要做怨婦 / 大風颳過 著.
——初版.——台北市：蓋亞文化，2018.10
冊；公分.

ISBN 978-986-319-365-4（卷3：平裝）

857.7 107013936

大風颳過 作品

再也不要做怨婦 卷參 一入宮門深似海

作　　者　大風颳過
封面插畫　哈尼正太郎
裝幀設計　莊謹銘
主　　編　黃致雲
總 編 輯　沈育如
發 行 人　陳常智
出 版 社　蓋亞文化有限公司
地址：台北市103赤峰街41巷7號1樓
電話：02-2558-5438　傳真：02-2558-5439
電子信箱：gaea@gaeabooks.com.tw
投稿信箱：editor@gaeabooks.com.tw
郵撥帳號 19769541　戶名：蓋亞文化有限公司
法律顧問　宇達經貿法律事務所
總 經 銷　聯合發行股份有限公司
地址：新北市新店區寶橋路二三五巷六弄六號二樓
電話：02-2917-8022　傳真：02-2915-6275
港澳地區　一代匯集
地址：九龍旺角塘尾道64號龍駒企業大廈10樓B&D室
電話：+852-2783-8102　傳真：+852-2396-0050
初版一刷　2018年10月
定　　價　新台幣 320 元
Published and printed in Taiwan

ISBN 978-986-319-365-4